차범석의 전원일기 2

차범석의
전원일기 2
제15~30화 대본집

초판 1쇄 발행 | 2022년 11월 28일

지은이 | 차범석
엮은이 | 전성희

펴낸곳 | (주)태학사
등록 | 제406-2020-000008호
주소 | 경기도 파주시 광인사길 217
전화 | 031-955-7580
전송 | 031-955-0910
전자우편 | thspub@daum.net
홈페이지 | www.thaehaksa.com
편집 | 조윤형 여미숙
디자인 | 이영아
마케팅 | 김일신
경영지원 | 김영지

값 22,000원

ISBN 979-11-6810-113-5 (03810)

책임편집 | 조윤형
표지디자인 | 이영아
본문디자인 | 김성인

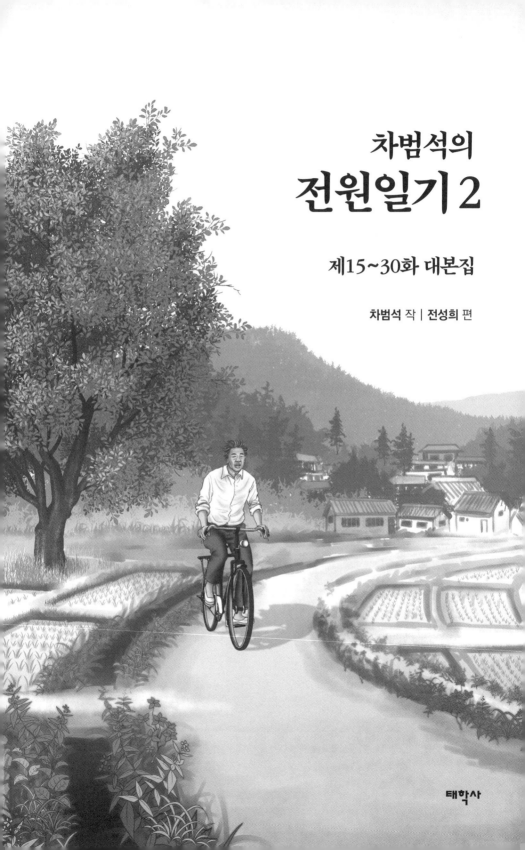

차범석의
전원일기 2

제15~30화 대본집

차범석 작 | **전성희** 편

태학사

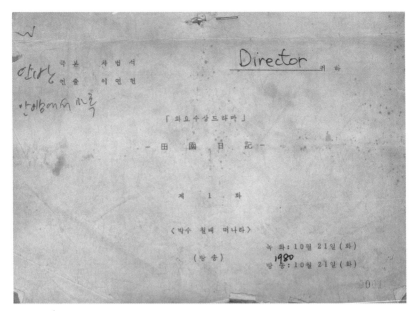

〈전원일기〉 제1화 「박수 칠 때 떠나라」 방송용 대본 표지. 목포문학관 소장.

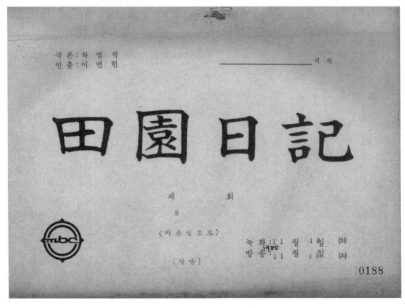

〈전원일기〉 제5화 「자존심으로」 방송용 대본 표지. 목포문학관 소장.

〈전원일기〉 제27화 「효도 잔치」 방송용 대본 표지. 목포문학관 소장.
1981년 9월 3일 제8회 방송의 날, 한국방송대상 우수작품상 수상작으로, 연기자 최불암은 이 작품으로 TV연기상을 수상했다.

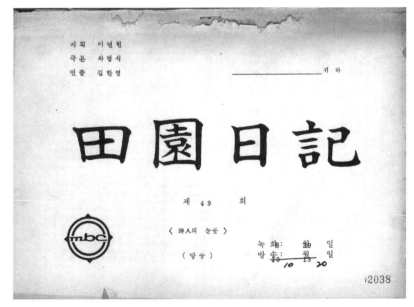

〈전원일기〉 제49화 「시인의 눈물」 방송용 대본 표지. 목포문학관 소장.
이 작품을 끝으로, 차범석은 〈전원일기〉 집필을 후배인 김정수에게 넘겨주었다.

V	C	A
S# 마루와 뜰 (밤)		
달빛이 흐르는 뜰 막내의 방에서 흘러나오 는 노래소리 어머니가 부엌에서 나오다가 달을 쳐다본다 설겆이를 끝낸 물 젖은 손이다 열애소리가 들려 온다 귀뚜라미 소리도 역력하다	ⓐF S	노래 기러기 울어에는 하늘 귀돌리 　　　 바람이 싸늘불어 가을은 깊었네 　　　 아아 아아 너도 가야고 나도 가야지 어머 (혼자소리) 밝기도 하다… 추석 한가위 　　　 가 엊그제 갔더니만…

- 3 -

02040

- 4 -

벌써 ᐧ 날이 되었구나

	C	A
며느리가 부엌에서 나오 다가 어머니 등뒤에 서 서 역시 달을 쳐다본다 앞치마에 손을 닦고 있 다	ⓐ달 ⓑ례 I S frin 고 2 S	며느 어제가 보름이었잖아요 어 그런가? 그럼 저달은 기울어 가는 달이 　 구나… (보다가) 　 그러구 보니 니 시아버님 생신이 가까워 　 구나… 며 섣달 스무아흐렛날이시죠?

〈전원일기〉 제49화 「시인의 눈물」 방송용 대본 본문의 첫 두 페이지. 목포문학관 소장.

〈전원일기〉 제1화 방영 후 보도된 기사. 「전원일기에 폭넓은 반응: MBC 새 프로 … 과감한 기획 높이 평가」, 『경향신문』, 1980. 10. 29. (왼쪽)

차범석이 〈전원일기〉 제49화를 끝으로 극본 작업을 후배에게 넘겨주고, 그간의 소회를 밝힌 기고문. 「박수할 때 떠나간다」, 『경향신문』, 1981. 12. 2. (오른쪽)

차범석의 〈전원일기〉

차범석은 한국을 대표하는 사실주의 희곡작가이다. 특히 〈산불〉과 〈옥단어〉는 차범석의 대표작으로, 한국 연극사의 한 획을 그은 작품으로 평가된다.

이처럼 차범석은 희곡작가로 연극계에 데뷔해 연출가, 극단 대표, 한국연극협회 이사장, 대한민국예술원 회장 등 한국 연극계와 문화계에 크나큰 족적을 남겼다. 연극인으로서 차범석은 한마디로 정의할 수 없을 만큼 다양한 활동을 했으며, 방송계와의 인연 또한 꽤나 뿌리 깊게 긴 세월 동안 이어져 왔다.

차범석 자신은 방송 쪽 일은 연극과 달리 자신의 주된 영역으로 인정하지 않고 교사로 퇴직한 이후 생계를 잇기 위한 수단으로 선택한 것일 뿐이라고 생각하면서도 "방송과 연극이 모두 민중을 위한 정신문화"이며 "이 두 매체가 상부상조하게 되면 언젠가는 하나의 길로 귀결될 수도 있다."고 믿었다. 그리고 「TV 극작론」과 같은 방송드라마 작법이나 방송극의 소재 분석과 같은 글도 발표하면서 방송작가로서의 책임감을 갖고 있었기 때문에, 1978년 3월 한국방송작가협회와 한국방송극작가협회가 하나로 합쳐져 방송문인협회가 발족했을 때 차범석은 이 협회에 이사로 참여했다.

그리고 MBC가 개국할 때 개국 특집 드라마 〈태양의 연인들〉을 집필했으며, 1983년 제4회 방송대상 라디오 극본상도 수상했다. MBC의 〈물레방아〉는 총 155회가 방영되었는데, 이것은 일일드라마 최초로 100회를 넘는 기록이다. 이처럼 차범석의 연극인으로서의 업적도 중요하지만 방송작가로서의 그것도 무시할 수는 없다.

요사이 TV에서 케이블 채널을 중심으로 2002년 종영한 〈전원일기〉가 재방송되고 OTT에서는 인기 드라마 순위 톱 10에 오르기도 했다. 이런 인기에 힘입어 MBC 다큐플렉스는 창사 60주년 특집으로 〈전원일기 2021〉 4부작을 제작했다. 〈전원일기〉는 1980년부터 2002년까지 22년 동안 방영되었던 농촌 드라마로, 무려 1088편이 제작되어 세계 방송사상 유례가 없는 최장수 드라마로 알려져 있다. 〈전원일기〉에서 김 회장의 둘째 아들로 출연했던 배우 유인촌은 문화체육관광부 장관 시절 〈전원일기〉를 기네스북에 등재하려 했지만 초기 〈전원일기〉 영상이 남아 있지 않아 무산되었다고 한다.*

2021년 MBC는 창사 60주년 특집으로 〈전원일기〉를 선택하였는데 이것은 〈전원일기〉에 대한 관심이 당시 시청자층이었던 현재 50대 이상의 기성세대뿐만 아니라 OTT와 같은 플랫폼을 통해 원하는 시간대에 취향에 따라 드라마를 선택하는 젊은 시청자들을 중심으로 높아졌기 때문이다. 〈전원일기〉가 지금 다시 주목을 받을 수 있었던 것은 이와 같은 미디어 환경의 변화, 그리고 예전에 이 드라마를 부모와 함께 보던 젊은 세대들이 뉴트로(newtro)적 매력에 빠졌기 때문이라고 할 수 있다.

〈전원일기〉가 지금 대중의 마음속으로 들어오게 된 건, 농촌 드라마에 대한 갈증은 커졌지만 이를 채워 줄 농촌 드라마가 부재한 현실 때문이기도 하다. 물론 그렇다고 지금 농촌을 배경으로 하는 드라마를 만든다고 해서 그 갈증이 채워질

---

* "드라마 〈전원일기〉를 최장수 드라마로 기네스북에 등재하려고 한 적이 있습니다. 전원일기는 1980년 10월부터 22년 동안 전파를 탔거든요. 그런데 그쪽에서 물적 증거인 방송 테이프를 갖고 오라고 하더군요. 찾아보니 1회부터 10회까지 방송 테이프가 없었습니다. 당시만 하더라도 못살던 시절이라, 한 번 쓴 비디오테이프에 다시 녹화했던 겁니다. 그래서 아쉽게도 〈전원일기〉를 기네스북에 올리는 데 실패했습니다." 2010년 1월 20일 국립민속박물관 대강당에서 유인촌 문화체육관광부 장관은 대한민국 정책 포털 공감 코리아의 제3기 정책기자단과 가진 기자회견에서 이같은 비화를 공개했다. 「전원일기, 기네스북 못 올라간 이유」, 대한민국 정책브리핑(www.korea.kr), 2010. 1. 21.

것 같지는 않다. 그것은 이미 달라진 농촌의 현실이 더 이상 저 〈전원일기〉속 농촌 풍경이 주던 편안함을 제공하기 어려울 것이기 때문이다. 결국 〈전원일기〉는 그렇게 더 이상 우리가 볼 수 없는 '사라진 농촌'을 담은 작품으로서 더더욱 아우라를 드러낼 수밖에 없게 됐다.**

〈전원일기〉는, 1980년 10월 21일 방영된 제1화 「박수 칠 때 떠나라」가 차범석이 작가로 참여, 시추에이션 드라마의 문을 열었으며, 2002년 제1088화 「박수할 때 떠나려 해도」로 막을 내렸다.

현재, 차범석이 창작하여 방영되었던 초기 〈전원일기〉 드라마 영상은 MBC ON AIR에 제2화와 제27화, 두 편이 남아 있을 뿐이다. (MBC 아카이브에 1088화 중 약 800회분 정도가 남아 있고, 네이버 시리즈 온에서는 제1화~제116화를 제외한 제117화~제1088화 892편을 유료 서비스하고 있다.)

〈전원일기〉 초창기 영상이 제2화와 제27화를 제외하고는 남아 있지 않지만, 목포문학관에 차범석의 원고가 대본의 형태로 대부분 보관되어 있기 때문에 이 책 『차범석의 전원일기』 출간이 가능했다. 차범석이 창작한 제1~49화의 대본집 출간 작업은, 초창기 〈전원일기〉의 전모를 파악할 수 있고 차범석의 방송작가로서의 위상을 정립할 수 있다는 점에서 의미 있는 일이다. 또한 출간 작업을 하다 보니 자연스럽게 대본의 목록 정리뿐 아니라 기존 자료의 오류도 바로잡을 수 있었다.

현재 목포문학관에 소장되어 있는 차범석이 쓴 〈전원일기〉는 총 42편이다. 〈전원일기〉의 제1화부터 제49화까지 가운데 34화 「떠도는 사람들」, 37화 「촌 여자」, 48화 「못된 사람들」은 김정수가, 43화 「가위소리」는 노경식이 썼다. 그리고 28화 「늙기도 서러워라」, 39화 「고향유정」 등 두 편은 없고, 29화 「철새」와 30화 「풋사과」는 같은 작품이기 때문에 29화 「철새」를 제외하고 모두 42편 대본을 이 책에 수록했다.

** 정덕현, 「왜 지금 다시 〈전원일기〉인가」, 『시사저널』 1655호, 2021. 7. 4. (http://www.sisajournal.com)

차범석이 MBC 이연헌 PD로부터 새로운 콘셉트의 드라마 집필 제의를 받아 집필하게 된 것이 수상드라마 〈전원일기〉다. 당시 제5공화국 정부는 퇴폐적이고 저속한 사회 분위기를 정화한다는 명분 아래 국민 정서순화 드라마 제작을 강요하자 방송사들이 적극적으로 정서순화 드라마 제작에 나서게 되는데, MBC는 그에 대한 대안으로 농촌 드라마 〈전원일기〉를 제작한 것이었다.

〈전원일기〉의 첫 화에서 차범석은 형식상의 포맷을 정립, 그 진행 방식은 〈전원일기〉의 특성이 되었다. 드라마에서 잘 사용하지 않는 내레이션을 극의 시작과 끝에 배치해 안정감을 주고, 농촌에서 일어나는 일들을 소재로 이농, 가족 간의 갈등, 하곡 수매가, 수입 소고기, 농약의 과다 사용, 농촌 청년의 결혼, 입양, 결혼에서의 혼수 문제 등을 다루었다. 그러나 농촌의 실상을 적나라하게 보여 주면서 농촌 문제에 대해서는 나이브하게 접근했다는 지적과, 농민을 위한 드라마가 아니라 도시인을 위한 농촌 드라마라는 이야기를 듣기도 했다.

하지만 본래 〈전원일기〉가 잔잔한 한 편의 수필 같은 드라마를 지향했기 때문에 갈등의 극대화 대신 "갈등의 잔해"를 남기지 않는 드라마라는 자신의 정체성을 확고히 가질 수 있었으며, 장수 드라마로서 한국 TV 드라마 역사에서 자신의 위치를 확고히 할 수 있었다. 그 기반이 〈전원일기〉 초기 차범석의 대본을 통해 마련되었으며, 이후 22년간 긴 여정의 원동력이 되었던 것이다.

시추에이션 드라마는 장편 연속 드라마와 달리 캐릭터의 구현이 중요한데, 〈전원일기〉는 특성상 농촌의 아버지, 즉 김 회장의 캐릭터에 많은 사람들이 공감했다.

김 회장은 농부이면서 가끔 글을 쓰고 기고도 하는 사람(제2화 「주례」)이기도 하고 시를 읽기도 하는(제49화 「시인의 눈물」), 어쩌면 현실의 농부와 거리가 있을지도 모르는, 문학을 아는 농부이다. 그리고 마음은 누구보다도 포근하고 인정이 많으며 "능청스럽고 유들유들한" 성격으로 어머니에게 지청구를 듣기도 하지만, 어려운 사람을 보면 그냥 지나치지 못하고 국민 아버지로서 넉넉한 마음으로 살아가는 인물이다.

이 시대에 〈전원일기〉가 소환되는 데는 인간미 넘치는 인품의 김 회장과 그의 일가 때문이기도 하다. 그리고 지금은 보기 어려운 3대 혹은 4대에 걸친 대가족의 풍경은 이제 낯설고 색다르지만 잃어버린 고향과 그리움의 아이콘이 되기도 한다. 차범석은 〈전원일기〉의 특성이라고 할 수 있는 캐릭터를 구축하고 포맷을 설정하는 등 〈전원일기〉의 정체성을 확립했다. 그리고 갈등에 초점을 맞추기보다는 인간 화해의 '수상(隨想)' 드라마로서의 특징을 세웠다. 그렇기 때문에 〈전원일기〉는 단순한 농촌 드라마가 아닌 휴먼 드라마가 될 수 있었으며, 이것이 최장수 드라마로 가는 힘이 될 수 있었다.

차범석은 〈전원일기〉 집필을 시작한 지 1년 만에 제49화를 끝으로 집필을 그만두었다. 연속극이 아니어서 매회 새로운 이야기를 만들어 내는 것이 너무 힘들었기 때문이다. "막말로 연속극 형식이라면 전회에 나갔던 얘기나 인물을 다시 우려먹을 수도 있고, 바꾸어 치기도 하고, 늘려 먹을 수도 있으련만, 한 번으로 끝장을 내야 하는 주간극의 경우는 그런 사정이 허용되지 않으니 나름대로의 애로사항이 이만저만이 아니"었기 때문이었다.

〈전원일기〉의 제27화 「효도 잔치」가 1981년 제8회 방송의 날 한국방송대상에서 우수작품상도 받고 시청률과 평단의 호평 등 모든 것이 안정적인 상황이었는데, 차범석의 집필 중단 선언은 제작진에게 청천벽력이었다. 그를 설득하려 했지만 1화의 제목 「박수 칠 때 떠나라」를 언급하면서 완강하게 거부했다.

지금 방영되고 있는 〈전원일기〉에 대해서는 전문 비평가들이건 일반 시청자들이건 입을 모아 바람직스럽다고들 칭찬해 주기도 하고 큼직한 방송상도 타도록 해 주었으니 이렇게 박수를 할 때 나는 떠나겠다는 것뿐이오. … 인생이란 게 다 그런 거지 뭐… 박수할 때 떠나면서 사는 거지. 좀 더 먹고 싶다 했을때 숟가락을 놓는 게 건강법의 비방이지. 미련을 짓깨물 줄 아는 용기. 나는 그것을 실천했을

뿐이지.*

이렇게 49화로 〈전원일기〉 집필을 마쳤다. 〈전원일기〉가 양촌리에서 살아 가는 이웃들의 소박한 이야기로 1088화까지 긴 시간을 이어 올 수 있었던 데에 차범석의 공은 부인할 수 없을 것이다.

〈전원일기〉는 인간의 삶에 근접한 드라마로서 이제 지나간 시대의 드라마 가 아니며, 종영 이후 20년 가까이 지난 지금까지도 현재성을 갖고 소환되는 드라마로서 충분한 의미가 있다. 따라서 차범석의 〈전원일기〉는 한국 방송사 에서 중요한 의미를 지닌 작품이며, 차범석의 방송작가로서 진면목이 드러난 드라마라고 할 수 있다.

이 대본집의 출간은 〈전원일기〉를 좋아하는 사람들에게도, 연구자들에게 도 큰 의미로 남을 것이다. 대본의 상태가 부서지거나 인쇄 상태가 좋지 않아 입력작업이 힘들기도 했지만 수차례 확인을 통해 내용을 충실하게 전달하려 했다.

〈전원일기〉의 출간을 결심하고 물심양면으로 지원해 주신 차범석연극재단 차혜영 이사장님, 목포문학관 홍미희 팀장님과 윤은미 선생님, 그리고 태학 사 김연우 대표님과 조윤형 주간님께 감사드린다. 그리고 이 책의 작업 동안 원고 촬영을 도와준 아람후배 신영섭과 복사하느라 애쓴 제자 이혜지, 표지 그림을 멋지게 그려 준 제자 박영준, 나의 버팀목인 가족 경형, 혜선, 혜준에 게도 고마움을 전한다.

2022년 11월
엮은이 전성희

---

* 차범석, 「박수할 때 떠나간다」, 『경향신문』, 1981. 12. 2.

차례 — 차범석의 전원일기 2

차례 — 차범석의 전원일기 1

차례 — 차범석의 전원일기 3

일러두기

- 이 책은 목포문학관에 보관되어 있는 차범석 작 〈전원일기〉의 초기 대본 42편을 3권의 책으로 나누어 출판한 것이다.
- 목포문학관에 보관되어 있는 대본들의 표지에는 '방송' 혹은 '연습'이라 기록되어 있는데, 이 책에서는 '방송용 대본', '연습용 대본'으로 옮겨 기록해 놓았다.
- '방송용 대본' 수록을 원칙으로 하였으나 '방송용 대본'이 없는 경우에는 '연습용 대본'을 수록하였다.
- 방송 연월일은 엮은이가 여러 자료를 검토하여 실제 방송일을 찾아 넣었다.
- 원문을 존중하되, 지문은 현재의 표기법대로 고치고, 대사는 구어나 사투리 등을 그대로 살렸다.
- 각주는 모두 엮은이가 단 것이다.

맷돌

제15화 맷돌

방송용 대본 | 1981년 2월 10일 방송

• 등장 인물 •

할머니	정애란
아버지	최불암
어머니	김혜자
첫째	김용건
며느리	고두심
둘째	유인촌
셋째	김영란
막내	홍성애
일용	박은수
일용네	김수미
태석	조남석
면장	박규채
정학문	강인덕
청년 A, B, C, D	정한흠, 이수원
친구들	이창환, 박병훈, 박희우,
	방훈, 김순용, 김용승
주모	강서영

S#1 마루와 뜰

어머니가 마루에서 맷돌질을 하고 있다. 녹두를 갈고 있다.

일용네가 부엌에서 나온다.

일용네	떡쌀은 얼마나 담글까요?
어머니	되가웃이면 되겠지, 뭐!
일용네	손님이 여섯 분이라면서요?
어머니	둘째 놈까지 합쳐서 일곱이래요.
일용네	그럼 아주 두 되로 하죠.
어머니	(흘기며) 손도 크다! 사내들이 떡을 얼마나 먹는감.
일용네	손님도 손님이지만 우리도 덕분에 떡 구경 좀 합시다. 헤헤….

일용네가 일어서서 가다가 강아지를 고무신 벗어서 때린다.

어머니, 야단친다.

어머니	그 어린것을 왜 그렇게 때려쌀까?
일용네	발부리를 막으니 갈 수가 있어야죠. 내가 밥을 굶겼나…….

어머니가 피식 웃다 말고 어깨가 결리듯 한숨을 몰아쉰다.

어머니	그저… 똑같수 똑같어. (돌린다) 흐유.

아버지가 들어선다.

아버지	웬 맷돌질이야?
어머니	녹두 갈아서 빈대떡 좀 부치려고요.
아버지	엊그제 구정 때 해 먹고서…?

아버지가 걸터앉는다.

어머니	둘째 친구들이 온대요. 뭐 7인회라던가….
아버지	7인회? 그럴싸하군!
어머니	예?
아버지	(옛 노래) 럭키 럭키 럭키 세븐 랄랄라 그대와 나…….
어머니	호호. (웃다 말고) 여보, 맷돌채 같이 좀 잡아요. 힘들어요, 혼자 서는…….
아버지	응….

아버지가 맷돌채를 잡는다. 어머니 손과 아버지의 손이 위아래로 포개진 듯하면서 맷돌이 돌아간다.
까치가 저만치서 운다.
어머니의 한 손이 녹두를 집어 맷돌 구멍에 쏟아 넣는다.

내레이션	오랜만에 잡아보는 맷돌채다. 그것도 아내와 둘이서 이렇게 맷돌질을 하니 마음이 뿌드득 부풀어 오른다. 대개의 연장은 날이 시퍼렇게 서야 반이 되는데* 이 맷돌만은 사정이 다르다. 무디고 무거운 두 개의 돌이 맞부딪쳐 돌아가면 곡식을 으깨준다. 칼이나 낫이나 송곳이나 삽과는 달리 두 개의 힘이 합해야만이 그 기능을 발휘하는 연장이다. 그래서 맷돌채는 예부터 두 사람이 잡았던 모양이다.

이 해설이 흘러나오는 동안 아버지와 어머니의 화사롭고 단란한 표정.

---

* 반이 되는데: "(사물을) 반으로 쪼갤 수 있는데"의 뜻인 듯함.

S#2 셋째의 방

막내는 아래쪽에 앉아서 영어 공부를 하고 있다.

셋째가 작은 경대 앞에서 머리 빗질을 내고 있다.

막내	어디 가?
셋째	응.
막내	작은오빠 친구들 온다는데.
셋째	그래서?
막내	엄마 혼자서 힘드시는 일 하시니까, 그렇지.
셋째	효녀 심청이 났구나…, 흠!

막내가 쳐다본다.

셋째가 일어나 옷을 넣고 뒷모습을 거울 속에 비춰본다.

셋째	나두 사무가 바쁘단다.

셋째가 마냥 흥겨웁게 콧노래를 부르며 외출 준비를 한다.

S#3 둘째의 방

둘째가 방을 치우고 있다. 헌 옷가지를 챙겨서 다락에 집어넣고 책상 위에 흐트러진 책을 챙긴다.

S#4

일용이가 나무를 도끼로 패어 아궁이에 쑤셔 넣는다. 연기 난다.

S#5 부엌

어머니와 며느리가 빈대떡을 지지고 있다. 일용네가 부지런히 집어먹고 있다.

어머니	그만 좀 집어먹어요.
일용네	내가 먹고 싶어 먹나요? 나는….
어머니	알았어요. 음식 간 보려고 잡수시는 줄!
며느리	호호.
일용네	히히.
어머니	녹두 한 되 갈아서 빈대떡 몇 장 나온다고 그렇게 쫄딱쫄딱 집어먹어요!
일용네	그럼, 녹두를 더 갈면 되잖아요!
어머니	아니, 녹두가 얼마나 귀한데!
일용네	아무리 귀해도 먹을 때는 먹어야죠. 아끼면 똥 된다는 말도 모르세요.
며느리	정말 알아줘야 해. 일용네 입씨름은… 호호.
어머니	그러니 할 말 다 했지. 늙어가면서 손은 놀고 입은 부지런해지니….
일용네	입도 놀아버리는 날은 황천길 가는 날이에요.

모두들 한바탕 웃는다.
셋째가 부엌문을 들이밀면서,

셋째	(조심스럽게) 엄마! 엄마!
어머니	(보지도 않고) 너까지 나와서 반찬 만들 건 없다.
셋째	그게 아니고.
어머니	안방 3층장 맨 아래층에 은수저 주머니 있으니까 꺼내다가 아궁이에서 재 떠다가 수저들 깔끔히 닦아놔.
셋째	(들어오며) 돈 좀 주세요.

어머니가 일손을 놓고 쳐다본다.

어머니	돈?
셋째	네.
어머니	그렇게 차리고 어디 가니?
셋째	에… 저… 사은회 회장 예약도 있고… 친구도 만나야 하고… 저도 사무가 바쁘단 말이에요.
어머니	아니, 오늘 네 오래비 친구들 오는 줄 알면서도 나가?
셋째	저는 지난주에 선약이 있었어요.
어머니	네가 없으면 사은회 안 된다던?
셋째	예?
어머니	하고많은 사람 가운데 왜 네가 사은회 회장 예약을 맡아야 하느냐고!
셋째	엄마는 몰라서 그래요. 저마다 사무 분장을 나누어서….
어머니	어째서 너희들은 집안일은 손을 하나 안 놀리면서 바깥일은 그렇게 정성을 들이냐? 정말 요즈음 애들은 알다가도 모를 일이드라.
셋째	돈 주실 거예요, 안 주실 거예요?
어머니	네가 에미한테 돈 맡겨놨니?

어머니의 눈길이 날카롭다.

며느리가 사이에 끼어든다.

며느리	고모…, 얼마나 필요해요? 내가….
어머니	(O.L)* 그만둬!
셋째	엄마! 정말 이러기예요?
어머니	너도 이제 대학 나오면 시집갈 나이다. 이런 때 집안일 거들면

---

* 오버랩.

	서 하다못해 손님 상 차리는 법이라도 배울 일이지, 그래!
셋째	그만두세요.

부엌문을 나가버린다.

어머니	아니… 저, 저게…!
며느리	어머님, 내버려두세요…. 선약이 있어서 그러는데.

S#6 마루와 뜰

셋째가 시무룩하게 마루 끝에 걸터앉았다.

아버지가 방에서 나온다.

아버지	왜 이러고 있니?
셋째	…….
아버지	무슨 일 있었어?
셋째	제가 뭐 일부러 일하기 싫어서 그랬나 뭐…….
아버지	…?
셋째	(보며) 아버지! 저 오늘 약속이 있어서 나가겠다는데 어머니께
	서…. (고개를 돌린다)

눈물이 핑 돈다.

아버지	다녀와! 그럼.

셋째가 돌아본다.

아버지	엄마 심정도 이해해야지 인마…! 손님이 온다고 모두들 바쁘게

나대는데 너는 밖으로 나가겠다니까 어느 부모인들 기분 좋아?
안 그러냐?

셋째   글쎄…, 저는 그보다 먼저 약속이 있었다니까요.

아버지   약속? 남자 친구하고? (들린다)

셋째가 허점을 찔린 듯 섬찟해진다.

아버지   홋흐…, 알 만하다 인마!

셋째   아버지, 그게 아니야……, 저…….

아버지   어서 나가봐.

셋째   나가는 게 문제가 아니에요. 지금 저로서는….

어머니가 부엌문을 열고 나온다.

어머니   돈이 문제겠죠.

아버지   돈?

셋째   교통비도 있어야 하고…, 친구들하고….

아버지   얼마?

셋째   알아서 주세요.

아버지   알아서? 겸손해서 좋구나. 홋흐….

어머니   에그, 대학생… 대학생… 말뿐이지 하는 짓은 꼭…. 그래가지고
어떻게 시집가고 애도 낳고 살림하니?

셋째   하려면 왜 못 해요?

아버지가 지갑에서 만 원을 꺼내 준다.

아버지   옜다! 이거면 되었냐?

셋째가 덥석 받아 넣는다.

엄마가 뺏으려 드니 아버지가 손으로 막는다.

어머니   웬 돈을 많이 주세요? 애들한테…….

아버지   놔둬!

셋째   엄마! 저도… 새달에는 대학 졸업이에요. 학사님이시구요!

어머니   학사님이 밥 먹여주니?

셋째   취직해서 돈 벌면 되잖아요! 흥….

셋째가 뛰어나간다.

어리둥절해하는 어머니. 껄껄대는 아버지.

어머니   뭐가 우습수? 당신은…….

아버지   셋째도 다 자랐어…, 헛허…!

멀리 송아지 우는 소리.

S#7 닭장 앞

둘째   (놀라며) 닭은 왜 잡지?

일용   김 회장님께서 잡으라고 하셨어. 그렇게까지 할 필요 없는데…
           두 마리씩이나…. 덕분에 나도 포식 좀 하자고…, 헛허.

둘째   훗흐…….

일용   (한숨) 좋겠다, 너는….

둘째   응?

일용   부모님께서 이렇게 입안에서 혀가 돌아가듯 이것저것 다 보살
           펴주시니 오죽 좋니!

둘째	흠….
일용	그런데 나는 뭐냐? 생각해줄 어른도 여유도 생각도 없는 외톨 이니 말이다.
둘째	별소리 다 하네? 우린 한집안 식구인데 무슨 그런…?

일용이가 쳐다본다. 매캐한 연기에 눈알이 충혈되어 흡사 울고 있는 눈 같다.

일용	나는 이상한 놈이거든…….
둘째	?
일용	남이 잘되는 꼴은 샘부터 나고, 밸이 꼴리는 성격이라고… 오늘 밤 아들 친구들이 온다니까 집안 식구가 총동원되어서 음식 장 만하는 걸 보고 있자니까…, 난… 난 어느새 저만큼 밀려나간 것 같아서 말이야…….
둘째	그걸 말이라고 해? 이따가 합석해요, 응…? 모두 좋은 친구들이 니까….

일용이가 대답 대신 거칠게 닭 깃털을 뽑아 던진다.

S#8 다방
태석이가 서투르게 쥔 담배 가치의 재가 길다. 재떨이 들어오자 턴다.
(카메라가 빠지면) 나란히 앉은 셋째와 태석.

태석	어떻게 하겠니?
셋째	잘 모르겠어. 어떻게 해야 할지.
태석	졸업식 전에는 결정해야 해! 우리 부모님께서도 너를 꼭 만나 보시겠다니까…….

셋째의 눈이 크게 뜨인다.

태석	외아들을 둔 부모의 마음… 너도 이해해주겠지, 응?
셋째	(한숨)
태석	어때? 네가 먼저 우리 부모님 만나주겠니? 우리도 이젠 주저할 때가 아니잖니?
셋째	나, 용기가 안 나….
태석	그럼, 어떻게 해!
셋째	우리 부모님은… 나를 아직도 코흘리개처럼 여기시고 계신데….
태석	말도 안 돼, 그건…! 우린 새달이면 대학 졸업이다…. 우리 다 자란 어른이라구!
셋째	그걸 누가 모른댔니?
태석	우리 부모님은 미국 유학 가라는 거야.
셋째	미국?
태석	우리 누나가 샌프란시스코에 있거든! 매형이 나 하나쯤 맡을 수 있다면서….
셋째	그럼 결혼은…?
태석	네가 원한다면 함께 갔으면 해….
셋째	미국에?
태석	부모님도 나보고 하고 싶은 대로 하라는 거야. 공부 더 하고 올 때까지 기다려주겠다고……. 우리 부모님 그만큼 민주적이셔…; 알겠어? 홋흐…….

셋째의 얼굴은 반대로 우울해진다.

셋째	(마음의 소리) 우리 부모님은 그 정도까지는 못 따라가실 거

야. 내가 미국 가겠다면 펄쩍 뛰실 텐데…. 더구나 우리 어머니
는…. 그러니 어떻게 하지? 아…, 누구하고 의논을 한다지?

S#9 안방

아버지 외출 준비 중 어머니가 들어온다. 손에 밀가루 반죽이 붙어 있다.

어머니	아니, 해가 다 졌는데 뭔 멋을 부리고 야단이시우?
아버지	음, 가볼 곳이 있어서!
어머니	둘째 친구들이 곧 올 텐데요?
아버지	그러니까, 나가야지.
어머니	예?
아버지	젊은 놈들 모아서 노는데 늙은이가 섞여 있으면 돼?
어머니	세상에… 아니 누가 당신보고 그 애들하고 같이 어울리라고 했어요?
아버지	이것 봐! 안방에 내가 있으면 그놈들이 기가 죽어서 제대로 숨도 못 쉴 게 아니야… 안 그래?
어머니	에그, 난 또….
아버지	모처럼 젊은 놈들끼리 모아서 논다는데 마음껏 뛰어놀라고 양보하는 게 좋잖나 말이야?
어머니	흥, 나갈 구실 찾느라구 애쓰셨수.
아버지	뭐?

S#10 마루와 뜰 (석양)

할머니가 토방으로 오른다. 아버지와 어머니가 나온다.

할머니	어디 나가?
아버지	예…!

할머니	둘째 친구들이 온다면서 집에 있지 않구서!
어머니	젊은이들 모여 노는데 집안에 늙은이가 왜 있느냐고 나간대요, 글쎄!
할머니	그래?
어머니	저더러 그런 눈치 코치도 모르냐고 면박을 주지 않아요? 글쎄.

할머니의 표정이 굳어진다.

| 할머니 | 원, 세상에……. |

아버지와 어머니가 난처해진다.

어머니	예?
할머니	그럼… 나도 나가야겠다.
아버지	예?
할머니	늙은 게 눈치 코치도 없이 집에 있다가는 눈칫밥 먹기 꼭 알맞을 테니 말이야.

할머니가 못마땅해하며 방으로 들어가버린다.

아버지	당신도… 왜 그렇게 눈치가 없어?
어머니	제가 뭘……?
아버지	어머니 앞에서 늙은이 운운하니 이거야말로 춘향 모 월매 앞에서 퇴기 흉 보는 격이 되었잖아?
어머니	그, 그걸 누가 알았어야죠……. 난 그저 무심코…….
아버님	그, 입조심, 입조심!

아버지가 어머니의 입에다 바짝 손을 댄다. 어머니, 치워버린다.

어머니   에그!

S#11 둘째의 방(밤)

둘째가 말쑥하게 옷을 갈아입었다.

방 한가운데 교자상이 놓여 있다. 둘째가 상차림을 살피고 있다.

탁상시계가 여섯 시를 알리고 있다. 밖에서 개 짖는 소리가 요란하며 인기척이 떠들썩

하다.

청년 A   (소리) 이리 오너라!

둘째   왔구나!

까르르 웃는 소리.

둘째가 급히 나간다.

S#12 뜰(펌프 쪽 밭)

다섯 명의 청년이 감나무 아래 서 있다.

둘째가 나온다.

둘째   어서들 오게.

청년 B   아니, 손님이 오실 줄 알았으면 동구 밖에까지 청사초롱 켜 들

                고 마중 나올 일이지!

일동   허허허……

어머니, 나온다.

어머니	(웃으며) 왔어?
청년 A	아이고, 어머님… 여기서 놀 수는 없고.
어머니	아니야. 어서들 방으로 들어가.
둘째	예! 아, 어서들 들어가.

친구들이 둘째 방으로 들어간다. 둘째가 다가온다.

둘째	어머니, 준비는 다 되었죠?
어머니	그래. 그런데 술은 어떻게 하니?
둘째	친구들이 가져왔을 거예요.
어머니	그래?
둘째	회비 가운데 술값이 포함되어 있거든요. 후후…….
어머니	회비?
둘째	그럼요? (자랑삼아) 어머니, 오늘은 제가 친목계 타는 날이거든요.
어머니	친목계? 얼마나?
둘째	20만 원?
어머니	20만 원이나?

어머니의 놀란 얼굴.

방에서 터져나오는 웃음소리.

S#13 스낵(밤)

셋째와 태석이가 생맥주를 마시고 있다. 우울한 표정이다.

S#14 대폿집(밤)

아버지가 혼자서 술을 마시고 있다. 별로 입맛이 당기는 것 같지가 않다.

주모가 먹을 것을 찢어준다.

주모　　　　김 회장님, 웬일이세요?

아버지　　　뭐가?

주모　　　　혼자서 이 시간에 저희 집 들리는 것도 그렇거니와, 무슨 사정
　　　　　　이 있으시나 하잖아요!

아버지　　　천만에? 나 유쾌하다구요, 지금……

주모　　　　그렇지만도 않으신데…….

아버지　　　예?

주모　　　　외로우신 것 같아요, 호호…….

아버지　　　외롭긴요! 그저 바람을 쏘일 겸 나왔는데, 이러고 있다가 누구
　　　　　　아는 사람이래도 오면 같이 술벗 하는 거죠, 뭐.

문이 두르르 열리며 면장과 정학문과 청년들이 따라 들어선다.

주모　　　　아이고, 어서 오세요, 면장님!

아버지와 면장의 시선이 미묘하게 교차된다.

아버지　　　아이고…, 이거….

면장　　　　(건성으로) 웬일이오?

정학문이 모르는 척하고 들어간다. 면장도 방으로 들어간다.
청년이 뒤를 따라서 들어간다. 아버지가 멋쩍어진다.

아버지　　　(마음의 소리) 저… 양반……. 지난번 그 일 때문에 기분이 몹시
　　　　　　상한 모양이군! 아닌 말로 내가 잘못한 게 뭐가 있어? 난 하고

싶은 말 했을 뿐인데.

술을 마시려는 방에서 웃음이 터져나온다. 아버지가 돌아본다.

정학문   (소리만) 까짓거! 양심 찾는 놈치고 양심 제대로 박힌 사람 없더
                 라.

까르르 웃는 소리. 아버지의 미간이 꿈틀한다.
주모가 호들갑을 떨며 방에서 나온다.

주모 E   예… 예…! 금방 안주하고 술 내줄 테니 말씀들 하세요, 호호
                 호:…….

아버지가 술을 단숨에 마신다.

S#15 마루와 뜰(밤)
어머니가 부엌에서 음식을 들고 나온다.
둘째 방에서 터져나오는 웃음소리.

S#16 둘째 방 앞(밤)
어머니가 방문을 연다.

S#17 방 안(밤)
모두들 윗저고리를 벗었다.

어머니   얘, 이것 받아.
청년 A   아이구……, 뭘 이렇게 많이 장만하셨습니까?

어머니	장만하긴…. 그저 있는 걸로 대강대강 만들었지. 흠…… 보다시피 시골이라서 변변한 거 있을라구.
청년 B	어머니, 들어오셔서 술 한잔 받으세요!
어머니	아, 아냐. 난 술 못해…!
청년 C	그래도 대표로 한잔만 받으셔야죠. 여러분! 박수! 박수!

모두들 박수 친다.

둘째	어머니, 그렇게 하세요.
어머니	그래! (어머니가 들어온다)

둘째, 옆에 앉는다.

청년 A	그럼 제가 우리 7인회를 대표해서 어머님께… 한잔 올리겠습니다.

모두들 박수를 친다. 청년 A가 술잔을 권한다.

어머니	쪼금만!
청년 A	첫잔은 가득 채워야죠, 어머니!
어머니	정말 나는 술 못해!
둘째	우리 어머니는 밀밭을 지나가시기만 하셔두 취하신다. 허허….
일동	하하하….
청년 A	그럼, 보리밭으로 가셔야지.
일동	허허허…….

이사이에 술을 따른다.

어머니	정말 잘들 왔어! 우리 둘째하고 가장 친한 친구들이라니까 얘 긴데, 어디 좋은 색시감 있는가 찾아들 봐……!
청년 A	색시요?
어머니	올해는 장가보내야겠어.
일동	허허…….
둘째	원, 어머니도…….
어머니	아니야. 자네들 가운데 결혼한 사람 있지, 누구야?
청년 B	저예요.
어머니	그래, 어때? 좋지?
청년 B	아이구, 말씀 마십쇼, 어머니.
어머니	왜……?
청년 B	이민이라도 갈 수 있으면 좋겠어요. 혼자서도 살기 힘든데 왜 결혼을 일찍 해가지고 이 고생인지…….
어머니	아니, 언제 했길래?
청년 A	이 친구, 고등학교 나오자마자 결혼하더니 이듬해에 아들 쌍둥 이까지 생산했답니다.
어머니	쌍둥이를?

웃음을 참다가 터진다.

S#18 대폿집(밤)

아버지, 약간 취했다.

정학문이 나온다. 손에 맥주병과 잔을 들었다. 약간 발걸음이 위태롭다. 말없이 잔을 불쑥 내민다.

아버지	아주머니, 얼마죠?
정학문	잠깐, 실례합니다!

아버지	응?
정학문	받아요.
아버지	…….
정학문	내 술 받아요.
아버지	난 술 섞어 마시는 거 안 좋아하는데….
정학문	왜, 내 술은 더럽다 이거요?
아버지	뭐요?
정학문	선거운동 자금으로 사는 술 아니니 잔 받으라 이거요.
아버지	취하셨군!
정학문	뭐가 잘못되었소? 받으라면 받아요.

아버지가 자리에서 일어난다.

| 아버지 | 아줌마, 여기 얼마요? |

면장, 방에서 나온다.
정학문이 들고 있던 잔에다가 맥주를 철철 넘치게 따른 다음 아버지 앞에다 들이민다.

정학문	받으라면 받아요. 나도 고집 세기로는 둘째가라면….
아버지	이러는 게 아니에요, 정 사장!
정학문	돈으로 술 사는 것도 죄랍니까? 양심적이고 깨끗한 양반의 술 좀 얻어먹읍시다. 자, 한잔!

아버지가 손으로 뿌리치다 그 서슬에 잔이 바닥에 떨어지면서 박살이 난다.

| 면장 | 정 사장…, 정 사장! |
| 정학문 | 아니… 이 양반이 사람을 쳐! |

아버지	뭐라고?
주모	왜들 이러세요?
정학문	이 정학문을 묵사발을 만들겠다 이거야, 응? 이 정학문의 실력을 보고 싶다 이거야, 응? 아니 이게….

정학문이 아버지의 멱살을 쥐어 보인다. 아버지가 이를 악 물고 꾹 참는다. 면장이 뜯어 말린다.

면장	정 사장, 정 사장! 이러시는 게 아니에요, 글쎄…….
정학문	고향 어른이면 어른이었지, 당신이 뭔데 목에다 어깨에 심지 넣고 도도하게 구는가 말이야, 응? 축산조합장이면 다야? 농회 회장이면 다냐구? 이… 이……!
면장	정 사장! 글쎄 이 손 놓고서….
정학문	이 정학문이 20년 동안 어떻게 해서 돈 벌었는데, 그 돈으로 국회의원 출마하겠다는데, 배 아파할 게 뭐야…. 내 재산이 얼마인지나 알아, 응?

아버지가 힘껏 뿌리치자 정학문이 땅바닥에 넘어지면서 술상을 쓰러뜨린다.
주모가 비명을 지르고 방에서 청년이 나온다.
아버지의 안면 근육이 심한 경련을 일으키고 있다.

| 아버지 | 그래…, 그 돈이 어떻다는 거야? 그 돈을 벌었으니 어떻다는 거야? 무지몽매한 농군을 가지고 놀자는 거야? 돈이면 뭣이고 살 수 있다 이거야? 뭐야, 뭐야? |

아버지가 주먹을 쥐어서 흔들려 하자 면장이 사이에 끼어든다.

면장	김 회장, 김 회장! 참으세요! 내 얼굴을 봐서라도 제발….
아버지	……. 흙과 함께 사는 농군을 깔보면 천벌 받는다! 농민의 마음을 속이고 짓밟는 놈 오래가는 거 못 봤어!

아버지가 휙 나가버린다.

멍하니 땅바닥을 내려다보고 있는 정학문의 을씨년스러운 초라한 모습.

S#19 둘째의 방(밤)

모두들 손에손에 꼬치에 낀 잣을 들고 있다.

청년 C	그다음은 어떻게 하는 거야?
둘째	불을 붙여!
청년 C	불?
둘째	응! 그래서 그 잣이 오래 타는 사람일수록 올해 운수가 대통하고 몸은 건강하다 이거야…….
청년 C	그럼 중간에서 꺼진 사람은 안 되겠구나.
둘째	그래… 자…… "시작" 하면은 각자가 불을 켜봐!
청년 D	기왕이면 분위기를 내기 위하여 전등을 *끄자*!

여기저기서 찬동하는 소리. 한 사람이 일어나 전등을 끈다.

모두들 숙연해진다.

둘째	불 붙여!

여기저기서 성냥과 라이터로 불을 붙인다. 어둠 속에서 잣에 불이 붙는다.

둘째	(기도하듯) 이 작은 불빛이 나를 지키고 너를 지키고, 그리고 이

밤을 밝히고 전 세계를 밝혀주길……. 이 땅 위에서 빛과 가난과 미움을 불사르고 그 대신 건강과 풍요와 사랑이 충만하시기를….

청년 A   그리고, 나에게 꽃다운 여자를 내리시기를…….

일동   허허…….

둘째   (노래) 청산에 살어리랏다.

S#20 스낵

플라스틱 등잔 갓을 벗기고 촛불을 사이에 두고 셋째와 태석이가 앉아 있다.

태석   무슨 생각 하니?

셋째   촛불.

태석   ?

셋째   인간의 역사는 불을 발견하면서 시작되었다지만, 인간이 촛불을 켜기 시작하면서 아닐까 하고…….

태석   왜?

셋째   모든 의식 때는 촛불을 켜지 않던? 결혼식, 제사, 혼례식…….

태석의 손이 조용히 셋째의 손을 감싸듯 덮는다.

셋째   태석아, 촛불처럼 살고 싶다.

태석   나도 그래.

셋째   촛불처럼 자신을 태워서 이 세상에 빛을 남기듯이…….

태석이가 비로소 셋째의 눈을 본다. 셋째의 눈에 열과 습기가 촉촉하다.

S#21

친구들이 횃불을 들고 어깨동무를 하고 노래 부르며 돌아간다. 옆에는 막걸리 통.

S#22 다른 길

아버지가 터벅터벅 걸어오고 있다. 멀리서 들려오는 노랫소리.

아버지가 걸음을 멈춘다.

아버지   응? 저게….

점점 가까워지는 청년들.

멀리서 개가 짖는다.

아버지   둘째 친구들인가?

노랫소리가 더 열기를 가하며 다가오고 있다.

아버지   (크게) 둘째야, 둘째야….

청년들이 모습을 나타낸다.

둘째   아버지, 이제 오세요?

아버지   응…, 아니 왜 여기서들 노니?

청년 A   네, 좁은 방에서는 성이 안 차서요.

청년 D   아버님, 이 술 한잔 드세요.

청년 B   아버님도 같이 노세요.

일동   그러세요. (공동)

아버지   좋지!

모두 함께 어울려 노래 부르며 돈다.

아버지의 신나는 얼굴.

S#23 둘째 방(밤)

어머니, 일용네, 며느리, 그리고 막내가 상을 치우고 있다.

일용네가 고기 한 점을 집어 입에 넣는다.

일용네   에그…, 아주 쓸었구랴, 비로 쓸었어! 그래도 좀 남겨줘야 설
         거지하는 사람도 뭣 좀 천신하지…. 뭘, 이렇게 싹 쓸어버리다
         니….

모두들 웃는다.

막내   펄벅의 「대지」라는 소설에 나오는 메뚜기 떼가 지나간 자리 같
         군!
어머니   그럼 한창인데 이까짓 거 못 먹겠니?
며느리   동치미를 글쎄 한 동이나 비웠으니 할 말 다 했죠.
일용네   빈대떡은 바닥에 눌은 냄새까지 훑어간 셈이지….
일동   호호….

개가 짖는다.

아버지 노랫소리 들린다.

아버지 E   청천 하늘엔 별도 많소! 쾌지나 칭칭 나네이…!

S#24 뜰(밤)

첫째가 아버지를 부축하고 들어온다.

고래고래 노래 부르는 고주망태의 아버지.

혼자서 덩실덩실, 쫓아가 잡는 첫째.

아버지   쾌지나 칭칭 나네. (뛴다) 쾌지나 칭칭 나네이…!
첫째   아버지, 쓰러지면 안 돼요.

식구들 모두 나온다.

어머니   둘째는 어디 가고?
첫째   친구들 바래다주고 온대요. 아이구, 아버지 조심하세요.
아버지   (소리) 이놈 자식들! 젊다는 것이 얼마나 좋은 줄 알아? 때 묻지
          않은 청춘! 맑고 깨끗한 원동력! 용솟음 치는 용기다 이거야!
          돈에 때 묻고 권력에 때 묻고 명예에 때 묻는 놈들 다 가라, 이
          거야!
어머니   에그, 어디서 이렇게 고주망태가 되셨수, 그래?
아버지   망태? 그래 난 망태다!

풀썩 고꾸라지며 잠들어버리는 아버지. 어처구니없는 식구들.

S#25
아침 햇살에 잔설이 덮인 산들. 마을 전경.

S#26 셋째 방(아침)
셋째가 눈을 깜박거리며 자리에 누워 있다.

막내가 도시락을 들고 들어선다.

막내   언니, 나 오늘부터 학원에 나가기로 했다!

셋째	…….
막내	(코트를 입으며) 친구하고 함께 같은 입시반에 들기로 했어… 혼자 다니기는 겁나고… 역시 짝이 있으면 용기가 생기나 봐!
셋째	….

막내가 셋째의 얼굴을 머리맡에서 내려다본다.

막내	아침 철학 시간이야? 후후….
셋째	응.
막내	이상하다. 어젯밤에도 늦게 들어왔지? 나 자는 척했다.
셋째	(한숨)
막내	무슨 일 있었어?
셋째	나… 결혼한다면 우습겠지?
막내	결혼?
셋째	언젠가는 해야 하니까….
막내	흠…, 난데없이.
셋째	아버지랑 엄마랑 뭐라고 하실까?
막내	뻔하지.
셋째	뭐?
막내	애기가 시집가서 애기 낳는다고, 호호….

막내가 가방을 들고 나간다. 셋째가 눈을 말똥거린다.

S#27 안방(아침)
어머니가 농을 치우고 있다. 오래된 옷이며 옛날 혼숫감들이다.

어머니	좀약을 넣어두었는데도… 좀이 먹었으니 이걸 어째…?

어머니가 필목을 한쪽으로 챙긴다. 안동포, 한산모시, 마포 등등이다.

어머니 E   요즘은 안동포 한 필에 10만 원 간다던데. 셋째… 막내… 시집
                      갈 때 혼숫감으로 주려고 진작부터 챙겨두었는데…. (한숨) 부
                      모는 이렇게 보는 것… 만지는 것… 자식들 주려고 아끼고 또
                      아끼고… 하는데… 자식들은 그 은공이나 아는지….

어머니   너, 간밤에 늦었지?

셋째   ….

어머니   네 작은오빠 친목계 하는데 말이다. 츳츳.

셋째   예?

어머니   나는 누가 쓸 만한가 그것만 노리고 둘러봤는데, 글쎄… 하나도
                      탐나는 사람이 없어. 호호.

셋째   무슨 얘기예요?

어머니   네… 신랑감!

셋째   예?

어머니   나는 그래도 한 사람쯤은 있을 테지 했는데 그게 아니더라…
                      우리 둘째가 그래도 그중에서 가장 잘생겼더라…. 내 자식 자
                      랑하면 반미치광이라지만… 내가 낳은 자식이지만 어쩌면 그
                      렇게.

셋째   엄마!

어머니   …?

셋째   나, 친구 데려와도 돼?

어머니   친구? 너는 몇인회니? 네 오라비는 7인회라더라.

셋째   한 사람이에요.

어머니   한 사람?

셋째   예, 괜찮죠?

어머니   그, 그야 친구 한 사람 데려오는 게 무슨, 예… 너 혹시!

셋째가 벌떡 일어난다.

셋째	허가 내렸어요?
어머니	응?
셋째	그렇다고 닭 잡는다 떡 한다 빈대떡 부친다 하실 필요는 없어요!

셋째가 밖으로 나간다.

S#28 둘째의 방(아침)
둘째가 작은 치부책에다가 계산을 하면서 돈을 세고 있다. 만족스러운 얼굴이다.

S#29 뜰(아침)
아버지가 농기구를 가지고 들어온다.

S#30 안방
어머니가 대충 옷감을 치운다.
아버지가 들어온다.

아버지	아니 웬 옷을 이렇게 꺼내놓고….
어머니	올해는 시집을 보내건 장가를 보내건 짝지어줘야죠!
아버지	누구 얘기야?
어머니	둘째도 있고, 셋째도 있고….

밖에 인기척이 난다.

둘째	(소리) 아버지, 들어가도 되죠?
아버지	응…, 들어와.

48

둘째가 방문을 열고 들어온다.

어머니   안 나갔니?

둘째가 손에 돈 봉투를 들었다.

둘째   어젠 애쓰셨어요.
아버지   메뚜기 떼처럼 먹어치웠다면서?
둘째   어머니 음식 솜씨가 그렇게 좋다면서, 모두들 접시 바닥까지 핥

             았지 뭐예요? 흐흐….
아버지   접시 닦기 지망생들이었나 보구나…, 허허….
어머니   글쎄, 어제가 둘째 계 타는 날이었대요.
아버비   얼마짜리?
둘째   20만 원이요.
아버지   아아!

둘째가 봉투 하나를 내민다.

둘째   어머니, 이거 받으세요.
어머니   이게 뭐냐?
둘째   어제 장만하신 음식 값이에요.
어머니   에그, 관둬!
둘째   모일 때마다 음식대로 만 5천 원씩 만들게 돼 있어요.
어머니   그럼, 이 돈은 내가 가져도 되는 거니?
둘째   예, 어제 음식 차리는 게 어머니 돈이시라면요?
어머니   응.
아버지   그게 어째서 당신 돈이야? 나한테서 나간 돈이지.

어머니	그래도 결국은 제 주머니에서 나간 거니까 제 돈이에요. 호호.

어머니, 잽싸게 봉투를 가로채어 좋아라 한다.

아버지	그저… 여자들은 돈이라면… 에그….
어머니	남자들은 돈 보면 몸에 두드러기가 난다죠?
둘째	허허.
어머니	고맙다…. 그런 줄 알았으면 좀 더 무겁게 장만할걸.
아버지	그래서 이윤 남기게?
둘째	아버지!

두툼한 봉투를 내민다.

아버지	이건 또 뭐냐?
둘째	받아주세요.
아버지	네 곗돈이라면서?
둘째	예, 사실은 저희 7인회는 말이죠. 나이 잡수시는 부모님들께 뭔가 한 가지 호강을 시켜드리자고 계를 한 거예요.
아버지	호강?
둘째	예. 아버님, 어머님 함께 여행을 하시든가, 옷을 해 입으시든가, 맛있는 거 잡수시든가, 아무거나 하시고 싶은 것 한번 하시라구요.
아버지	그래?
둘째	그동안 회원들끼리 돌아가면서 서로 품앗이 일을 해주고 그 일당을 모아서 저금이 되는 거예요.
아버지	그랬니? 고맙다.

아버지가 봉투를 들어본다.

둘째, 일어난다.

둘째	그럼, 두 분이 가장 기분 좋게 쓰실 방법을 의논하세요.
아버지	이것 봐. 당신 이걸로 옷 한 벌 해 입지.
어머니	밤낮 집에 있는 사람 새옷 하면 뭐 해요. 당신 양복이나 한 벌 합시다.
아버지	있는 양복도 다 못 입고 죽을 텐데, 소용없어.
어머니	그럼 여행이나 한번 하실려우?
아버지	아까운 돈으로 여행은 무슨? 가볼 데도 없어.
어머니	호호. 그러지 말고 둘째 장가 밑천으로 놔둡시다.
아버지	바로 그거야! 새마을금고에다 맡기고. 그러면 돈도 불어날 테고 안심도 되고, 좋잖아?
어머니	그게 좋겠구먼요.
아버지	허허. 둘째 이 녀석 부모한테 인심 쓰고 돈 늘리고 우린 뭐 하는 거야?
어머니	맷돌채나 잡읍시다!
아버지	뭐? 맷돌채라니?
어머니	아, 그 뭐야. 둘째 장가 밑천 부지런히 놓으려면 빈대떡 잔치도 부지런히 해줘야 하잖겠어요?
아버지	허허, 그렇군 그래!

(F.O.)

제16화

메주

제16화 메주

방송용 대본 | 1981년 2월 17일 방송

·등장 인물·

할머니	정애란
아버지	최불암
어머니	김혜자
첫째	김용건
며느리	고두심
둘째	유인촌
셋째	김영란
막내	홍성애
일용	박은수
일용네	김수미
맏딸	엄유신
시어머니	김석옥
사위	박광남
고모	최은숙
가정부	이경순
손녀	이선영
태석	조남석
과자점 여점원	12기

S#1 마루와 뜰

뜰 한가운데 놓인 평상 위에 높게 메주가 수북이 쌓여 있다.

어머니와 둘째가 뒤뜰에서 마지막 메주를 들고 나온다.

일용네도 뒤를 따른다.

둘째   아이고 무거워. 휴우….

일용네   올 메주는 잘 띄웠네요.

어머니   메주 잘된 것도 복 중의 하나지….

어머니와 일용네가 평상에 올라앉아 맷돌을 돌리기 시작한다.

둘째   그런데 메주는 이 냄새 때문에 질색이에요.

어머니   메주 냄새가 어때서?

둘째   아이구, 말도 마세요. 나는 이 메주 썩는 냄새에 코가 썩을 지경
　　　　　이었어….

어머니가 사납게 노려본다.

어머니   그런 소리 하면 벌 받어!

둘째   예?

어머니   코가 썩다니? 예부터 집안에서 메주 띄울 때는 얼마나 정성을
　　　　　드리는지 알고나 하는 소리니?

저만치서 며느리도 다가오다가 걸음을 멈춘다.

어머니   절구에다 찧어… 덩어리 만들어… 아랫목에다 앉히면서 제발
　　　　　올 메주 잘 띄워서 간장맛 좋고… 된장맛 좋게… 해주십사 하고

마음속으로 기도하면서 메주 띄워왔다. … 그런데 뭐 메주 냄새에 코가 썩다니? 천벌 받아, 그런 소릴 하면….

둘째   잘못했어요, 어머니.

둘째가 멋쩍게 웃는다.
며느리가 내려와 젖은 기저귀를 세탁통에 던지고는 메주 짚 푸는 데 합세한다.

일용네   에그…, 요즘 젊은 사람들이 그런 걸 알 게 뭐예요… 말짱 신식 나이롱만 찾는 판에. (며느리에게) 새댁, 안 그래요?

며느리   안 그래요! 학교에서도 메주 띄우는 법 다 배워요….

어머니   배우면 뭘 하니… 손수 해봐야지!

며느리   저도 메주 쑬 줄 알아요, 어머니.

어머니   글쎄. 백번 알면 뭘 하느냐고! 손 놀리고 머리 쓰고 몸으로 직접 해봐야지…. 입으로 메주 쑨데?

며느리가 무안을 당한 듯 입을 가린다.
어머니가 자신의 말이 과격했다는 걸 뒤늦게야 알았는지 누그러진다.

어머니   뭐, 그렇다고 너보고 하는 소리가 아니니 고깝게 듣지 말아라.

며느리   아니에요.

어머니   내 딸들도 매한가지니까…. 배웠으면 뭐 해… 깍두기 하나 못 담구는걸.

일용네   언젠가… 텔레비전 보니깐… 그 뭐냐… 그 뻘건 것… 있지요, 고추장 같은 것. 병에 든 것.

둘째   아, 토마토 케찹이요?

어머니   아이고, 알기도 잘한다.

일동   허허.

일용네	글쎄 요즘 깍두기를 그 케첩인가 참첩인가 쳐서 담근다지 뭐예요… 글쎄!
어머니	(한숨) 그러니 그게 어디 깍두기 맛이겠어요? 생무에다 붉은 물감 드리는 격이지.
며느리	젊은 사람들은 그걸 또 잘 먹는대요, 어머니.
어머니	글쎄, 그게 틀린 것이지.
며느리	예?
어머니	잘 먹는다고 아무렇게나 먹어서 되니? 다 법이 있고 식이 있고 절차가 있는 거야… 그저 요즘 사람들은 무엇이든 힘 안 들이고 손쉽게 먹어치우려고 드니까 큰일이지.
둘째	그게 발전이죠. 그러니까 메주도 개량 메주까지 나왔잖아요?
어머니	시장에서 파는 그 개량 메주… 그걸 어떻게 믿어… 그 속에 콩이 들었는지 톱밥이 들었는지… 세상에 게으른 사람들이 일하기 싫고 생색은 내야겠고 하니까 이용하는 게지.

S#2 방 안

아버지가 책을 읽다 말고 어머니의 말소리를 훔쳐 듣는다.

어머니	(소리) 살림이란 그게 아니여…, 정성이지… 일이 귀찮다고 생각되면 끝장이다…. 일을 무서워해서는 못써. 너희 아버지 못 봤니? 새벽부터 밤늦도록….

뭔가 쓰기 시작한다.

내레이션	그래… 사람들은 일을 두려워해서는 안 된다…. 일을 이겨내야 하고 일을 만들어낼 줄 알아야 한다. 일 속에 파묻혀 살면서 그 일이 즐겁고 기다려지는 데 낙을 붙여야 한다. 늦가을에 메주

를 쑤어 겨우내내 더운 방에서 띄웠다가 새해가 밝고 음력 정
월 그믐께가 되면 장을 담근다…. 이 기나긴 시간의 인내와 연
구와 기다림은 우리 할머니의 정성이요, 어머니의 손길이다. 그
런데 요즘에는 그것을 두려워들 한다… 귀찮아한다… 업신여
긴다. 그게 아닐 게다. 우리가 산다는 것은 편리하다는 것만이
능사가 아니라 불편 속에도 낙이 있고 보람이 있는 법이다….
나는 그것을 메주에서 배운다.

S#3 펌프 가

어머니, 일용네, 며느리가 메주를 통째 씻고 있다.

할머니	장 만들려고?
어머니	네….
할머니	그래. 간장은 정월 간장이라야지… 정월 간장이라야 변치 않고 맛이 좋으니라. 옛날 너희 증조모님께서는 해마다 으레 정월 그믐날이면 어김없이 간장을 담았느니라.
며느리	그걸 보면 정말 이상해요.
어머니	뭐가?
며느리	옛날 사람은 시간이나 시절에 대해서 그렇게 민감할 수가 없었던 것 같아요. 그리고 복 음식도 그 만드는 시기가 정확하게 정해져 있는 걸 보면….
일용네	그러기에 수염이 대 자래도 먹어야 양반이라 했죠.
일동	허허….
할머니	메주는 얼마나 쑤었니?
어머니	예?
할머니	서너 말 쑤었니?
어머니	서너 말 조금 넘게 쑤었어요…. 작년에는 된장이 좀 모자라서

요…. (문득) 서울 고모 집에서 우리 된장 맛있다고 두 번이나 퍼 가는 바람에….

순간 할머니의 표정이 굳어진다.

할머니   서로 나누어 먹으면 어때서…?

어머니   예?

할머니   간장, 된장 나눠주는 건 문제가 아니다. 다 복 타고 나온 사람은 그렇게 일가친척에게 나눠주고 했었어, 옛날부터…. 된장 두어 번 나누어준 걸 그렇게 언짢아 여길 건 또 뭐냐?

어머니   아니, 제가 언제 언짢아했어요? 그저 그렇다 했을….

할머니   시누이한테 된장 좀 퍼준 게, 뭐 그렇게….

할머니가 투덜대면서 방으로 들어간다.

어머니가 입을 떡 벌리고 멍하니 쳐다본다.

일용네가 낄낄댄다.

일용네   헤헤….

어머니   아니, 제가 뭐라고 했길래 어머님께선….

일용네   (낮게) 노인네가 망령이 나셨어요…, 히히.

어머니   (며느리한테) 얘, 내가 할머니 비위 거슬린 말이라도 했니?

며느리   그, 그게 아니라요.

어머니   난 고모네한테 된장 두어 번 퍼줘서 된장이 모자랐으니 올해는 좀 넉넉하게 담았다고 말씀드렸는데, 글쎄 그걸 가지고서.

일용네   딸이 생각나서 그러시는 거예요.

어머니   !

일용네   시집간 딸네 집 된장 떨어지면 어쩌나 하고.

어머니	모르는 소리 말어요…. 그 시누이네는 우리보다 몇 배 잘살아요…. 맨션 아파트에서 전기냉장고, 컬러텔레비전… 전기세탁기 없는 것 없이 편안하게 사는데 무슨….
일용네	아무리 잘살아도 간장, 된장은 먹고 살아야지 별수 있수?
며느리	요즘에는 간장, 된장에도 발암물질이 섞여 있다고 꺼려하는 사람이 늘어난대요.
일용네	발암물질? 그게 뭐예요… 새댁…?
며느리	흠… 그 암이 생기는 요인요.
일용네	암….
어머니	세상에? 살다 보니 별 요상 망상 다 듣겠다!
며느리	예?
어머니	아니, 우리 한국 사람이 메주 쑤어 된장, 간장 먹고 산 지가 언제인데 이제 와서 암이냐 암이….
며느리	잡지에서 읽었어요. 권위 있는 대학교수가 오랜 임상 실험 끝에 연구 논문을 발표했는데….
어머니	그만해둬! 그런 씨도 먹히지 않는 소리!
며느리	네?
어머니	그런 말대로 하자면 이 세상에 살아남을 사람 하나도 없겠다. 잘못하면 그놈의 무슨 균이 섞였고 암이 어떻고… 혈압이 어떻고… 세상에! 요즘엔 뭔 병도 그렇게 가지가지인지?
일용네	사람도 활개치니 병들도 내 세상이로다 한 게죠.

S#4

아버지, 둘째, 일용이가 비닐하우스를 세우기 위해 측량을 하고 있다. 말뚝을 네 귀퉁이에 박고, 자로 거리를 잰다.

둘째	아버지, 목이 좀 넓어야지 않아요? 온실은….

아버지	책에서 보니까 이만하면 된다더라. 너무 넓어도 열 관리가 불편하고….
일용	서울 서초동에 있는 꽃동네 가봤더니 이 정도면 되겠네요.
둘째	그 대신 화초 재배하려면 누구 한 사람 있어야 할 거예요.
아버지	사람을?
둘째	예…, 화초 재배는 그 나름대로 배운 지식이 있어야 하거든요.
아버지	인건비는?
둘째	염려 마세요. 제가 미리 얘기해뒀어요.
아버지	누구한테?
둘째	지난번에 온 친목계 회원 가운데 한 친구가 그 계통의 권위거든요. 그래서 일주일에 두어 번 들러서 봐주겠대요.
아버지	무료지?
둘째	그럼요, 흐흐….
아버지	그럼 됐다! 인건비를 지불하면서까지 하려면 적자다!
둘째	당분간은 적자죠.
아버지	안 돼! 시작부터 죽 자라야지.
둘째	헛허….
일용	김 회장님께서는 철저하게 소득 증대를 노리시는군요. 헛허….
아버지	한 뼘의 땅도 안 놀리는 대신 한푼이라도 소득을 올려야지….

S#5 할머니 방

할머니가 옷 보따리를 싸고 있다.

며느리가 방문을 연다.

며느리	할머니…, 점심 잡수세요.
할머니	(건성으로) 오냐.
며느리	아니… 웬 옷을…. (들어본다)

할머니	음⋯.
며느리	어디 가시게요?
할머니	서울⋯.
며느리	예?
할머니	지난 양력설에도 안 오더니 구정에도 아무 기별이 없으니 궁금하구나⋯.
며느리	누구 말씀이세요?

며느리가 긴장을 한다.

S#6 부엌
밥상을 차리던 어머니와 일용네가 서 있다.

어머니	서울에 가신다고?
며느리	예, 옷 보따리를 싸고 계세요.
어머니	아니, 난데없이 서울엔 왜 또⋯.
일용네	딸 생각 나신 거죠⋯ 보나 마나⋯. 헤헤.
며느리	그렇네요. 고모네가 아무 소식도 없어서 궁금하신가 봐요.
어머니	어째⋯ 너희 할머니도 요즘 하시는 일이 영 좀 이상하시다.
며느리	예?
어머니	아니 이렇게 날씨도 찬데 서울엔 뭣 하러 가시니? 날 풀리고 꽃 피면 어련히⋯ 알아서 아버지께서⋯.
일용네	헛허⋯.
어머니	아니, 왜 또 웃어요? 일용네는⋯.
일용네	늙으면⋯ 다⋯ 그렇게 돼요. 호호⋯.
어머니	뭐가요?
일용네	내가 점을 쳐볼까요?

어머니	점이라니?
일용네	그렇다고 복채 돈 내놓으라는 거 아니니까 염려 마세요. 호호….
며느리	어느 점인데요?
일용네	아마 서울 딸한테 메주 갖다주시려고 그러실 거예요.
어머니	메주?

S#7 안방

아버지와 할머니가 겸상을 받고 있다. 어머니가 옆에서 시중을 들고 있다.

아버지	서울 가신다고요?
할머니	응.
아버지	아니, 왜요?
할머니	그저… 궁금도 하고 외손자도 보고 싶고….
어머니	날씨나 풀리면 가세요. 아직은….

아버지와 어머니가 시선을 마주친다.

할머니	어멈아, 나 메주 댓 덩어리만 싸다오.
어머니	예?
아버지	메주를요?
할머니	네 동생 집에 갖다줘야겠어….
어머니	어머님… 그, 그건….
할머니	댓 덩이 되겠지?
어머니	예?
할머니	모자라겠어? 우리 식구 모자란다면 그만두고….
아버지	메주는 왜….

할머니	어제도 얘기했지만 일껏 담구어놓은 된장 퍼다 먹는 건 염치도 없을 게고 메주로 갖다주면 저희들이 된장 담구어 먹을 테니… (어머니에게) 그러면 되잖겠어?
아버지	원, 어머님도…. 인영네가 메주 안 주었을 거라구요?
할머니	아니야!
아버지	예?
할머니	작년 가을에도 가봤더니… 메주도 안 준다더라. 시장에서 사다 먹는대.
어머니	그게 편하니까, 그렇죠.
할머니	그렇지만, 그것이 제맛이 나니? 뭐니 뭐니 해도 된장, 간장은 집에서 담구어야 제격이지. 그러니 너무 굵은 걸로 말고 댓 덩어리만 싸줘….
아버지	어머니께서 어떻게 가시려고요? 무거워서….
할머니	차만 태워주면 갈 수 있어…. 서울 내려서는 택시 타고……. 그러니 점심 먹고 나서 싸둬….

할머니의 일방적인 말투에 어머니의 표정이 약간 굳어진다.

S#8 마루와 뜰

둘째가 메주를 보자기에 싸고 있다. 어머니가 지켜본다.
할머니가 방에서 나온다. 두루마기에 머리엔 명주 수건을 썼다.

| 할머니 | 다 쌌니? |
| 둘째 | 네. |

아버지가 계란 판을 들고 온다.

아버지	어머님… 계란 가지고 가셨으면 좋겠는데…… 안 되겠죠?
어머니	당신도! 어머님께서 어떻게 그걸 가져가셔요?
아버지	이건 토종닭이 낳은 노란 계란이라 맛이 각별해….
할머니	그럼, 그것도 싸줘…. 아이들이 삶아주면 좋아하겠지….
어머니	이다음에 당신이 가실 때 가지고 가세요. 어머닌 무거워서 안 돼요.
할머니	괜찮아. 둘째가 경운기로 버스 정류소까지 데려다준다는데…….
아버지	그럼요….

아버지가 계란을 보자기에 싼다. 어머니가 약간 시무룩해진다.

| 둘째 | 할머니, 가세요! |
| 할머니 | 오냐, 가자…! |

둘째가 짐을 들고 앞장선다.

며느리	언제쯤 오시겠어요?
할머니	나를 기다리게?
아버지	그럼, 기다리잖구요? 허허…….
할머니	누가 늙은이를 기다려? 호호…….
어머니	다녀오세요.
할머니	오냐…, 가봐서 지내기 편하면 한 일주일 있다가 오지.

할머니가 나간다. 며느리가 따라간다. 까치가 운다.

아버지와 어머니가 멍하니 서 있다. 다음 순간 두 사람 시선이 마주친다.

어머니가 토라지며 방으로 들어간다.

아버지	아니… 저… 사람이 왜 또….

S#9 빵집

셋째가 우유를 마시고 있다. 누구를 기다리는지 시계를 본다.

막내가 들어온다.

막내	기다렸어?
셋째	10분….
막내	학원도 공부할 만하던데….
셋째	그래?

점원이 엽차를 가져다 놓는다.

셋째	뭐 먹을래?
막내	빵집에서야 빵이지.
셋째	빵 1인분!

점원이 물러간다. 막내가 엽차를 마신다.

막내	왜 나오라고 했어?
셋째	…….
막내	입시 공부 방해하려고?
셋째	나하고 같이 좀 가자.
막내	어딜?
셋째	언니네 집.
막내	언니네 집은 왜…….
셋째	그럴 일이 있어.

막내	나하고 같이 가야만 해?
셋째	응…, 언니 시어머니랑 시아버지가 계시면 거북하거든.
막내	나도 마찬가지야……. 사돈어른을 뵙기는……!
셋째	그래도 함께 가면 용기가 나지 않겠어?
막내	무슨 일인데?
셋째	나중에 차차 알게 돼.
막내	아버지랑 어머니랑 비밀 얘기……?
셋째	응, 당분간…….
막내	으스스하다. 흠…….
셋째	내게 있어서는 중요한 일이야. 일생을 좌우할, 응? 그러니 네가 꼭 가줘야겠어. 도와줘!
막내	알았어! 그 대신 빵값은 언니가 부담해…….
셋째	그래!

S#10 안방

어머니가 수심에 찬 얼굴로 경대 앞에 앉아 있다.

아버지가 들어온다.

아버지	무슨 일 있었어? 아까부터 왜 익모초 씹은 상이야?

아버지가 담배를 피우고 있다.

어머니	(혼잣말처럼) 신통하게도 맞혔지.
아버지	응?
어머니	신통한 점장이라구요, 일용네는….
아버지	무슨 소리야? 난데없이 점쟁이 얘기는…….
어머니	족집게 점쟁이가 따로 없지.

아버지	이봐!
어머니	글쎄, 낮에 일용네가 어머니께서 매주 가지고 서울 딸네 집 가실 거라고 하더니만 영락없이…….
아버지	흐흐…, 난 또 무슨 얘기라고….
어머니	예?
아버지	있을 수 있는 일이지, 뭘 그래?
어머니	있을 수 있어요?
아버지	부모가 시집 장가 간 아들딸 집에 귀한 물건을 가지고 가고 싶어 하는 심정…… 있을 수 있지.
어머니	어머님께서 매주를 가지고 가시겠다는 데는 다른 이유가 있어요.
아버지	이유?
어머니	그래요…… 저한테 보란 듯이…….
아버지	무슨 소리야?
어머니	글쎄, 작년에는 서울 시누이 집에서 된장을 퍼 가서 된장이 모자랐다니까는 글쎄……, 어머님께서는 그걸 꽁하게 여기시고…….
아버지	매주로 가져다준다 이거야?

어머니가 쳐다본다.

아버지	좋잖아?
어머니	…?
아버지	도시 사람들에게 시골 맛을 보여주려는…… 이건 일종의 평생교육이자 전인교육이지.
어머니	평생교육? 전인교육?
아버지	암…….

어머니	당신이 무슨 문교부 장관이에요?
아버지	뭐라고?
어머니	방송국에 몇 번 가시더니 이젠 하시는 소리마다 거창하시네! 남의 속도 모르고……
아버지	남의 속이라니?
어머니	어머님께서는 내 딸 생각을 안 해주는가 하고 서운하게 여기시니까 하는 얘기죠…!

아버지가 눈이 휘둥그레진다.

어머니	나만큼 시누이하고 우애 있게 살면 되었지…… 그 이상 어떻게 하란 말이에요! 내가 된장 많이 담가서 나 혼자서 먹겠다고 했나요?
아버지	(장단) 그게 아니지……
어머니	그런데 어머니께서는 그렇게 생각하시고는 메주를 딸네 집에 갖다주겠다는 거예요! 이건 오기라구요, 오기!
아버지	아니…… 이 사람이 점점 한다는 소리가……?
어머니	메주 쑤기가 얼마나 힘들고 정성이 드는데, 어느 집 가서 물어봐요. 주부들께서는 메주가 금덩어리예요, 금덩어리!
아버지	그래, 금덩어리니까 남 주기가 아깝다 이거야?
어머니	솔직히 말해서 그렇죠! 안 아깝다면 사람 아니죠.
아버지	그러니까, 어머니께서도 그 귀한 걸 서울 딸한테 갖다주고 싶어 하시는 거지. 그게 뭐가 잘못인가 말이야? 당신은 왜 사사건건 그렇게 조건이 많아?

어머니가 역습을 당한 듯 눈이 휑해진다.

S#11 고모네 아파트(거실)

호화로운 맨션.

할머니를 중심으로 고모와 가정부, 손녀가 둘러앉았다.

가정부가 메주 보따리를 본다. 애기 머리통만 한 네모진 메주.

손녀	이게 뭐야?
가정부	메주 아니니…
손녀	메주가 뭐야?
할머니	원, 녀석도 호호……
고모	(반갑지 않게) 어머님도… 이런 걸 왜 가지고 오셨어요?
할머니	……?
고모	슈퍼에 가면 메주 얼마든지 있는데…. 그렇지, 정자야?
가정부	예, 이만한 거 한 덩이에 2,700원 달라던가, 그래요……
고모	그럼 이거 모두 다섯 개니까…. (시들하게) 겨우 13,500원어치군요….
가정부	좀 작은 거는 2,500원이고요.
고모	요즘도 메주 쑤는 사람 있을까?

두 사람의 대화 속에서 할머니는 저만치 밀려나가는 표정이다.

고모	요즘은 식품점에서 파는 된장, 간장도 맛있어요. 그래서 우리도 그걸 사 먹어요, 어머니.
할머니	그래?
고모	더구나 아파트에서는 장소가 마땅치가 않아서요, 메주 떠우기도, 간장 담구는 것도 거북스러워요.
할머니	그래?
고모	애 아범은 귀찮게 그런 거 만드는지 모르겠대요. 한국 사람들

은 사서 고생을 한다나요. 얼마든지 편하게 살 수 있는데 그런다면서 김장도 못 하게 해요, 고생스럽다고. 호호호….

할머니   김장도? 그럼 김치도 안 먹니?

고모   먹죠.

할머니   어떻게?

고모   전화만 걸면 슈퍼에서 죄다가 배달을 해줘요!

할머니   그래?

가정부   참, 동치미도 나왔대요, 슈퍼에…….

고모   어머니, 우린 걱정할 것 하나도 없어요. 그런데 왜… 고생스럽게 이런 걸 가져오세요?

할머니   응? 응… 난 그저.

고모   정자야!

가정부   예….

고모   메주 갖다 둬.

가정부   어디다 두죠?

고모   냄새나는데 뒷베란다에다 넣어둬!

가정부   예!

가정부가 메주를 빼서 들고 나간다.

손녀가 졸졸 따라간다.

할머니는 쓸쓸하고 허망하다.

고모   어머니, 중국요리 잡수실래요? 아파트에 새로 중국요리 집이 생겼는데, 그렇게 잘해요.

할머니   중국요리?

고모   예, 재료를 대만에서 직접 날라다가 만들어요. 아주 맛있어요, 어머니!

고모가 전화를 건다. 할머니가 더욱 외로워진다.

S#12 맏딸의 집 현관

초인종이 울린다. 시어머니가 나온다.

시어머니   예!

도어를 연다. 셋째와 막내가 서 있다.

시어머니   누구…?
막내   안녕하세요?
시어머니   예?
셋째   언니 있어요?
시어머니   (그제야) 옳아…, 사돈네 처녀들이시구먼…. 난 또 호호.
셋째   예, 지나가는 길에 잠깐…….
시어머니   어서 들어와요! 어서.

두 사람, 들어선다.
시어머니가 부른다.

시어머니   아가 있니? 어서 나와봐.

맏딸이 욕탕에서 세탁을 하다 젖은 손을 씻으면서 나온다.

맏딸   누가 왔어요, 어머니? (발견하자) 어머나!
셋째   언니!
맏딸   너희들이 웬일이니, 응?

막내	언니도 보고 싶고, 조카도 보고 싶고, 호호!
시어머니	그래그래, 잘들 왔어요! 어서 방으로 들어가요. 친정 동생들 왔는데 맛있는 것 좀 만들어라.
맏딸	예.
막내	아니에요. 저는 곧 가봐야 해요.
맏딸	왜?
막내	점심시간 이용해서 빠져나왔어요. 학원 오후 시간에 맞춰서 가야 해요.
맏딸	그래? 아무튼 들어와!

셋째와 막내가 두리번거리며 맏딸을 따라간다.

시어머니가 의아한 표정으로 바라본다.

S#13 맏딸의 방

아랫목에 애기가 잠들었다.

맏딸	앉아!
막내	자고 있구나.
맏딸	그래, 무슨 일이니? 집에 무슨 일이라도 있었니, 응?
셋째	일은 무슨!

두 사람, 앉는다.

맏딸	너희들이 불쑥 나타나니까 겁부터 난다.
셋째	언니가 우리 집에 나타났다 하면 엄마 가슴이 철렁한 것처럼?
막내	작은언니가 할 얘기가 있대.
맏딸	나한테?

셋째가 고개를 끄덕인다.

맏딸	뭔데? 돈이 필요하니?
셋째	언니도! 돈이 아니라….
맏딸	그럼 뭔데?
셋째	차차 얘기할게요.
맏딸	응?

S#14 안방(밤)

어머니가 애기 속옷을 말고 있다. 옆에서 며느리가 지켜본다.

어머니	백화점 가면 없는 것 없더라만…, 사서 입히는 것보다 이렇게 만들어서 입히는 게 재미도 있고… 돈도 아끼고….
며느리	너무 기장이 길지 않아요? 어머님.
어머니	길면 두었다가 둘째 낳으면 입히지 뭐.
며느리	예?
어머니	애기 하나만 낳고 둘 작정이냐?
며느리	그게 아니라….
어머니	애기 옷은 클수록 좋아! 나날이 자라는데… 아깝게 한 번 입히고 버릴 것도 아니고… 좀 넉넉하게 만들면 자라서도 입히고 뒀다가 동생도 입히고… 그렇게 하는 게 살림이다. 요즘 젊은 주부들 건듯하면 백화점에 가서 물건 사는 버릇이, 그거 좋은 것 아니다.

며느리가 겸연쩍게 웃는다.

멀리 개가 짖는다.

S#15 맏딸의 방(밤)

사위가 저녁을 먹고 있다. 맏딸이 옆에 앉아 있다.

사위	그래서?
맏딸	당신보고 아버지한테 얘기 좀 해달라는 거예요.
사위	당신은?
맏딸	저는 어머니를 맡고.
사위	말하자면 각개격파하라, 이건가?
맏딸	휴!
사위	처제 머리 쓰는 게 보통이 아닌데.
맏딸	요즘 아이들 깜찍하죠!
사위	그러니까, 처제가 직접 어른에게 말씀드리기 거북하니 우리 보고 다리를 놓아달라 이거 아니야?
맏딸	그렇죠!
사위	상대는 누군데?
맏딸	같은 사학과 학생인데 원한다면 함께 미국 유학을 할 수도 있다나 봐요.
사위	미국? 세계 나오는군! 흐흐.
맏딸	그런데 걱정이에요.
사위	뭐가?
맏딸	다른 조건은 다 좋은데 한 가지?
사위	…?
맏딸	당신처럼 외아들이라지 뭐유?
사위	외아들이 어때서?
맏딸	어때서가 뭐유? 보시다시피, 아시다시피지!
사위	이 사람 알고 보니까 나하고의 결혼을 후회하고 있군!
맏딸	후회는 없지만 만족도 안 해요.

사위	복잡하다, 그 철학! 허허.
맏딸	어떻게 하시겠어요?
사위	처제의 소원 성취시켜야지! 그런 조건이라면 괜찮지 뭐요?
맏딸	벗고 나설 자신 있수?
사위	장인어른도 내 얘기라면 믿어주실 테지!
맏딸	글쎄요!
사위	전에도! 당신 데리러 갔을 때 술을 권하시며 사위밖에 없다고 입이 마르게 말씀하셨던 일 생각 안 나?
맏딸	취중에 하신 말씀 믿어도 될지?
사위	내가 보장해!
맏딸	두고 봅시다.
사위	허허.

S#16 마루와 뜰(밤)

개가 짖는다.

아버지와 첫째가 들어선다.

어머니가 방문을 연다. 며느리도 나온다.

어머니	이제 오세요?
아버지	응! 애들 다 들어왔어?
어머니	예.
아버지	어머니는 주무셔?
어머니	서울 가셨잖아요.
아버지	아차! 내 정신 좀 봐! 깜빡했어. 허허…….

모두 각자 방으로 들어간다.

어머니	저녁상 들일까요?
아버지	아냐. 오다가 친구를 만나 막걸리 한잔했더니만 저녁 생각 없어.
어머니	저, 저수지 가… 배나무집 사위가 간암으로 죽었는데… 그렇게 술고래였다지 뭐예요?
아버지	그래서?
어머니	예?
아버지	나도 술고래니까 간암으로 죽을 거라 이건가?
어머니	어머나… 이이가 넘겨짚기는…….
아버지	그런 말이지 뭐야, 그럼?
어머니	아니 술이 몸에 안 좋으니까 삼가시라는 게지, 누가 간암으로 돌아가신다 했어요?
아버지	나도 다 생각 있어 마시지. 누가 술에 걸신들어서 마구 퍼마신 줄 알아? 사람을 어떻게 보고 하는 소리야?
어머니	마음대로 하세요, 그럼! 난 이제 아무 말씀 안 할 테니 막걸리를 드시건 소주를 드시건… 당신 하고 싶은 대로 하시라고요.
아버지	아니, 이 사람이….
어머니	내가 미쳤지!
아버지	뭐라고?
어머니	걱정해줘도 본전도 못 찾는 걱정은 왜 하느냐고? 세상에… 내가 이래서 늙는다고 이래서…. 자식 걱정, 살림 걱정, 남편 걱정, 농사 걱정….
아버지	걱정도 많다.
어머니	수심도 많고요.
아버지	일도 많고! 허허허…….

어머니도 자기도 모르는 상태에 웃어버린다.

S#17 마루(밤)

셋째가 엿듣고 있다가 웃음소리가 터지자 안도의 숨을 몰아쉬고는 방문을 연다.

어머니   안 잤니?

셋째   들어가도 돼요?

어머니   들어와!

S#18 안방

셋째가 들어와 앉는다.

아버지   졸업식이 언제냐?

셋째   새달 12일이에요.

아버지   그래… 어떻게 하겠니?

어머니   취직한다니, 어디 알아봤어?

셋째   그래서 얘긴데….

아버지   어디냐?

셋째   저… 미국 유학 갈까….

어머니   미국?

아버지   어떻게?

셋째가 눈치를 본다.

아버지   그게 쉽니?

셋째   도와주겠다는 사람이 있어요.

어머니   누군데?

셋째   친구예요, 같은 과에 다니는….

어머니   여자?

셋째	….
어머니	그럼 남자?
아버지	여자 아니면 남자지. 그걸 꼭 물어야 말인가? 눈치도 없게스
	리….
어머니	당신은 눈치 한번 빨라 좋겠수.
셋째	아버지! 그래서 그 친구를 이다음에 한번 만나주십사 하고요.
아버지	어려울 게 뭐냐?
어머니	너… 혹시… 접때 집에 데리고 오겠다던 그 친구 얘기 아니니?

셋째가 고개만 끄덕한다.

어머니	그러면 그렇지!
셋째	엄마, 나쁜 사람 아니니까 한번 만나보시고 나서 말씀해주세
	요. 선입견 같은 거 없이 말이에요. 아빠랑 엄마랑 걱정하는 그
	런 사람은 아니니까요!
아버지	글쎄, 만나는 거 어렵지 않다니까… 데려와! 데려와서 얘기하
	자.
어머니	여보! 지금 셋째는….
아버지	대화를 해보자고, 대화를! 그래서 되고 안 되고를 결정짓겠다
	는데 뭐가 나빠? 어런… 안 그러냐, 셋째야?
셋째	예, 그래도 대화를 통하면 다 예뻐하시게 될 거예요.

어머니와 아버지는 각각 다른 반응을 보인다.

S#19 다방
셋째, 사위, 태석이 앉아 있다. 사위의 표정은 사뭇 밝다.

사위	걱정 말아요, 처제! 이만하면 내가 보장을 할 테니….
셋째	정말이세요?
사위	나 이래 봬도 하면 한다는 타입이라고, 허허….
태석	부탁드립니다.
사위	그런데 자네 이거 할 줄 아나? (술 마시는 시늉을 해 보인다)
태석	예….
사위	얼마나 해? 주량이….
태석	무얼 기준으로죠?
사위	응!
태석	맑은 건가요? 탁한 건가요? 아니면 까는 건가요?
사위	그건 또 무슨 학설인가?
태석	소주, 막걸리, 그리고 양주 중에 어느 쪽인가 이겁니다.
사위	응? 허허… 그러면 알 만하네, 알 만해. 허허….

S#20

아버지, 둘째, 일용이가 젖소들을 만지고 있다.

S#21 고모 아파트 거실

할머니가 외출 준비를 하며 나온다. 고모가 따라온다.

고모	어머니, 왜 가신다고 그러세요? 어디가 불편하세요?
할머니	아니야.
고모	처음엔 한 일주일 좀 쉬어 가신다더니.
할머니	글쎄….
고모	그런데, 왜 이틀도 못 되어서 가신다고 그러세요?
할머니	응, 그럴 일이 있어서….
고모	예?

80

할머니	그리고, 그거 가지고 나오너라.
고모	예? 뭘요?
할머니	메주 어디다 뒀지?
가정부	뒷베란다에요.
할머니	가지고 나와.
고모	왜요?
할머니	여기서는 간장, 된장 담그기가 힘들 테니 내가 서울 가서 간장, 된장 담구어서 보내줄게! 그게 너희들한테도 편리하지 않겠어?
고모	예, 그거야 그게 편리하죠. 여긴 장독도 없고 냄새도 그렇고.
할머니	그러니 가지고 나와! 서울서도 그믐날에 장 담군다니까 그때 함께 담구는 게 좋지! 두 번 일할 수는 없잖아?
고모	예. 정자야, 가지고 나와.
가정부	예? (가정부 급히 들어간다)
할머니	그리고 내 한마디 하겠는데….
고모	예?
할머니	이런 얘기 김 서방한테는 하지 말아.
고모	예?
할머니	한번 가지고 온 걸 다시 가져간다는 게 그렇게 듣기 좋은 얘기는 아니니까.
고모	아니에요. 김 서방도 그저 잘한 짓이라고 좋아할 거예요. 호호….
할머니	그래?

가정부, 메주 보따리를 갖고 나온다.

고모	어떻게 들고 가요?
할머니	차만 태워주면 갈 수 있어.

고모	그럼 정자야, 네가 들고 가서 차 잡아드려라, 응?
가정부	예.
고모	먼저 나가.

가정부가 메주를 들고 나간다.

할머니	김 서방 오면 그저 그냥 가고 싶어 가더라 해! 다른 얘기 말고.
고모	예… 어머니! 그리고 이거.

고모가 홈웨어 주머니에서 돈을 꺼내 어머니 손에 쥐어준다.

고모	잡숫고 싶은 거 사 잡수세요. 손자 손녀들 생각 마시고 어머니 혼자서요, 예?

고모가 돈을 억지로 할머니 핸드백에다 구겨 넣어준다.
할머니의 표정이 쓸쓸하다.

할머니	(마음의 소리) 나 혼자 먹고 싶은 거 사 먹는다고 마음 편할 줄 알아? 그게 아닌데, 늙은이 마음은 그게 아닌데….

문이 열리며 가정부가 부르짖는다.

가정부	할머니, 빨리 나오세요. 택시 잡았어요.

할머니가 눈물을 닦으며 서서히 나간다.
전화가 울린다. 고모가 전화를 받는다.

고모   어머니, 그럼 조심히 가세요. 멀리 안 나가요….

현관에서 할머니가 돌아본다.

화사하게 웃으며 전화 받는 딸과는 대조적인 할머니의 얼굴.

S#22
아버지와 둘째가 일을 하고 있다.

일용   (소리만) 김 회장님, 김 회장님!

아버지   왜?

일용   서울서 할머니 오시네요.

아버지   왜 벌써 오시지? 가보자.

둘째   예.

아버지가 뛰어간다.

S#23 뜰과 마루
평상에다가 어머니와 일용네가 말끔히 씻은 메주를 햇볕에 쪼이고 있다.

둘째가 들어온다.

둘째   어머니, 할머니 오세요.

어머니   응, 할머니가?

두 사람이 일어난다.

개가 짖는다. 까치가 운다.

할머니, 아버지, 둘째, 일용이가 들어선다.

어머니	어머님, 왜 기별도 없이….
할머니	아이고, 다리야…….

평상에 앉는다. 부러 밝은 표정이다.

아버지	왜 벌써 오세요?
할머니	내 집이 제일 좋으니까 왔지, 헛헛….
어머니	서울 아파트가 더 좋지요.
할머니	물론 거기도 좋고….
둘째	할머니, 이거 가져가셨던 메주 아니에요?
할머니	응, 응?
어머니	왜 도로 가져오셨어요?
아버지	싫다던가요?
할머니	(펄쩍 뛰며) 아냐, 아냐!
어머니	그럼, 왜…….
할머니	응… 저… 네 시누이가 부탁하더라.
어머니	저한테요?
할머니	응… 저 아파트는 장독이 없으니까 아예 여기서 간장, 된장을 담구어서 놔두래. 그럼 저희들이 와서 운반해 가겠다고, 헛허!
어머니	그래요?
할머니	하긴 아파트가 그런 점에서는 불편하다만, 그러면서 그 댓가는 나중에 푸짐하게 갚겠다더라… 헛허…….
아버지	댓가는요….
할머니	아니야. 형제간이라도 서로 인사를 차릴 건 차리고 해야지… 헛허…. 그 애가 얼마나 경오가 밝은데…. 헛허, 그리고 참 이 거…….

할머니가 핸드백에서 돈을 꺼낸다.

어머니   이거 웬 돈이에요?

할머니   콩값이라고 주더라!

어머니   예?

아버지   어머니, 그런 법이….

할머니   받아둬. 요즘 콩 한 말에 8천 원 간다면서, 형제간이지만 셈은 제대로 해야 한다면서, 어서 넣어둬! 어서….

할머니가 억지로 어머니 손에 쥐여준다.

아버지와 어머니가 무슨 영문인지 몰라서 어리벙벙해진다.

아버지   어머님!

할머니   아파트는 따뜻해서 좋더라…. 그저 속옷 바람으로 추운 줄 모르니…. 난 그래도 찬바람 쐬면서 살아서 그런지 여기가 좋더라, 호호….

할머니가 일어나 방으로 들어간다.

모두들 할머니가 설치는 바람에 뭔가 걸맞지 않은 위화감을 느낀다.

어머니   이상하다…, 여보.

아버지   응?

어머니   어머님… 왜 저러시죠?

아버지   글쎄.

어머니   정말 좋아하시는 표정 같지 않죠?

아버지   그걸 내가 어떻게 알아?

일용네   노인네가 무슨 변덕 나셨구먼, 변덕 나셨어, 호호….

일용네가 부엌으로 들어간다.

어머니   (며느리에게) 아가, 할머니 방에 들어가봐!
아버지   가보긴….
어머니   아니에요. 무슨 곡절이 있으시다고요. 여긴 됐어, 무슨… 어서.
며느리   예.

며느리가 마루로 간다.

S#24 할머니 방 앞

며느리   할머니!

대답이 없다.
며느리가 조심스럽게 문을 연다.

S#25 방 안
할머니가 이불을 뒤집어쓰고 누워 있다.
며느리의 표정이 정지된다.

S#26 안방
아버지와 어머니, 걱정스러운 듯 마주 앉아 있다.

어머니   그것 보세요. 제가 뭐라던가요?
아버지   고이얀 것들!
어머니   그러기에 요즘은 선심이고 친절도 알 만한 사람한테 베풀어야
              지, 그렇지 않으면 헛일이라고요.

| 아버지 | 늙은 부모의 마음을 그렇게 몰라보는… 내일이라도 내가 올라 |
| 가서 따져야겠어…. |
어머니	아서요.
아버지	뭐라고?
어머니	본전도 못 찾을 일 왜 하시려 드세요, 네? 누가 메주 갖다 달랬
냐고 하고 되물으면 뭐라고 하시겠어요, 예?
아버지	그게 부모의 마음이지….
어머니	그것 알게 될 때면… 메주가 뭣인가들 알게 될 때는 이미 늦었
을 때라고요. 당신이나 나처럼… 머리가 회끗회끗하고 새벽잠
이 깨서… 오늘은 무슨 일을 할까 걱정부터 하는 그 나이라야
지…. 요즘 신식 사람 몰라요….

아버지가 길게 한숨 쉰다. 담배를 피워 문다.

| 아버지 | (마음의 소리) 메주를 아는 나이라… 그렇지. 그 냄새나고 보기 |
| 흉한 메주의 생리를 알게 되는 나이란 훨씬 훗날이겠지. 그 꼬 |
| 릿한 냄새가 향긋하고, 고수한 장맛, 된장맛으로 변하는 과정 |
| 을 알게 되려면 아직 그것들이 더 살아야지. 더 고생해야지. |

(F.O.)

제17화

들불

제17화 들불

방송용 대본 | 1981년 2월 24일 방송

· 등장 인물 ·

할머니	정애란
아버지	최불암
어머니	김혜자
첫째	김용건
며느리	고두심
맏딸	엄유신
사위	박광남
둘째	유인촌
셋째	김영란
막내	홍성애
일용	박은수
일용네	김수미
철수 아빠	박종년
철수 엄마	김영옥
태석	조남석

S#1 논두렁

둘째와 일용이가 들불을 놓고 있다. 마른 불에 타는 불길이 지도를 그리듯 점점 넓게 번져가고 있다.

S#2 철다리

아버지가 걸어오다가 연기를 피우며 타고 있는 들불을 바라보고 있다.

아버지 E   정월대보름을 전후해서 논두렁 밭두렁은 말할 것도 없고 철쭉 겉까지도 불을 놓는 풍속은 예나 지금이나 변함이 없다! 더러는 아이들이 심심풀이로 불을 놓기도 하지만 풀밭을 불사르고 나면 그 자리에서 더 빨리 새순이 돋는 데다가 땅속의 해충도 타 죽는다. 잔디처럼 엉성하고 정신 사납게 보이던 마른 풀밭이 까맣게 타고 나면 마치 이탈이라도 한 듯 한결 시원한 느낌을 주어서 좋다. 또 한편으로 겨울의 지저분함을 태워 없애고 새 봄을 맞는 채비 같아서도 기분이 좋다.

S#3 마루와 뜰

일용네가 찹쌀을 옹기 자배기에서 일건지고 있다.
어머니가 체 위에다 수수를 쏟아 까불고 있다.
그 옆에서 며느리가 밭에서 돌을 추려내고 있다.

어머니   날씨도 좋구나, 좋아.
일용네   입춘 지난 지가 언제인데요 그럼……. 이제 봄이에요, 봄!
어머니   봄이 오면 좋수?
일용네   좋지 않구요. 봄이 오면 신명이 절로 나죠. 호호….
어머니   흠…, 그럼 그 봄노래나 불러봐요.
일용네   봄노래?

어머니	처녀 총각!
일용네	(주위를 둘러보며) 회장님, 어디 나가셨죠?
어머니	나가셨어. 그러니 안심하고 불러봐요!
일용네	그럼 불러요… 에헴!

자배기를 손장단 치면서 노래한다.

일용네	"봄이 왔네 봄이 와. 숫처녀의 가삼에도 봄은 찾아왔다고 아장 아장 걸어가네. 산들산들 부는 바람. 아리랑 타령 절로 나네! 음."

일용네, 어느덧 신이 나서 일어서서 엉덩이춤을 춘다. 모두들 박장대소한다.
할머니가 방에서 나온다.

할머니	무슨 대사 치루는 집안 같구나.
어머니	일용네가 노래 부르고 춤을 추었대요. 호호…….
할머니	춤? 늙어서 신명은 남았군.
일용네	할머니 내일 대보름이니깐 설 다음가는 명절 아니에요?
할머니	암… 명절이고 말고! 농촌에서는 설보다도 대보름이 더 큰 명절 이지!
며느리	그래서 이렇게 장만하잖아요, 할머니!
할머니	그게 뭐냐?
어머니	오곡밥이에요.
할머니	오곡밥?
어머니	예, 아범이 지으래요. 애들도 모두 모일 텐데 그대로 보낼 수 있 냐면서. 엊그제 설에도 모였는데 또.
일용네	노세 노세 젊어서 노세죠. 호호….

모두들 까르르 웃어젖힌다.

S#4 서울 거리 전경
호두, 땅콩, 잣 등 푸짐하게 늘어놓은 노점.
맏딸과 사위가 물건을 사고 있다.

S#5 들판
아버지도 쥐불을 놓고 있다. 일용과 둘째도.
저만치, 멀리서 아버지를 부르는 소리.

철수 아빠 E   형님, 형님!
아버지   어?

아버지가 돌아본다.
다리 위에 철수 아빠와 철수 엄마가 서 있다. 크지도 작지도 않은 빨간 트렁크를 들었다.

철수 엄마   오빠, 저예요.
철수 아빠   애들처럼 뭐 하고 계세요?
아버지   (일어서서 보며) 누구야?

철수네 내외는 야한 차림이며 경박한 성품이다. 빨간 트렁크를 들었다. 다리 아래로 내
려온다.

철수 아빠   (손을 번쩍 들며) 형님! 저 왔습니다. 허허!
철수 엄마   저예요. 모르시겠어요? 오빠.

아버지가 기억을 살리려고 눈을 깜빡거린다.

둘째가 옆에서 지켜본다.

아버지	아니, 너 영님이 아니냐?
철수 엄마	오빠는 어쩜 옛날 고대로이셔! 호호……. 이걸 어쩌면 좋지.
철수 아빠	형님! 오랜만입니다. 그러니까 그게 그럭저럭 10년?
철수 엄마	10년이 뭐예요? 68년 가을이니까 벌써 13년 전이죠? 13년 호호!
아버지	아니, 그런데 웬일들이야, 이렇게 불쑥? 그동안 어디 있었기에…. 그렇게 소식 한 장 없이 지냈나?
철수 엄마	네… 차차 말씀드리죠! (주위를 돌아본다) 좋습니다, 좋아요!

아버지가 어리둥절한다.

철수 엄마	좋지요? 그러기에 제가 뭐라던가요? 진작 이런 데서 전원생활로 여생을 보내면 얼마나 좋겠냐고 그랬죠? (심호흡) 아…, 밀크 맛 같은 신선한 공기!
아버지	그동안 어디 있었는데?
철수 엄마	오빠! (금시 훌쩍이며) 그 얘길…… 그 얘길 다 하자면…… 만리장성보다 더 길고… 삼국지보다 더…… 흑….

S#6 부엌

오곡밥을 앉힌 시루에서 김이 신나게 새어나오고 있다.
일용네가 물에 담근 고비 나물과 도라지, 토란대를 건져내고 있다.
어머니가 넋 나간 사람처럼 팔짱을 끼고 멍하니 서 있다.
며느리가 빈 쟁반을 들고 온다.

며느리	어머니, 어떻게 되는 친척이에요?

어머니	너의 시아버님의 사촌 고모 딸이니까, 너희들로서는 어떻게 되겠니….
며느리	그래서 아버님보고 "오빠! 오빠!" 그러시는군요?
어머니	늙어가는 주제에 오빠는 무슨 오빠! 글쎄 뭘 하다가 이렇게 아닌 밤중에 뭔 격으로 불쑥 나타나는지 모르겠다.
며느리	예?
어머니	저 식구들이 나타났다 하면 나는 가슴이 뛰고 신경이 곤두서고 바늘방석에서 작두다리로 옮겨 서는 심정이니… 에그…….
일용네	그래도 일가친척이니 오죽 좋아요?
어머니	뭐가 좋아요?
일용네	정월대보름 명절을 시골 오빠 댁에서 일가친척들하고 함께 보내고 가겠다는데… 좀 좋지 않아요? 고맙지! 에그… 나 같은 외톨박이 신세…… 그저 사람 들쑥날쑥하는 게 그렇게 부럽데요? 헤헤…….

일용네가 두 가닥 집어 씹는다.

어머니	필시 무슨 사고를 내고 도망쳐 왔는지, 아니면…….
며느리	피해 왔나요?
어머니	보면 모르겠던? 그 차림 하며 헤픈 웃음 하며 넉살 하며, 에그 난 못 살아. 하필이면 오늘 같은 날 오는지 모르겠다. 모두들 식구끼리 모이기로 했는데…… 에그….
며느리	잠깐 다니러 온 게 아닐까요?
어머니	보면 몰라? 그 크지도 작지도 않은 가방!

S#7 안방
철수 엄마가 그 크지도 작지도 않은 빨간 트렁크에서 선물을 꺼내고 있다.

철수 아빠가 중간에서 받아서 건넨다.

아버지와 할머니가 있다.

철수 엄마	이건 오빠 면도하실 때 쓰실 스킨이에요.
철수 아빠	(받아서) 미군 피엑스에 다니는 친구가 있어서요. 헤헤……
아버지	(받으며) 이런 걸 뭣 하러……
철수 엄마	이건 언니 건데 피부에 맞을까 모르겠어……
철수 아빠	형수씨는 원래 살결이 좋아서 맞는다고.

파운데이션을 받아 놓는다.

철수 엄마	이건 할머니 신경통 약인데요. 홍콩에 자주 왕래하는 친구가 사 왔어요. 여보, 이름이 뭐였죠?
철수 아빠	거풍습한! (중국 발음으로)
철수 엄마	이게 그 화탕*이 없어요. 특히 나이 많으신 분들에게는 잘 듣는 데요.

그러나 아버지는 입맛이 쓰다.

할머니	원, 이렇게 고마울 데가 있나. 그렇지 않아도 작년 초겨울부터 는 무릎이 쑤시고 허리가 결리고 해서……
철수 엄마	그러시겠죠.
할머니	네 오라비가 어디 나들이 갔다 올 때 약을 사 와서 먹긴 먹었지 만……
철수 엄마	에그, 그 약과 이 약과는 본질적으로 달라요… 이건 저… 대만

---

* 탕약.

	서 직접 만들어낸 약인걸요.
철수 아빠	본바탕 약이죠, 예. 헤헤……
할머니	비싼 걸 사 와서 어떻게 하지?
철수 엄마	비싸긴요. 친구가 있어서요, 아주 싸게 샀어요. 여보, 얼마 썼다고 했죠?
철수 아빠	음, 2만 원 될 거다.
할머니	2만 원이나? 세상에…….
철수 엄마	왜요? 마음에 안 드셔요?
할머니	아, 아니야! 그렇게 비싼 약을 어떻게 먹어, 먹긴… (모두 내놓으며) 난 그런 약 먹을 수 없어….
철수 엄마	별말씀을 다? 이다음엔 스위스에서 나온 신경통 약을 구해보라고 부탁했으니까 잡수세요. 그동안 저희들이 할머니를 모시지도 못했는데 이만한 효도가 어디 오빠 축에나 드나요? 훗흐….
아버지	(마지못해) 어머니, 잡수세요. 철수네가 모처럼 효도하겠다는데….
할머니	그럴까?
철수 엄마	그러고요, 앞으로는 제가 할머니 약은 죄다 살 테니까 염려 마세요!
할머니	듣기만 해도 고맙구나! 그래 어디서 살았어? 그동안….
철수 엄마	예? 예… 저….
할머니	서울?
철수 아빠	예, 부산에도 있었고요… 그리고 제주도에서 있었고…. 여보, 우리 제주도에 있었을 때 할머니를 모실 걸 그랬어! 거긴 따뜻해서도 신경통 환자가 겨울 나기는 안성맞춤이지요.
할머니	고맙다, 너희들! 이 늙은이를 그렇게까지 잊지 않고 생각해준 것만으로도 감지덕지지…. 흠….

철수 엄마	호호…….
할머니	그래 철수가 그렇게 죽은 후 애기 못 가졌어?
철수 엄마	에그, 가지고 싶지도 않고요…….
철수 아빠	사업에 바쁘다 보니까 자식 가질 겨를도 없던데요. 헛허….

S#8 다방

태석과 셋째가 나란히 앉아 있다.

태석	떨린다.
셋째	화이팅! 흠!
태석	처음인데, 이런 기분!
셋째	적진에 뛰어드는 기분 같아?
태석	선전포고를 하는 것도 같고 말이야. 흠…….
셋째	하기야 우리들의 공화국을 건립한다는 독립선언 날이 될지 누가 아니?
태석	괜찮을까?
셋째	응. 우리 큰언니랑 형부가 엄호사격해주기로 되어 있어!
태석	그럼, 나는 무장할 필요 없어?
셋째	있지!
태석	뭔데…….
셋째	용기와 신념!
태석	그리고, 너도!

두 사람 손가락이 탁자 위에서 얽힌다.

S#9

옹달샘에서 어머니 빨래 주무르고 그 옆에 아버지 앉아 있다.

어머니	그래 어떻게 왔느냐고 못 물어보셨어요?
아버지	못 묻는 게 아니라 안 물었지.
어머니	염치도 좋지! 그때 가져간 5만 원은 어떻게 하고…. 그때 돈 5만 원이면 지금 돈으로는 50만 원은 더 되죠. 그 얘기 합디까?
아버지	그런 사람들은 남에게 줄 것은 잊고 받을 것만 기억하는 사람들이라니까!
어머니	그럼 어떡하죠? 보나 마나 그 내외는 또 돈을 돌려달라고 할 텐데….
아버지	설마 또 그럴라고?
어머니	만약 또 꾸어달라고 하면 구실을 대서 거절하세요.
아버지	뭐라고?
어머니	셋째 시집도 보내야 하고, 둘째 장가도 보내야 하고…… 돈 들일 일이 한두 가지가 아니라고…….
아버지	셋째를 벌써 시집보내게?
어머니	꾸며대시라니까요.
아버지	(피식 웃으며) 이러다가 정말 혼담이 생길지도 모르겠네?
어머니	세상에 어쩜 그렇게 넉살 좋고 비윗살 좋고 염치 좋은 사람 보다 보다 처음 봤어. 그냥 우린 흉내도 못 내겠습니다. 어쩜, 그 집 핏줄에 그런 망종도 다 있수, 그래?
아버지	어허, 이젠 핏줄까지 따지기야? 찾아온 사람 의심하고 박대하면 극락에 못 가! (일어서 간다)
어머니	에그, 난 극락 안 가요!

S#10

좁은 길을 사위, 맏딸 부부가 선물 봉지를 들고 애기를 업고 걷는다.
그 앞에 나란히 걸어오는 셋째와 태석이.

S#11

다른 길을 첫째가 주렁주렁 싣고 달린다.

S#12 부엌

며느리가 시루를 들어다 놓는다.

어머니가 시루 뚜껑을 연다. 먹음직스럽게 익은 오곡밥.

어머니가 숟갈로 떠서 음미한다.

어머니   잘들 익었다. 옜다!

어머니가 한 숟갈 떠서 며느리에게 준다. 며느리가 받아먹는다.

어머니   간이 맞냐?
며느리   좀 심심하네요?
어머니   뭐?
며느리   설탕 좀 치면…
어머니   이 애는… 오곡밥에다 설탕 친다는 말… 까마귀 알에다 버선 신긴다는 격이다!

눈을 흘긴다.

어머니, 밥그릇에 오곡밥을 푼다.

며느리   저분들 여기서 자고 갈 건가요?
어머니   저녁이나 먹으면 가겠지.
며느리   뭐 하는 분이에요?
어머니   부평초 인생이란다. 부평초.

S#13 안방

할머니는 철수 엄마의 말에 재미가 나는지 웃고 있다.

과일을 깎아 내민다.

철수 엄마   할머니, 이것 잡수세요!

할머니   그래… 그래… 너희들도 먹어.

철수 아빠   드세요. 많이 드세요. 오래오래 사셔야죠. 허허…….

방문이 열리자 어머니가 고개를 내민다.

어머니   어머니, 시장하시죠?

할머니   아, 아냐.

어머니   이제 조금만 기다리세요. 다들 모이면 시작할 거예요.

할머니   그런데, 이 사람들이 시장하겠어. 어떻게 하나.

철수네가 눈짓을 한다.

철수 엄마   아니에요. 저희들은 아까 오면서 인천에서 식사를 했거든요. 그
                     렇지, 여보?

철수 아빠   그, 그럼. 헤헤….

철수 엄마   형님! 이쪽으로 앉으세요.

어머니   난 상을 봐야 해요.

철수 엄마   며느리가 있는데 형님이 왜 하세요? 자 앉으세요. 얘기도 좀 하
                     시게요.

할머니   그래. 바쁜 게 없어… 쉬었다 해….

어머니   아, 아니에요. 지금.

할머니   이 사람들 얘기가 어찌나 재미있는지 하루 종일 들어도 물리지

가 않는구나. 허허.

S#14 일용의 방

일용이가 옷을 갈아입고 있다. 외출을 할 모양이다.

일용네가 밥그릇을 품에 품듯 하며 들어간다.

일용네　　웅, 웬일이니? 해 떨어지는데 옷 갈아입고서…….

일용　　　잠깐 다녀올 곳이 있어요.

일용네　　어딜? 이 오곡밥이나 먹고 나가.

일용네가 뚜껑을 열어 보인다. 촉촉하게 기름기가 흐르는 오곡밥.

일용　　　다녀와서 먹죠.

일용네　　먹어봐!

손으로 듬뿍 퍼서 일용 입에 넣는다. 마지못해서 받아먹는다.

일용네도 한톨 떼어 입에 넣는다.

일용네　　맛이 어때?

일용　　　예?

일용네　　어떠냐구, 맛이!

일용　　　좋아요.

일용네　　그저 좋아?

일용　　　오곡밥이 별건가요? 괜히들 떠들어대지만… 따지고 보면….

일용네　　뭐야?

일용　　　잡곡밥이지. 별거예요? 흠….

일용네　　뭐라고?

일용   다녀올게요.

나간다.

일용네   일찍 들어와.
일용   (소리) 알았어요.

S#15 우사
아버지와 둘째가 일하고 있는데, 셋째, 맏딸, 부부, 태석이 등이 온다.

셋째   아버지!
아버지   (나오며) 어 너희들 오니?
일동   (인사 애드리브)

이때 다른 쪽에서 어머니가 나온다.

어머니   그 서울 아이 왔구나!

일동, 인사한다

아버지   셋째, 뭐해? 친구 인사시켜야지.
셋째   어, 제가 말씀드린 친구예요.
태석   장태석이라고 합니다.
아버지   잘 왔어요.
셋째   우리 둘째 오빠.
태석   잘 부탁드립니다.
둘째   허허, 그럽시다.

모두들 일제히 시선이 집중된다.

사위　　이 친구, 제가 먼저 사귀어왔는데요. 여러 가지로 훌륭한 청년
　　　　입니다, 아버님.

아버지　허허, 그래?

사위　　우리 처제가 사람 보는 눈이 여간 아니라구요. 자! 들어갑시다.
　　　　처제 뭐 해? 앞장서야지.

어머니　응, 어서들 들어가.

셋째가 태석에게 눈짓을 하자 태석이가 목례를 하고 돌아선다.

아버지와 어머니가 한동안 두 사람 뒤를 바라본다.

어머니의 밝은 얼굴과 아버지의 씁쓸해지는 표정.

둘째　　잘생겼는데요?

어머니　너도 그렇게 생각했니?

아버지　미국 유학 간다는 그 청년인가?

어머니　그렇군요. 누님이 미국에 사는데 학비도 다 대주기로 하고… 우
　　　　리 셋째도 원한다면… 왜, 보세요?

아버지　아직 멀어….

어머니　뭐가요?

아버지　(둘째에게) 씻고, 밥 먹자.

둘째　　예.

S#16 마루

상을 세 개 놓고 남자는 남자끼리 여자는 여자끼리 앉았다.

며느리, 일용네, 셋째 등이 반찬 나르고 자리 잡는다.

첫째	아버지, 반주 한잔.
아버지	그래.
며느리	어머, 청주 덥히지도 않구서….
첫째	모르는 소리. 오늘은 더운 음식을 안 드는 거야. 그렇죠? 아버지.
아버지	그래. 대보름날 음식은 그저 나물에 오곡밥에, 그리고 담백하고 기름끼 없는 소반찬이 제격이지. 어머님, 그렇죠?
할머니	그럼! 그런데 오늘은 유난히도 많이 장만한 것 같구나.

상을 빙 휘둘러 내려다본다.

어머니	특별한 손님이 오셨으니까요.
철수 엄마	(잽싸게) 고마워요, 형님! 호호….
철수 아빠	괜히 우리까지 끼어들어서 죄송합니다, 형님!
아버지	천만에!
할머니	잘 왔지. 멀리 떨어져 살던 사람도 이렇게 찾아오니 얼마나 좋아.
사위	그리고 또 있어요, 손님은….
할머니	응?
맏딸	셋째 학교 친군데요… 인사드려….

셋째가 태석의 손가락을 쿡 찌른다.
태석이가 떨려서 어찌할 바를 모른다.

태석	이렇게 초대해주셔서… 감사합니다.

절을 꾸벅한다.

맏딸	할머니! 잘생겼죠?
할머니	응… 응, 그런데 어떻게 된….
사위	장차 손녀사윗감입니다. 헛허….
할머니	그래? (유심히 본다)
철수 엄마	옳아… 그러니까 오늘 이 자리는 이 댁 사윗감 되시는 분의 첫 인사 드리는 자리였군요?
사위	쉽게 말해서요… 헛허….
철수 아빠	여보! 그럼 우리가 공연히 끼어든 격인데….
아버지	반드시 그렇지만도 않아!

셋째가 긴장한다.

아버지	오늘 밤은 달 보고 자기 소망을 말하면서 내년 농사 잘되게 해 달라고 비는 거야. 그것이면 되었지 누가 누구를 특별히 위한 자리는 아니니까. 많이 먹고 유쾌하게 놀아요!
사위	저흰 식사 마치고 바로 올라가야겠습니다.
철수 아빠	그런 뜻에서 우리 건배….

술잔을 높이 처든 다음 마신다.
이하 애드리브 대사를 하며 식사한다.

S#17 보름달

S#18 안방(밤)
아버지, 어머니, 철수네 내외가 앉아 있다.
낮과는 달리 철수네 내외 표정이 을씨년스럽다.

| 아버지 | 그래서 결국은… 농사를 짓게 해달라 이건가? |
| 철수 아빠 | 그, 그렇죠! 쉽게 말하자면 형님 말씀대로…. |

어머니가 아버지의 옆얼굴을 훔쳐본다.

어머니	그게 어디 쉬운 일이겠어요?
철수 엄마	형님! 우리도 여러 가지로 생각 끝에.
어머니	글쎄, 그 생각은 좋지만… 농사라는 게 생각으로 짓는 건가요?
철수 엄마	그럼….
어머니	그게 아니죠. 물론 사람이 하는 짓이니까 이 머리에서 지혜를 꺼내야겠지만… 농사는 그게 아니에요, 그게!

아버지가 담뱃불을 끈다.

철수 엄마	오빠! 우린요… 결코 취미나 일시적인 사탕발림이나 그런 게 아니라구요. 그건 생사를 걸고 시작한 거예요….
철수 아빠	그렇습니다, 형님! 우린 인생을 다시 시작한다는 뜻으로 오래전부터 생각 끝에 이렇게 찾아온 것입니다.
아버지	나도 그걸 모르는 건 아니지. 그러나… 이 한 가지만은 분명히 해둬야 해.
철수 엄마	오빠! 말씀하세요. 이제 와서 무슨 짓인들 못 하겠어요.
아버지	이것저것 다 해보고 나서…… 이 세상 저 세상 다 살고 보니…….
철수 아빠	예, 우리 그동안 고생 많이…….
철수 엄마	잠자코들 있어요! 오빠께서 얘기 중이시잖아요! (아버지에게) 오빠 우리 좀 살려주세요!
어머니	예?
철수 엄마	무슨 일이든 하겠어요. 발 붙일 땅만 있으면 되고요. 이이나 저

는 전원생활을 하면서 여생을…….

아버지　　이것 봐!

철수네 내외가 벼락 맞은 듯 처다본다.

아버지　　나…… 그 도시 사람들이 즐겨 쓰는 그 전원생활이라는 말……
　　　　　그게 싫어요! 농촌에서 사는 것을 무슨 신선놀음으로 여기나?
　　　　　도시에서 못 할 걸 농촌에 오면 말끔히 시작되는 줄로 착각하
　　　　　는 거…… 나 그게 싫다고…… 알겠어? 농촌은 물론 자연의 혜
　　　　　택을 받고 있지. 하지만 농사짓는 것을 무슨 멋이나 여유로 알
　　　　　고 덤비는 사람…… 솔직히 말해서 나 좋아 안 한다.

철수네가 고개를 푹 처박는다.

아버지　　뭐, 여기서 전원생활하면서 여생을 즐겨? 이것 봐! 농촌이 그런
　　　　　달콤한 곳도 아니거니와 달콤하게 살 수도 없는 것이다. 어떻게
　　　　　해서 도시 사람들은 농촌에 가면 모든 게 신선하고 풍요롭고
　　　　　시적이라고만 생각하는지 난 그걸 모르겠어. 그러니 그런 생각
　　　　　으로 덤비려거든 관둬. 산전수전 다 겪어보니, 이제 갈 곳이라고
　　　　　는 농촌밖에 없다는 생각이라면 오지도 말라고! (엄하게) 농촌
　　　　　이 무슨 종착역이야? 쓰레기 하차장인 줄 알어? 왜들 이래? 날
　　　　　마다 고기반찬 먹는 어르신네들이 우거지국 한번 먹어보고 그
　　　　　게 진리라고 떠들어대는 그런 사치성을 버려.

철수 엄마가 울음을 터뜨린다.
철수 아빠가 허공을 우두커니 처다본다.

S#19 헛간 앞(밤)

셋째와 태석이 달 보고 서 있다.

태석   너의 아버지 눈길이 맵더라……. 나 떨려서 죽을 뻔했다.

셋째   겉으로는 그러셔도 얼마나 자상하신지 몰라.

태석   그래?

셋째   나는 이 세상에서 우리 아버지 같은 남성이라면 언제든지 결혼
        할 용기가 있어!

태석   뭐라고?

셋째   가장 존경하는 사람이 누구냐고 묻는다면 우리 아버지라고 대
        답해.

태석   정말? 그럼 나는 뭐니?

셋째   지금 그걸 어떻게 얘기해?

태석   왜 못 해?

셋째   아이 몰라! 지금은 못 해. 늦었으니 어서 가.

태석   가기 싫은데?

셋째   그래도 빨리 가! 여기서 태석이 가는 걸 지켜보다가 들어갈 거
        야.

태석   (손 잡았다가 놓고) 그래, 그럼 안녕.

셋째   안녕.

태석이 간다. 미소로 배웅하는 셋째.

S#20 둘째의 방(밤)

잠자리가 두 개 나란히 깔려 있다.

방문이 열리며 둘째가 들여다본다.

이윽고 철수네 내외가 기웃거린다.

둘째	이 방이에요.
철수 엄마	방을 뺏어서 어떻게 하지?
둘째	뭔 별말씀을……. 저는 안방에서 잘 테니까요.
철수 아빠	미안해.
둘째	편히 쉬세요.
철수 엄마	그럼…….

철수네 내외가 방으로 들어간다.

S#21 안방(밤)

아버지가 담배를 피워 물었다.

어머니가 심란한 심경이다.

어머니	여보… 진심으로 하신 말이에요?
아버지	…….
어머니	아니, 그 사람들 말 곧이들으세요?
아버지	…….
어머니	말씀 좀 해보세요. 그 사람들을 여기 두시겠어요, 정말로?
아버지	둬보지.
어머니	예?
아버지	그만한 각오 같으면야…….
어머니	아니, 어느 모로 보나 쓰레기 날라리꾼 같은 그 사람들을 어떻게 여기 있게 해요?
아버지	해보겠다니까, 시켜보는 게지…….
어머니	시켜서 안 되면요?
아버지	당신은 왜 안 되는 경우부터 생각을 해? 되는 방향으로 생각을 해야지.

어머니	세상에…… 당신처럼 귀가 얇은 사람도 처음 봤어요. 그래, 둘이서 울고불고하고 살려달랜다고 그렇게 봄눈 녹듯이 금방 풀어지는 당신도 당신이구요.
아버지	사람 믿어보는 것도 좋은 일이야.
어머니	믿었다가 속았을 땐 어쩌려구요.
아버지	인생살이가 그런 거지! 누구나 한번쯤은 속고 또 속고…….
어머니	한번쯤이 아니니까 그렇죠!
아버지	철수네 내외…… 불쌍하잖아? 여보! 인생 50 고개에서 다시 시작해보겠다는 사람보고 너 죽어보라고 발길질할 순 없잖아…… 과거는 과거고…….
어머니	무슨 유행가 가사 같구려! 과거를 묻지 마세요…….
아버지	그 내외는 안팎으로 말이 많고 허풍도 많지만 근본이 악인은 아닌 것 같아. 허영심이 강한 거야….
어머니	그런 식으로면 세상에 진짜 나쁜 사람 있겠수?
아버지	그걸 버리겠다는데 어떻게 해? 임금 줘서 남을 쓰느니 내 사람 키워보는 셈 치고… 믿는 건 죄가 아니잖소? 성경 얘기처럼 탕아가 회개하고 돌아왔다 셈치지…….
아버지	탕아가 돌아와요?

방문이 열리며 둘째가 이불을 안고 들어선다.

둘째	탕아가 돌아온 게 아니라 아들이 쫓겨 왔습니다요, 허허…….
아버지	<u>흐흐</u>…….

S#22

아버지가 철수 아빠에게 오물 치우는 일을 가르치고 있다.

어머니는 철수 엄마를 가르치고 있다.

S#23 일용 방

일용이가 벌렁 누워 있다.

일용네가 들어선다.

일용네   감기 온 게 아니냐? 약 지어 올까?

일용   괜찮아요!

일용네   요즘 왜 그래? 일도 잘 안 나가고?

일용   어머니.

일용네   ……?

일용   김 회장님께서 아무 말씀 안 하세요?

일용네   아니… 무슨?

일용   저…….

일용네   말해봐….

일용네가 벌떡 일어나 앉는다.

일용네   무슨 일 있었어?

일용   어머니… 나 배 타기로 했어요.

일용네   뭐?

일용   그동안 어머니 몰래… 준비했어요. 이렇게 선원수첩도 나오
                고…….

일용이가 선원수첩을 꺼내 보인다.

일용네가 떨리는 손으로 수첩을 집어서 펴본다. 일용의 사진이 들어 있다.

일용네가 수첩을 제자리에 내려놓는다.

일용   어머니, 그래서….

일용네	….
일용	김 회장님께 오늘은 얘기할래요. 이제 내 대신 일할 사람도 들어왔고, 그래서…….

일용네가 돌아본다. 눈물이 줄줄 흘러내리고.

일용	어머니…. (울먹인다)
일용네	(떨리는 소리) 기어코…… 기어코…… 가는 거여?
일용	예… 그 대신 제가 어머니는….
일용네	(발악하듯) 듣기 싫어! 에미 핑계 대지 말어! 가! 가려거든 가! 아무 때구 가란 말이다. 가. (욕)

일용네가 급히 밖으로 나간다.

일용이가 수첩을 집어 들고 서서히 자리에서 일어난다.

S#24 뜰

수수깡이 쌓여 있는 울타리 앞에 일용네가 주저앉아 우는지 악쓰는지 하고 있다.

일용이가 나와서 달래려 하자 때리며 쫓는다. 할 수 없이 도망치는 일용.

일용네	세상 사람 다 들어보소! 아들 새끼 하나 있는 게, 에미 보기 싫다고 눈만 떨어지면 도망 궁리하드니….
일용	엄니… 지가요, 어떻게든 성공해서….
일용네	놔! 가! 이놈아, 보기 싫다! 이놈아. (때린다) 아니 저놈이 어딜 가? 이리 안 와? 일용아! 이리 못 와?

S#25 마루와 뜰

어머니가 마루에 걸터앉아 일하고 있다.

셋째가 제 방에서 나온다.

어머니	방에 있었니?

어머니   방에 있었니?

셋째   엄마!

어머니   …?

셋째   왜 아무 얘기 안 하세요?

어머니   무슨…….

셋째   내 친구… 보셨으면 가타부타 말씀이 있으셔야지, 그렇게 무관

                    심하기예요?

어머니   그게 왜 무관심이냐?

셋째   아니면, 왜…?

어머니   네 아버지께서 생각 중이시니까 기다리는 게야.

어머니가 뜰로 내려간다.

불안하게 보는 셋째. 눈물이 글썽인다.

S#26 둘째 방 툇마루

아버지와 일용이가 얘길 하고 있다.

아버지 손에 담배가 타 들어간다.

아버지   그렇게 됐어?

일용   죄송합니다. 김 회장님께서는…….

아버지   죄송하긴… 잘됐어.

일용   네?

아버지   사내대장부가 한 번쯤 바깥바람 쏘이는 것 좋지!

일용   괜찮겠어요?

아버지   다 저질러진 일 가지고 이제 와서 내 결재가 필요해? 허허…….

일용의 어깨를 탁 친다.

일용	감사합니다. 그런데 한 가지!
아버지	또 뭐야?
일용	저의 어머니 말씀인데….
아버지	어머니?
일용	제가 배를 타고 나가게 되면 어머니가…… 계실 곳이….
아버지	어디 가실 곳이라도 마련해놨어?
일용	아뇨.
아버지	그런데?
일용	예?
아버지	마련 안 되었으면 여기 그냥 계시는 거지, 뭐가 문제야?

일용의 눈에 눈물이 핑 돈다.

일용	그, 그렇게 해주시겠어요?
아버지	자네 지금 무슨 얘길 하고 있는 거야? 그럼 일용이 자네가 배를 타고 외국에 나가니 자네 어머니도 여기서 나가달라고 할까 봐서, 그랬나?
일용	그, 그게 아니라… 저….
아버지	이것 봐! 나는 말이야. 한번 정들이면 그쪽에서 떼지 않는 한 죽을 때까지 붙이고 사는 사람이야. 나는 그래서 가족이 좋거든. 절대로 내게서 정을 떼어 갈 일이 없지. 그러나 사람은 그게 아닌데 말이야. 허허허…….

S#27

일용이 떠나는 걸 길에 나와 배웅하는 식구들.

일용네가 아들을 붙잡고 늘어지면, 옆에서 말린다.

아버지 E   농촌을 떠나겠다고 한번 마음먹은 사람을 끝까지 붙들어 잡을
            수는 없다. 넓은 세상을 맛보고 갖은 고초를 겪어본 다음에야
            농촌의 삶이 어떤 것인가를 알게 될 거다. 그런가 하면 농촌으
            로 들어오겠다는 사람 또한 말리지 못한다. 그 역시 손발이 부
            르트도록 농촌을 살아보지 않고는 말할 수가 없다.

열심히 일하는 철수 부부.

아버지 E   그저, 세상일은 제 스스로 겪어보면서 제 터전을 잡아가는 것
            이지 남의 말 따라서 살아갈 수는 없는 것일 게다.

이쪽으로 들어오는 일행.

(F.O.)

회갑 잔치

제18화 회갑 잔치

방송용 대본 | 1981년 3월 3일 방송

· 등장 인물 ·

할머니	정애란
아버지	최불암
어머니	김혜자
첫째	김용건
며느리	고두심
둘째	유인촌
셋째	김영란
막내	홍성애
일용	박은수
일용네	김수미
철수 아빠	박종년
철수 엄마	김영옥
장인	최명수
장모	김소원
태석	조남석
손님들	홍민우

S#1

아이들이 나물을 캐고 있다.

파랗게 자란 보리가 바람에 물결치고 있다.

저만치 매어둔 염소가 울어댄다.

S#2 마당

어머니가 헛간에서 퇴비를 긁어내고 있다.

며느리가 애기를 등에 업고 방에서 나온다.

어머니	지금 나가니?
며느리	예!
어머니	나나 네 아버지 둘 중에 한 사람은 가봐야 할 텐데 어떡하지? 총회에 회장이란 사람이 빠질 수도 없고……. 오후에 연설도 하셔야 된다 하고…….
며느리	괜찮아요.

아버지가 들어선다.

아버지가 장갑을 벗고 주머니에서 흰 봉투를 꺼낸다.

'축 회갑연'이라고 써 있다.

아버지	옜다! 이거… 사장어른께 드려!
며느리	아, 아니에요.
아버지	맡아둬… 인사가 어디 그러냐?

며느리가 봉투를 받는다.

| 아버지 | 사돈어른 회갑연이니까 우리가 꼭 가봐야 할 텐데… 사정이 그 |

렇게 되었다고 말씀 잘 드려!

어머니   회갑 잔치는 어디서 하신다던?

며느리   잔치가 아니구요… 집에서 집안 식구하고 가까운 친구끼리… 조촐하게 저녁으로 때우시겠대요.

아버지   그래! 그게 맞지! 사실 그 회갑이라는 거 그렇게 유쾌한 일 아니다!

어머니   예? 당신도 내년이면 환갑이신데 그럼 환갑 잔치 안 하실래요?

아버지   환갑 잔치? 휴… 혼자서 어디 산속으로나 숨어버릴 거야 나는….

어머니   예?

며느리   아버님도…….

아버님   생각해봐! 나이 먹어 늙어가는 게 뭐가 자랑이라고 광고해가면서까지 북 치고 나팔 부는가 말이야.

며느리가 민망스럽게 돌아선다.

아버지   그렇다고 뭐 사장어른 두고 하는 말 아니다!

며느리   …….

아버지   결혼식도 또 모르겠다만…, 회갑연이다 진갑연이니 하며 사람들에게 인사장 돌려가면서 잔치 벌이는 것… 나는 그거 좋아 보이지 않더라. 그건 가족들끼리 하는 거야. 그런 점에서 사돈어른은 잘 생각하셨다. 나하고 통해! 허허….

어머니   세상은 그게 아닙데다! 싫어하면서도 좋아하고 아쉬워하면서도 매달리는 게 인심이에요. (며느리에게) 어서 가라!

며느리   예, 그럼 다녀오겠어요.

아버지   오냐!

어머니   아범은 회사 끝나고 처가로 직행하겠구나?

120

며느리	예, 아마 그럴 거예요.
어머니	어서 가라!
며느리	예.

며느리가 인사를 하고 나간다.

강아지가 짖어댄다. 까치가 운다.

어머니	당신은 그 입 좀 조심 못 하겠어요?
아버지	입? 내 입이 어때서?
어머니	며느리가 속으로는 얼마나 노여워했겠어요?
아버지	내가 뭐라고 했길래…….
어머니	글쎄, 사장어른 회갑 날이 오늘인데 회갑 잔치 치르는 사람을 도매금으로 후려쳤으니 누가 듣기 좋아라 했겠어요…… 그럼!
아버지	내가 언제 사돈어른보고 그랬어? 그 회갑연입네 하고 광고해서 장삿속으로 노는 족속들을….
어머니	글쎄, 이리 되나 저리 되나 결과적으로는 사돈보고 하는 소리니, 며느리 들으라 하는 소리가 되었으니 그렇죠.
아버지	아니, 이 사람이 웬 시비야… 시비가?
어머니	나이 들어가면서 가는 세월 아쉬워서 손님 청해 잔치를 벌이기로 그게 무슨 죄랍니까?
아버지	아니, 이 사람이 오늘따라…….
어머니	분수에 맞게 하면 아무 걱정 없어요. 뭐, 가정사에 준칙이니 뭐니 하고서 앞으로는 그럴 법하게 떠들며 뒷구멍으로는 호박씨 까는 족속이 문제지.
아버지	허긴, 그래!
어머니	내 생각 같아서는 당신이 꼭 가봤으면 좋겠지만 일이 바쁘다 보니까 우길 수도 없구. 물론 저편에서는 이해한다 하겠지만 사람

마음이 어디 그래요? 안 가면 섭하게 여긴다고요. 더구나 사돈 간인데…….

아버지   사돈 간이니까 이해를 해야지.

어머니   그게 아니라구요! 그러기에 옛부터 사돈 간이란 미묘한 거거든 요. 사돈하고 칙간은 멀수록 좋다는 속담이 왜 나왔을까?

어머니가 부려놓은 퇴비를 들고 나간다.

아버지가 한 대 얻어맞은 듯 멍하니 바라본다.

S#3 우사

철수 아빠가 우사에서 일하고 있다.

어머니가 온다.

어머니   아직 안 나왔어요?

철수 아빠   허리가 아프다고 누워 있어요.

어머니   허리가? 어디서 다쳤어요?

철수 아빠   다치긴요? 허허… 언제 제가 이런 일 해봤어야지요.

어머니   몸살 났나요?

철수 아빠   몸살 나게 둬두세요!

어머니   예?

철수 아빠   어차피 과거는 안 묻기로 했다지만, 그 여자도 버릇 좀 고쳐야 지…, 안 되죠!

S#4 철수의 방 앞

옛날 일용네의 집이다.

어머니가 다가온다. 머리에 쓴 수건을 벗어 먼지를 턴다.

어머니   방에… 있어요?

S#5 방 안

누워서 담배를 피우고 있던 철수 엄마가 급히 담배를 재떨이에 비벼 끄고 재떨이를 벽쪽으로 밀어붙인다. 그러고는 이불을 뒤집어쓰고 끙끙 앓는 시늉을 한다.
문이 열리며 어머니가 들어선다. 담배 연기가 자욱하다.

어머니   에그…, 이 담배 연기?

손으로 연기를 날리다가 문득 내려다보고는 짐작이 간 듯 빙그레 웃는다.

어머니   (부러 걱정이 된다는 듯) 이를 어쩌나! 일이 너무 과했던 모양이네요! 허리를 다쳤다면서요?

철수 엄마가 이불을 젖히며 머리가 이마까지 흘러내린 얼굴로 돌아본다. 중병을 앓고 있는 환자인 척한다.

철수 엄마   아… 형님…. 나오셨구려… 음… 음….
어머니   많이 아파요?
철수 엄마   입맛이… 딱 떨어지네. 허리가, 가슴을… 펴려 해도… 아이고… 음….

부스럭거리며 일어나 앉는다.

어머니   그대로 누워 있어요….
철수 엄마   에그…, 내가… 진작… 죽어야 했을 것을…! 이렇게… 여러 사람을… 귀찮게… 하네… 형님… 죄, 죄송해… 흑….

몹시 눈물을 흘린다.

어머니   일도 해본 사람이라야지 그게 어디 쉽나요?

철수 엄마   (한숨을 몰아쉬다가 깜짝 놀란 듯) 아… 이렇게… 숨을 몰아쉴라

치면… 가슴과 등이 딱 마치는 게… 음… 음….

어머니   인천에 용한 점장이가 있다던데 그 점장이라도 불러야 하겠네,

그럼….

철수 엄마   이게… 한 사흘… 쉬고 나면… 괜찮을 거예요….

어머니   (웃으며) 일 고되면… 푹 쉬어요! 신경 쓸 것 없어요….

철수 엄마   아, 아니에요. 나 그 담 들고 결리는 데 붙이는 안마고약이나 한

장 사다 주세요.

어머니   그렇게 해요…. 그런데… 오빨 이겨낼 수 있겠수?

철수 엄마   예?

어머니   등장 지을 수* 있겠어요? 이제 봄이 오면 눈코 뜰 새 없어요.

이제부터는 허리가 아니라 발바닥부터 목덜미까지 아플 텐

데……. 그걸 이겨낼지 문제군, 호호.

철수 엄마가 겁먹은 듯 입을 떡 벌린다.

어머니   그리고, 담배도 이제 끊고요…. 하루에 한 갑이면 한 달 담뱃값

이 얼마게요? 그것도 둘이서 피울 테니 말이에요. 몸에 뭐가 좋

다고, 그것도 여자가….

철수 엄마   그렇지만…… 난…… 담배만은 못 끊겠는걸요…….

어머니   목숨은 끊을 수 있겠어요?

철수 엄마   예?

---

* 등장 지을 수: '등짐 질 수'의 뜻인 듯함.

어머니	살고 싶으면 끊어야 해요…. 농사짓고 산다는 게 다방 마담 일
	같이 하는 게 아니에요.
철수 엄마	그렇고 말고요!

어머니의 의연한 태도에 압도당하는 철수 엄마.

S#6 아파트 복도
며느리가 한 아름 물건을 안고 있다.
초인종을 누른다.

S#7 동 안
친정아버지가 한복 차림으로 전화를 받고 있다.
초인종 소리가 들리자 수화기를 손으로 가리며 주방 쪽에다 말을 던진다.

| 장인 | 여보… 현관에 나가봐요! |
| 장모 | (소리만) 예… 나가요. |

장모가 나온다. 에이프런을 걸치고 있다.
장인이 다시 전화를 받는다.

| 장인 E | 그러니까, 늦어도 일곱 시까지는 와야지, 그럼…. |

장모가 현관에 내려서서 문을 열어준다.
며느리가 들어선다.

| 장모 | 혼자 오니? |
| 며느리 | 김 서방은 퇴근 후에 오기로 했어요. 엄마, 이거! |

들고 온 물건을 엄마에게 건네준다.

장모   (시원찮게) 그래?

장인   어서 오너라…. 천천히 와도 되는데….

장모   뭐가 천천히예요? 일손이 모자라니까 한 사람이라도 더 와야
         지….

장인   일손은 무슨….

며느리   아버지! 생신 축하합니다.

장인   오냐, 고맙다! 그래, 사돈어른께서는 안녕하시니?

며느리   그렇잖아도 오늘 꼭 오시려고 했는데 농사 때라.

장모   못 오시겠다, 이거냐?

며느리   예. 참, 그리고 이거….

핸드백에서 흰 봉투를 꺼내서 장인에게 건넨다.

장인   뭐냐?

며느리   시아버님께서.

장모   흥… 봉투 한 장이면 대수라던?

며느리   예?

장모   그래도 사돈의 회갑이라는데… 어디 그럴 수가 있니?

장인   여보! 무슨 소리 하는 거요?

장모   제 얘기가 틀렸나요? 사돈이라고는 딱 한 분 아니에요? 그런데
         봉투 한 장 덜렁 띠어 보내고서…. 그런 법이 어디 있어요?

장인   글쎄, 그런 소리 하는 게 아니에요. 남들이 들으면….

장모   이치에 안 맞는 일이니까 얘기하는 거예요.

며느리   어머니…, 글쎄 농촌은 벌써부터….

장모   바쁘다는 거 나도 안다…… 알고도 남지!

며느리	그러면 왜 그런 말투로….
장모	상식에 어긋나니까, 그렇지!
며느리	그게 왜 상식에 어긋났어요? 사정이 못 오게 되었다고….
장모	말 한마디면 다다 이거니?
장인	여보! 지금 그걸 따질 때야? 어서 들어가서 음식이나 장만해요.
장모	나…… 뭣을 얻어먹고 싶어서가 아니라 경위가 틀린 것은 못 참는 것뿐이다.
며느리	(신경질 내며) 그럼, 저더러 어떻게 하란 말씀이세요?

장모가 애기를 받아 내린다.

| 장모 | 누가 너더러 어떻게 하랬니? 그런 사돈 두어서 섭하다 이거지! 그 얘기 그만하자! 애기 뉘이고 음식 장만하는 거 거들어. |

장모가 부엌 방으로 들어간다.

장인	얘, 마음 쓸 것 없다. 네 엄마는 기왕 음식 장만하는 거 손님이라도 많이 와서….
며느리	(O.L) 그걸 누가 모르나요? 하지만 저한테 대놓고 말씀하시니 낸들 어떻게 하란 말이냐구요? 그만한 경우 다 아시면서도. 그럼, 사정이 있어 못 오시는 건데….
장인	글쎄…… 네가 이해해! 이런 일은…….

어머니가 다시 나온다.

| 장모 | 내 일러두지만, 이따가 김 서방 오더라도 이 얘기는 꼭 털고 넘어가겠다! |

장인	(화를 내며) 그만해두라는데도!
장모	자고로 사돈 간에도 순서가 있는 법이다, 알겠니? 안사돈, 바깥 사돈 모시기가 더 어렵다는 걸 알아야 한다구…. 내 환갑이면 이렇게 안 해!
장인	(화를 내며) 여보! 당신 정말…….
장모	이건 바꾸어 말하자면, 우리를 깔보는 짓이나 다름없단 말이야! 누가 부조금 얻어먹겠댔니? 사돈 간의 우의와 우애를 살리자는 게지!

장모의 표정이 경직되자 며느리는 할 말을 잃는다.

S#8 할머니 방
할머니의 등을 일용네가 긁어주고 있다.

할머니	에그… 시원해…. 응, 거기… 거기….
일용네	늙으면 왜 이렇게 가려운 데가 많은지 모르겠어요.
할머니	피부가 트느라고 그렇지.
일용네	저도 요즘은 가려워요. 봄이 와서 그렇겠지만….
할머니	아들한테 편지해서 가려운 데 잘 듣는 약 사서 부치라고 하지……. 이리 올려대!

이번엔 할머니가 일용네 등을 긁어준다.

일용네	에그……, 그 녀석이 그런 데 신경 쓸 겨를이나 있는지 모르죠.
할머니	접때 편지 왔었다면서?
일용네	예, 일본에서 있다가 어디로 간다던데 모르겠어요, 난….
할머니	그래도 몸 성히 있으면 다 잘되는 일일 테지….

일용네	망할 녀석! 애미 혼자 떼어놓고 잘도 빠져나갔지! 그리고 보면 자식놈들 마음도 독하긴 하고….
할머니	마음이 독해야 살 수 있는 세상이니까.
일용네	(한숨) 마음 독하게 먹어서 누구 잘 살릴려구, 쯧쯧….

S#9 첫째의 사무실

집무 중인 첫째.

전화벨이 울린다. 첫째가 전화를 받는다.

| 첫째 | 여보세요… 아 당신이야? 서울 왔어? |

며느리가 전화를 걸고 있다.

며느리	여보! 지금 바쁘세요?
첫째	아니, 왜?
며느리	당신, 집에 좀 다녀올 시간 없겠수?
첫째	집에?
며느리	네, 가셔서 아버지나 어머니 두 분 가운데 아무나 한 분 오셨으면 해서요.
첫째	응?

S#10 마루와 뜰

마루에서 어머니가 볍씨를 고르고 있다.

아버지	여보, 연설회가 끝나고 회식이 있을지도 몰라.
어머니	예?
아버지	회식이 끝나면 일찍 들어올 거야.

어머니	회식 있더라도 눌러붙어 계시지 말구 일찍 들어오세요.
아버지	알았어.

아버지가 나간다.

S#11
철수 엄마가 나온다.

철수 아빠	왜, 나와? 허리 아프다면서?

철수 엄마가 땅 위에 주저앉는다.

철수 아빠	왜 그래?
철수 엄마	나…… 아무리 생각해두….
철수 아빠	아, 입 닥쳐!

철수 아빠의 눈길이 사납게 쏘아본다.

철수 아빠	아프면 나을 때까지 누워 있어, 딴생각일랑 말고!

부삽질이 신경질적으로 빨라진다.

철수 아빠	농사짓고 살겠다고 약속했잖아? 딴 데 가봐야 받아줄 사람두 없어… 쇠고랑 차기 전에는.

쇠고랑이라는 말이 떨어지자 철수 엄마가 두 귀를 막는다.
멀리 헬리콥터가 지나가는 소리.

철수 아빠　숨어 다니는 주제에 무슨 고생인들 못 하겠어!

삽을 내던진다.

철수 아빠　나두 큰마음 먹고 농사짓기로 했어! 당신이나 나나 전과자가
　　　　　되지 않으려면 말이야. 그런데 이제 겨우 며칠도 안 돼서 그따
　　　　　위… 뭘 봐?

철수 엄마가 쏘아본다.

철수 엄마　싫어! 싫은 건 싫단 말이에요.
철수 아빠　싫으면…?
철수 엄마　나, 갈테야!
철수 아빠　뭣이?

철수 아빠가 철수 엄마를 쥐어잡아 일으킨다.

철수 아빠　다시 한번 말해봐!
철수 엄마　여기선 못 살겠어.
철수 아빠　어디 가면 살 수 있을 것 같아, 응? 이 등신아!
철수 엄마　아이구머니, 사람 잡네.

철수 아빠가 힘껏 뿌리치자 저만치 나가떨어진다.

철수 엄마　아이고… 아이고….
철수 아빠　조용히 못 해?
철수 엄마　이렇게 살려면 차라리… 차라리….

저만치서 둘째가 엿보고 있다.

S#12 펌프 가

어머니가 볍씨를 일건지고 있는데 둘째가 들어와 세숫대야에 물을 퍼붓고 손을 씻는다.

| 둘째 | 아래채 아저씨 내외 말이에요….

둘째   아래채 아저씨 내외 말이에요….

어머니   응?

둘째   이상해요.

어머니   이상하다니?

둘째   밭에서 마구 싸움이잖아요.

어머니   부부싸움… 누구는 안 한다던? 나두 너희 아버지하고 실컷 했다.

둘째   치고받고 했어요?

어머니   응?

둘째   보아하니 무슨 사연이 있나 봐요.

어머니   사연?

둘째   좀 알아보고 할 걸 그랬어요!

수건에다 손을 씻는다.

어머니   무슨 얘기냐?

둘째   확실한 얘기는 알 수 없지만… 무슨 사고를 내고 숨어 다니는 그런… 범죄자 같아요.

어머니   너, 어디서 무슨 얘기 들었니?

둘째   둘이서 티격태격하는데… 얼핏 그런 얘기가 튀어나왔어요.

어머니   글쎄… 너희 아버지는 어쩌자고 그런 사람을 집 안에 들여놓니? 난 처음부터 싫었어! 반대였다구…. 너희들은 어려서 잘 모

를 테지만, 그 내외는 이날 이때 늘 한자리에서 자리 잡고 살아
본 일이라고는 없단다. 게다가 잊어버릴 만하면 나타나서는 죽
네 사네 사정하면 또 인정상 그럴 수 없어서 돈두 주고…. 정말
어디서 사기를 치고 도망다니는 거면 어쩌지?

S#13 적당한 산책 길

캠퍼스 비슷한 곳을 걷고 있는 셋째와 태석이.

태석   이번에는 네 차례지? 지난번에는 내가 너희 집 갔으니까…….
               우리 부모님이 봤으면 하시거든.

셋째   글쎄….

태석   언제 시간 나겠어? 가능하면 졸업식 전이면 좋겠어!

셋째   나 혼자?

태석   나두 혼자 너희 집에 갔었잖아?

셋째   지금까지 너희 집에 가본 적이 한 번두 없었는데….

태석   그러니까 가자는 거 아니야? 나는 가정 사정이니 뭐니 하는 건
               3차적 조건이지. 그러나 이제는 그것두 숨길 필요두 없구, 응?

셋째   그래, 가두 좋아!

태석   고마워! 그 대신 승낙만 나면 식 올리는 거다!

S#14 아파트(초저녁)

현관 등불 아래 손님들 구두가 즐비하다.

안방에서 손님들의 웃음소리.

며느리가 주방에서 나온다. 주위 보더니 전화를 건다. 초조하고 불안한 표정.

며느리   여보세요! 저, 김효식 씨* 계시나요? 예? 자리에 안 계세요? 어디
               나가 있는지… 여기… 반포예요…. 예? 아니에요. 다시 걸겠어요.

며느리가 수화기를 놓는다.

저만치 장모가 음식 접시 들고서 온다.

장모   어디 전화 걸었니?

며느리   아, 아니에요. 전화가 잘못 걸려왔나 봐요.

장모   이 음식들 안방으로 들여가라!

며느리   예!

장모   김 서방은 왜 안 오니? 퇴근 시간 됐는데….

며느리   곧 오겠죠, 뭐!

며느리가 음식 접시를 받아 들고 안방으로 들어간다.

S#15 안방

장인을 중심으로 손님들이 술상을 받고 있다.

술이 거나해진 장인은 사뭇 기분이 좋다.

장인   그거 뭐냐?

며느리   새우튀김이에요.

장인   여기 놔라!

며느리가 상에다 올려놓는다.

장인   김 서방은 안 왔니?

며느리   곧 올 거예요.

장인   사위가 있어야지… 외동딸 사위면 아들이나 다를 바 없는데,

---

* 남편인 첫째의 이름은 나중에 '김용진'으로 나옴.

그렇게 미지근하기냐? 허허….

손님 A	마음속으로야 금이야 옥이야 하시면서, 헛허….
장인	아니에요, 자식이란 한번 가버리면 그만이죠, 헛허….
며느리	안 그래요, 아버지! 출가외인이라는 말은 옛말이에요.
손님 B	그럼요. 더러는 사위자식 개자식 하지만, 요즘은 사위가 친아들 이상으로 효도하는 세상인데!
일동	헛허….

며느리가 나온다.

S#16 안방

어머니와 둘째, 첫째가 앉아 있다.

첫째가 초조해한다.

첫째	몇 시쯤 나가셨어요?
어머니	그때가 네 시 다 되겠지….
둘째	예.
어머니	하여튼 회식이 없으면 일찍 오신다고 했는데.
첫째	어떻게 하죠? 아버지께서 꼭 오셔야지 되겠다는데!
어머니	그래?
첫째	오죽하면 전화로 연락이 왔겠어요? 나더러 아버지한테 연락 드리라고 말이에요.
어머니	그래?
둘째	형수님 얘기는 옳은 얘기죠. 장인 회갑 날 아무도 안 갔다 하면 착잡하지!
어머니	에미 말이 잔치 아니라고 해서 곧이듣고…. 에그, 아무래도 실수가 되고 말았나 부다. 이 일을 어떡하면 좋지?

첫째	아버지가 어디 계신지 안다면 지금이라도 찾아갔으면 되겠는 데….
어머니	어디 가신다고 얘기나 해주셨던들…. 어떻게 하면 좋으냐? 사부인께서 그토록 역정을 내셨다면….
첫째	아버지가 못 가신다면… 어머니께서 가시면 어때요?
둘째	그래요! 형 말도 일리가 있어요. 안 가시는 것보다 백번 낫지요.
어머니	내가 가도 될까?

S#17 아파트 응접실(밤)

며느리가 전화통을 붙들고 있다. 상대방 대답이 시원찮은지 시무룩해서 수화기를 내려놓는다.

장모가 나온다. 시계가 일곱 시를 가리키고 있다.

장모	김 서방은 어떻게 된 일이니? 아직도 회사에서 안 끝났대?
며느리	예? 예! 어디 나가서 아직! 아마 일이 바쁜가 봐요.

장모가 몹시 불쾌한 표정으로 소파에 앉는다.

장모	세상에… 쇠털같이 흔한 날에 하필 오늘 바쁠 게 뭐람!
며느리	예?
장모	오늘 이게 모두가 교양 문제다.
며느리	어머니, 무슨 말씀을 그렇게….
장모	내 얘기가 틀렸어? 그래 사돈 회갑 날 코빼기도 안 나타나는 그 부모나 장인 회갑 날 안 오는 사위나 오십보백보지! 안 그래?
며느리	무슨 까닭이 있겠죠. 곧 올 거예요.
장모	그래도 남편 두던에 시집 쪽…. 하긴 핑계 없는 무덤이 어디 있다던?

장인이 안방에서 나온다. 술이 전보다 취해 있다.

장인   여보! 안방에 술안주 더 가져와야지, 거기서 뭘 하고 있어?

장모   예, 가져갑니다! 에그, 속상해….

어머니가 부엌 쪽으로 들어간다.

장인   애! 엄마하고 다투었어?

며느리   아, 아뇨?

장인   그럼, 왜 그러고 있어?

며느리   ….

장인   오늘은 기쁜 날이야! 제발, 그 익모초 씹은 상 하지 말아다오.

장인이 방으로 들어간다.

며느리   윽…! (끓어오르는 울음을 참는다)

초인종이 울린다. 며느리가 현관으로 간다.

현관문을 연다. 아버지가 서 있다.

며느리   어머… 아버님!

아버지   허허.

며느리   들어오세요, 아버님!

아버지   오냐!

현관으로 들어온다.

신을 보자 놀란 체한다.

| 아버님 | 조촐하게 한다더니 손님이 많이 오셨구나! |
| 장모 E | 누가 오셨니? |

나오다가 아버지를 보자 당황한다.

장모	아니….
며느리	어머니, 제가 뭐랬어요? 꼭 오신다고 했잖아요? 호호….
아버지	늦어서 죄송합니다, 사부인!
장모	아, 아니에요. 바쁘신데… 이렇게 와주셔서. 얘, 아버지 나오시라고 해! 사돈어른 오셨다고.
며느리	예!

안방 쪽으로 간다.

| 장모 E | 자… 잠깐 앉으세요. |
| 아버지 | 예! |

소파에 앉는다.

장모	바쁘셔서 못 오실 줄 알았어요, 흠….
아버지	어쩔 수 없는 불가피한 일이 겹쳐서요. 마침 일찍 끝나서 바로 오는 길입니다. 허허, 용서하십쇼.
장모	아, 아니에요! 우린 그저 조촐하게 하자고….

장인이 안방에서 나온다. 며느리가 뒤를 따른다.

| 장인 | 아이구… 우리 귀하신 사돈께서 오셨군요. 허허…. |

장인이 아버지의 손목을 덥석 쥐어 흔든다.

아버지   축하합니다….

장인   축하는… 무슨… 허허. 나이 먹는 게 무슨 자랑거리라고. 안 그
          렇습니까, 사돈?

아버지   허허, 별말씀을….

장인   그래, 그래! 자, 우리 방으로 가서 한잔합시다.

장모   사돈어른은 따로 상을 봐야 해요. 건넌방으로 오셔요, 여보!

아버지   아, 아닙니다! 저는… 잠깐 들렀다가 가려고….

장인   아니에요. 정 부족한 말씀을…. 오늘 밤은 나하고 날이 새도록
          마십시다.

장모   여보! 당신은 벌써 취하셨어요!

장인   술 마시고… 안 취하는 사람을 어디다 쓰게…. 그런 사람하고는
          아예 돈거래도 하지 말랬어… 허허.

모두들 웃는다. 며느리가 누구보다도 깔깔거린다.

장인   저… 저 방으로 우선 갑시다! 나의 죽마고우들이니까 집안 식
          구나 다름이 없으니까 허물없이 마실 수 있어요.

장모   약주 과하지 않도록… 하세요! 사돈어른 술상은 따로 봐뒀어
          요.

장인   알았어… 들어갑시다!

아버지   예….

아버지가 장인에게 이끌려 간다.

장모가 웃는다.

며느리	엄마! 어때요, 또 헐뜯기예요?
장모	응?
며느리	이래도 큰소리치시기냐구요? 뭐 교양이 문제라고요?
장모	그, 그거야 네가 잘못 말했으니까 그렇지! 오실 줄 알았던들 내가 왜 사돈을 헐뜯니? 벼락 맞게…….
며느리	우리 시아버님이 얼마나 인사성이 밝으신데요!
장모	흠…… 곧 죽어도 가재 편이구나, 호호.
며느리	호호.
장모	그런데, 김 서방이 또 웬일이냐, 응?
며느리	글쎄요?
장모	설마 잊어버린 건 아닐 테지?
며느리	그럴 리가 있어요? 분명히 알고 있는데….
장모	(부엌으로 가며) 친구들하고 어디서 한잔하고 있는 거 아니냐?
며느리	아니라니깐!

S#18 서울 밤거리의 차량

택시 안의 어머니와 첫째.

어머니	걱정이다.
첫째	예?
어머니	네 아버진 안사돈이 주책없이 혼자 사돈댁에 갔다고 벼락이 떨어지는 거 아닐지?
첫째	그러실 리가 있나요?
어머니	그렇지 않아……. 사돈 간에는 서로 허물없이 왕래하기가 어려운 법이야! 너희들끼리의 생각하고는 달라요.

S#19 셋째의 방(밤)

책 보는 막내.

막내   엄마 아빠가 안 계시니까 꼭 고아 된 것 같지, 언니?

셋째가 책상 위에서 무엇을 쓰고 있다.

멀리 개 짖는 소리.

아랫목에서 책을 읽고 있던 막내가 장난기가 일어난 듯 살며시 일어나 셋째의 어깨너머
로 본다. 셋째가 질색을 한다.

막내   러브레터지?

셋째   유치한 소리 다 듣는구나!

막내   그럼, 뭘 쓰고 있었어?

셋째   너는 아직 몰라….

막내   알 나이가 안 되었다, 이거지? 흥!

셋째   알기는 아는구나! 이건 말이다, 인생 노오트다!

막내   인생 노오트?

셋째   요즘 나는 뭔가 쓰고 싶은 충동이 맹렬히 솟구친단다.

막내   일기?

셋째   나의 요즘 생각은 말하자면, 나의 몸부림이자 성장하는 아픔이
                         거든……. 그러니까 나는 이 아픔을 영원히 남겨두고 싶다는 거
                         야!

막내   결혼하기 전에, 즉 처녀 시절의 마지막 소리를 영원히 기록하란
                         얘기 아니야?

셋째   그래, 바로 그거야!

막내   아, 듣기만 해도 눈물겹다!

셋째   정말, 그렇게 생각하니?

막내	호호…….

셋째가 꿈꾸듯 허공을 바라본다.

셋째	(마음의 소리) 그래, 누구나 한번쯤은 시인이 되는 시기가 있다
	더니 정말 그런가 봐! 아…… 내 곁에 그 누가 있어준다는 그 한
	가지 사실…… 그게 얼마나 소중한 것인가 말이야!

S#20 아파트 복도(밤)

복도를 어머니와 첫째가 다가오고 있다.

집 앞에 선다.

어머니	늦지 않았을까?
첫째	(시계를 보고) 괜찮아요. 오늘은 밤늦도록 노실 텐데….

첫째가 초인종을 누른다.

어머니	어쩐지 내가 입학시험 시험장에 나가는 기분이다.
첫째	합격입니다!

현관문이 열린다. 며느리의 얼굴이 내다본다.

며느리	아니…… 어머님!
어머니	응…… 바쁘지?
며느리	어떻게 어머님까지.
첫째	어떻게는 무슨……. 자, 들어가세요!
어머니	오냐!

S#21 응접실(밤)

잔칫집 분위기가 여실하다.

어떤 손님이 전화를 걸고 있다.

며느리   어서 올라오세요.

어머니가 올라선다.

부엌에서 장모가 나온다.

장모   아니!

어머니   어머!

장모   어떻게 된 일이에요?

첫째   어떻게 되긴요? 제가 모시고 왔습니다, 장모님! 허허….

장모와 며느리가 어리둥절해진다.

어머니   축하합니다!

장모   아, 아니에요. 바쁘실 텐데…… 이렇게 모두들 안 오셔도 되는데.

어머니   아니에요. 실은 저라도 먼저 왔어야 했는데, 글쎄… 일이….

며느리   어머님!

어머니   (자랑스럽게) 네 시아버지 몰래 와버렸다. 호호….

며느리   그, 그게 아니라….

장모 E   뭐, 식혜나 수정과 좀 내와! 어서….

며느리   예. 어머님, 앉으세요.

장모와 며느리는 부엌으로 들어간다.

어머니가 소파에 앉는다. 집안을 휘둘러본다.

안방에서 터져나오는 박수 소리

이윽고 아버지가 부르는, 단 하나밖에 모르는 〈황성옛터〉의 노래.

첫째	응, 저게…….
어머니	뭐가?
첫째	저 노랫소리?
어머니	꼭 네 아버지 목소리 같구나…. 세상에 얼굴 닮은 사람은 있어 도 목소리 닮은 사람은 없나 본데…….

S#22 안방

모두들 박수. 다 함께 앵콜들 연발하고 있다.

아버지가 비스듬히 서서 멋쩍게 웃고 있다.

장인	우리 사돈은… 이렇게 틉틉하고 구수한 목소리가… 꼭 막걸리 맛이죠, 허허.
일동	하하.
아버지	죄송합니다. 워낙 아는 노래라는 게 이것뿐이어서… 허허.
손님 A	양 사돈끼리 청백전예요.
일동	옳소!

박수가 터졌다.

장인	(아버지한테) 해볼까요?
아버지	합시다, 그까짓 거!
장인	그럼 내가 먼저 할 테니!
아버지	내가 이어받고. 허허…….
장인	그럼, 내가 부릅니다!

일동   좋소!

장인이 눈을 감고 청승맞게 노래를 부른다. 〈진도아리랑〉이다.

모두들 젓가락 장단을 친다.

아버지가 보릿대 춤을 춘다.

S#23 방문 앞

어머니와 첫째가 들여다보고, 그 뒤에 장모와 며느리.

어머니   어머… 어머…….

장모   아니… 저게 웬일이냐? 네 아버지가 노래를 다….

어머니   네 아버지가 춤을 다…. 이거, 변괴가 나도 크게 났어!

장모   천지개벽이 따로 없네….

첫째   장모님, 어때요? 오늘 같은 날. 흐흐….

며느리   (어머니에게) 아버님의 춤 솜씨 처음인데요… 흠…….

장모가 방 안으로 들어간다.

어머니   이 일을 어쩐다지, 응? 아이구, 저렇게 주책을…….

어머니가 응접실 쪽으로 간다.

방문 열리며 장인과 그 뒤에 장모가 따라 나온다.

장인   아이쿠, 사부인 오셨습니까?

어머니   축하드립니다!

장인   아니… 이거 사부인도 오신 줄 알았던들 잔치를 본격적으로 하
          는 건데….

장모   에그… 수작이시지….

이윽고 아버지가 나온다.

아버지   (술이 깬 듯) 여보… 어떻게 된 거야? 왜 왔어?
어머니   (비아냥대며) 당신이 오실 줄 알고 왔수. 동부인해서 나들이하고
            싶어서요.
장모   그럼요. 늙어갈수록 함께 다녀야 해요. 그런데, 한국 남성들은
            늙은 마누라는 떼놓고 혼자서만 재미 보려고 드니, 틀렸죠? 호
            호….
아버지   왜 왔느냐구?
어머니   바늘 가는 데 실 가는 게 뭐가 잘못이우?

모두들 웃는다.

(F.O.)

출발

제19화 출발

연습용 대본 | 1981년 3월 10일 방송

· 등장 인물 ·

할머니	정애란
아버지	최불암
어머니	김혜자
첫째	김용건
며느리	고두심
둘째	유인촌
셋째	김영란
막내	홍성애
일용네	김수미
철수 아빠	박상조
태석	조남석
태석 부	이묵원
태석 모	정혜선
가정부	이상숙
운전기사	김웅철
철수 엄마	김영옥

S#1 과수원

아버지가 아침 햇살이 비켜 내리는 과수원 길을 걷고 있다. 나무순을 만져보기도 한다.

연못 속의 올챙이들. 심호흡하는 아버지. 버들강아지.

봄을 즐기는 아버지. 기타 봄이 오는 모습.

내레이션   먼 산에 눈도 곧 녹아내릴 것이다. 봄이다. 하늘도 땅도 그리고
물기 오른 나뭇가지도 겨울에서 기지개를 켜고 깨어나는 아침
이다. 봄이 오면 나이를 잊는다. 늙어가는 사람에게도 봄이 오
면 속절없이 가슴이 부풀어 오른다. 젊음이 다시 살아나는 충
동을 느낀다. 그래서 모든 일은 봄에 시작되나 보다. 밭을 갈고,
씨앗을 뿌리고, 학교가 문을 열고, 직장에서 새사람을 뽑는 것
도 예외 없이 봄철이고 보면 봄은 역시 시작되어서 좋다.

S#2 마루와 뜰

아침 햇살이 화사하게 비치고 있다.

셋째 방에서 셋째와 막내의 호들갑스러운 웃음소리가 터져나온다.

어머니가 부엌에서 나와 보는데 방문 열고 뛰어나오는 가운 차림의 셋째와 막내.

셋째   엄마!
어머니   아니….
셋째   (팔을 벌려 보이며) 어때요? 어울려요? 흠…….
어머니   그게 뭐냐?
막내   꼭 박쥐 같지요 엄마?
셋째   얜!

셋째가 막내의 이마를 쿡 찌른다.

막내   아얏!

모두들 웃는다. 할머니가 나온다.

할머니   웬 옷이 그렇게 요란스러우냐?

일용네가 부엌에서 나온다.

일용네   꼭 도포에 쟁반 뒤집어쓴 꼴이네요! 헤헤….
막내   도포에 쟁반? 호호….
셋째   고작해서 그렇게밖에 안 보여요?
할머니   그게 무슨 옷이야?
셋째   오늘 졸업식 때 입을 옷이에요.
할머니   그래?
어머니   얘, 그렇게 차리고 서울까지 갈 거냐?
셋째   아뇨. 미리 입어본 거예요. 어울리나 안 어울리나 하고… 흠….
막내   나 좀 써봐! 그 학사모!
셋째   안 돼. 부정 타!
막내   에게게!
셋째   이 모자를 쓰기 위해서 지난 4년 동안 고생한 일 생각하면 신
          주 모시듯 하고 싶어진다!
막내   흥! 누군 왕년에 학사모 안 써봤을까!
셋째 E   네가 써봤어?
막내 E   4년 후에 보자구!
셋째 E   그래. 보자.
어머니   졸업식에 늦겠다.
셋째   예.

150

아버지가 돈사 쪽에서 온다.

둘째도 따라 나온다. 거름통을 어깨에 멨다.

둘째   축하한다!

셋째   고마워요, 작은오빠.

어머니   어서들 아침 먹고 가자.

셋째   (모자를 벗으며) 오실 필요 없다니깐요.

아버지   말도 안 돼.

셋째   온통 사람 사태가 나서요… 누가 누군지 찾아볼 수도 없구요.
       어디 앉아 있는지도 모르구요. 오셔봤자 고생만 되시니 말예요.

아버지   하긴… 얘 큰오래비 졸업식 때도 네 엄마하고 갔다가 헛걸음을
       했었지. 여보 그때 일 생각나?

어머니   모두 당신 때문이었죠.

아버지   그게 왜 내 탓이었어?

어머니   처음부터 학교 안 어디서 만나자고 정해야지 막연히 교문 앞이
       다 하셨으니 그 교문 앞에 장마철에 뭔 둑 무너지듯 밀려드는
       사람 속에서 어떻게 찾수?

셋째   어머니 말씀이 옳아요. 이를테면 체육관 앞이다, 도서관 앞이
       다 하고 외진 곳으로 정하셔야죠.

아버지   이놈아! 그 학교가 그렇게 넓고 그렇게 학생 수가 많은지 누가
       알았어야지.

어머니   이러다 날 새겠수. 어서 아침 잡숫구 나섭시다. 얘, 너도 옷 갈아
       입고….

막내   선약이 있거든요.

아버지·어머니   (동시에) 선약!

막내   예!

때리며 꼬집는 셋째. 막내 비명.

셋째   요 여우!

웃으며 보는 부모.

S#3 캠퍼스
졸업식 광경.

내레이션   셋째 딸아이가 드디어 대학 4년을 마쳤다. 첫째는 대학을 나왔
               고 둘째는 못 보냈고, 막내는 입시에 실패해서 못했다. 우리 집
               에서 두 번째 대학 졸업이다. 대견스럽기 이를 데 없다. 하지만
               이런 때 부모는 다 못 가르친 자식이 더 맘 아픈 법이지만 우리
               셋째가 별 탈 없이 자라준 기쁨 또한 비길 데가 없다.

적당한 장소에서 태석의 부모가 서성거리고 있다. 두 사람의 옷차림은 상류사회 특유의
값지고 세련된 모습이다.
특히 어머니가 입고 있는 밍크 코트는 이채로울 정도다. 그러나 오만하거나 천박스럽지
않은 점잖은 모습이다.

S#4 졸업식장

태석 모   왜 안 올까요?

태석 부   (시계를 보며) 이제 곧 오겠지.

태석 모   혹시 그 아가씨가 수줍어하느라고 그런 게 아닐까요?

태석 부   수줍긴… 이제 대학을 졸업했으면 어엿한 숙녀요, 사회인인
               데….

태석   어머니.

가운에 사각모를 쓴 태석이와 셋째가 뛰어온다.

태석   아버지, 어머니.

무슨 얘기를 하려다 말고 꾸벅 절을 한다.

태석 부   고생했다!
태석 모   축하한다.
태석   감사합니다…. 참, 인사드려! 우리 아버지, 어머니셔….

셋째가 머뭇거리다가 인사를 한다.

셋째   처음 뵙겠습니다.
태석 부   오.
태석 모   얘기 많이 들었어.

두 사람, 새삼 셋째의 모습을 눈여겨본다. 매우 탐탁해하는 표정이다.

태석 모   집안 어른들께서는 안 나오셨나?
셋째   예.
태석   복잡하니까 나오시지 말랬다나요.
태석 부   그럼 우린 왜 왔지? 허허….
태석 모   우리 외아들님 졸업식에 안 왔다간 평생 구박받을까 봐서 온
                    거죠. 호호….

태석도 셋째도 따라 웃는다.

태석 부	자, 그럼 어디 가서 저녁이라도 하자.
태석	아, 아니에요. 선약이 있어요.
태석 부	응?
태석 모	알 만도 하다.
태석 부	뭔데?
태석 모	여보, 오늘은 아무리 부모일지라도 이 애들 시간은 뺏을 수 없는 거예요. (의미 있는 시선으로) 그렇지?
태석	(서슴지 않고) 예!
태석 부	솔직해서 좋다! 허허…

모두들 웃는다.

태석 모	그것 보세요…. 여보, 그러니 오늘은 이 애들을 해방시켜 줍시다.
태석 부	(셋째에게) 섭섭해서 어떻게 하지? 오늘은 내가 한턱 쓰려고 모든 외부 약속을 물리치고서 일찍 들어왔는데….
태석	사전에 그렇게 됐어요, 아버지.
태석 모	여보, 며칠 후 집으로 초대합시다.
태석 부	집으로?
태석 모	이왕에 일이 이렇게 됐으니 이 애 집안 어른들도 초대하는 게 좋겠어요.
태석	예. 그게 좋지요. 이번에는 제 차례니까요.
태석 부	차례?
태석	예. 접때는 제가 초대받아서 갔으니까 이번에는… 음….
태석 부	좋다. 말 나온 김에 그렇게 정하자.
태석	감사합니다.

태석 모	(셋째에게) 집안 어른들께 잘 말씀을 드려요. 일간 이쪽에서 자동차 보낼 테니 바람도 쏘일 겸 해서… 나들이 나오시라구.
셋째	예, 감사합니다.
태석	(시계를 보며) 아, 가봐야겠다.
셋째	응…….
태석	아버지 그럼.
태석 부	어서 가봐.
태석 모	일찍 들어와. 오늘만이 날이 아니니까.
태석	알았어요.
셋째	안녕히 계세요.

공손히 절을 하고 물러간다.

태석 부모가 넋 나간 듯 한동안 두 사람 쪽을 바라본다.

태석 모	어때요?
태석 부	태석이 놈도 나를 닮아서 눈이 높군. 음.
태석 모	호 호 호…….

S#5 안방

아버지가 거울 앞에서 넥타이를 매고 있다.

어머니가 봄 두루마기를 입는다.

어머니	이렇게 입어도 흉 안 잡힐지 모르겠어요.
아버지	농사꾼이 그 정도면 됐지……. 그런데 오늘따라 이놈의 넥타이가 왜 말을 안 들어?

맸던 타이를 다시 푼다.

| 어머니 | 여태 그것 하나 못 매고 쩔쩔매세요? 저 좀 보세요. |

어머니가 아버지 목에다 타이를 매준다.

아버지	자동차가 온다고 했지?
어머니	예. 시간 다 됐어요.
아버지	서울에서 여기까지 기름값 꽤나 나가겠다.
어머니	자가용이래요.
아버지	자가용은 기름 안 쓰고 맹물로 가나?
어머니	그거야 저쪽 사정이지. 당신이 걱정하실 일 아니에요. 자, 됐어요!

아버지가 못 미더워서 다시 어머니의 거울 속을 들여다본다.

아버지	얼마 만이지? 이게?
어머니	뭐가요.
아버지	우리가 동부인해서 이렇게 서울 나들이 가는 게 말이오…….
어머니	왜 겁나시우?
아버지	끔찍해!
어머니	예?
아버지	이런 늙은이 데리고 나가기가.
어머니	누가 할 소린데.

어머니가 아버지 가슴을 쿡 찌르자 아버지가 덥석 안는다.

| 아버지 | 후후…. |
| 어머니 | 봐요! 누가 봐요. |

아버지	보면 어때? 부부지간인데. (낮게) 뽀뽀할까?
어머니	미쳤수?
아버지	가끔 미친 것도 약이지 흐흐….
어머니	호호….
둘째	(소리) 아버지, 자동차 왔어요.
아버지	응?
셋째	(소리) 엄마, 빨리 오세요.
어머니	오냐. 나간다.

S#6 마루의 뜰

며느리가 애기를 안고 있다.

셋째, 둘째 그리고 일용네가 팔짱을 끼고 서 있다.

아버지, 어머니, 나온다. 할머니, 방문 앞으로 간다. 방문을 연다.

S#7 할머니 방 안

아버지, 어머니, 고개를 내민다.

어머니	어머니, 다녀오겠어요.

할머니, 일어난다.

아버지	나오지 마세요. 어머니!
할머니	뭐, 셋째 선뵈러 간다며?
아버지	선이요?
어머니	누가 그랬어요?
할머니	일용네가 그러던데.
어머니	일용네도 정말…….

S#8 마루와 뜰

일용네가 머리를 쓱쓱 긁으며 어물쩡한다.

| 어머니 | 누가 선보러 간댔어요. 저녁 초대받아서 가는 게지. |
| 일용네 | 이리 치나 저리 치나 떡 반죽 잘되면 됐죠, 안 그래요? 헤헤헷. |

일동 까르르 웃는다. 멀리서 자동차 경적 소리.

둘째	어서 가보세요.
아버지	오냐!
며느리	(셋째에게) 성공 빌어요, 고모.
셋째	아니 언니두….
아버지	(며느리에게) 어서 들어가. 감기 들라, 애기!
어머니	집 잘 보고, 그리고 할머니 저녁상에 그 쑥국 끓여들여.
며느리	예.
어머니	(할머니에게) 다녀오겠어요.
할머니	어서들 가봐! 늦기 전에.
일용네	에그…… 그렇게 차리고 나가시니깐두루 김 회장님도 새신랑 같네요. 헤헤…….
어머니	그걸 말이라구 해요? 흠….

모두들 웃는다. 아버지, 어머니, 셋째가 나간다. 개가 짖어댄다.

S#9 농장 입구

최고급 자가용 차가 서 있다.

기사가 깍듯이 절을 하고 차 도어를 열어준다. 아버지와 어머니가 어리둥절해한다.

셋째   저는 앞자리에 타겠어요. 두 분이서 뒷자리에 타세요.

운전기사가 차문을 닫아주고 운전대에 오른다. 차가 미끄러지듯 떠나 나간다.

S#10 차 안
최고급 차 안의 고급스런 장치에 눈이 휘둥그레지는 아버지와 어머니. 촌닭 관청에 갖다 놓은 표정이다.

아버지   어이구, 비싼 차 같다.
운전기사   예. 천 8백이죠.
아버지   천 8백?

어머니와 눈을 마주치며 혀를 날름대며 놀란 표정.

운전기사   사장님 차는 2천만 원 가는걸요.
아버지   아니 그럼 이 차는…….
운전기사   사모님 차죠.

아버지와 어머니가 또 한 번 놀란 표정 한다.

운전기사   사장님은 외국에서 손님이 오시기로 돼서 아침에 공항에 나가셨죠.

아버지와 어머니의 질린 표정.

S#11 밤
철수네 부부가 밭을 일구고 있다.

철수 엄마 삽질이 아직 서툴다. 일하다 말고 숨을 몰아쉰다.

철수 엄마　　여보! 쉬었다 해요.

철수 아빠　　잔소리 말고 해! 점심때까지는 이 밭 일구고 퇴비를 쳐다 날라
　　　　　　야 해.

철수 엄마　　한 대 피우고서 합시다.

밭두렁에 주저앉아 소매 주머니에서 담배를 꺼낸다.

철수 엄마　　불 있어요?

철수 아빠가 눈을 흘기면서도 라이터를 꺼내서 던져준다.

철수 아빠　　그 담배 좀 작작 피워!

철수 엄마　　에그… 이까짓 담배가 문제예요? 더 한 것도 마음대로 못 쓰
　　　　　　고… 그저.

주워 들고 담배를 피우고, 다음 순간 철수 아빠의 날카로운 시선과 맞부딪힌다.

철수 아빠가 주위를 휘둘러본다. 아무도 없음을 확인하자 삽을 내던진다.

아내는 지레 겁을 먹고 슬슬 피한다. 철수 아빠도 앉아서 담배를 피워 문다.

멀리서 염소 떼가 운다.

철수 아빠　　1년만 참아… 죽은 듯이 찍소리 말고 알았지?

그의 위협적인 시선에 그녀는 다시 한번 겁을 먹으며 끄덕인다.

철수 아빠　　(담배 연기 내뿜는다)

160

철수 엄마　　걱정이에요.

철수 아빠　　(돌아본다)

철수 엄마　　그거… 거기다 그렇게 두고서… 여보 한번 가보고 오세요…….

철수 아빠　　가보고 오긴! 뭘?

철수 엄마　　몰라서 물어요? 우리 재산 말이지.

철수 아빠　　뭐라구?

철수 엄마　　잠이 안 와요? 마음에 걸려서….

철수 아빠　　없었던 일로 알고 잊어버리라니까…….

철수 엄마　　잊을 일이 따로 있지 어떻게.

철수 아빠　　(눈을 부릅뜨며) 콩밥 먹고 싶어?

철수 엄마　　…….

철수 아빠　　1년 동안 그대로 둬…. 세상이 조용해졌을 때 찾으러 가면 돼!

철수 엄마　　세상에, 바늘방석에 앉으면 앉았지… 어떻게 1년 동안을….

철수 아빠가 불쑥 자리에서 일어나 삽을 다시 든다.

원망스럽게 남편을 쳐다보는 철수 엄마의 얼굴.

S#12 고급 주택가
아버지, 어머니를 태운 고급 승용차가 달려간다.

S#13 동 다른 길
올라간다.

S#14 동 차 안
눈이 휘둥그레지며 차창 밖을 내다보고 있는 아버지와 어머니.

S#15 태석의 집 앞

자동차가 선다.

기사가 잽싸게 내려서 차 문을 열어준다.

운전기사　　다 왔습니다.

아버지, 어머니, 셋째가 내린다.

한눈에 호화 주택임을 알 수 있는 우람스러운 대문에 세 사람은 입이 떡 벌어진다.

기사가 층계를 올라가 초인종 울린다.

어머니　　　잘못 왔나 봐요, 여보….

셋째　　　　예?

어머니　　　너, 이 집 와봤었니?

셋째　　　　아니요. 오늘 처음이에요.

아버지　　　대단하구나.

대문이 열리며 태석이가 층계를 내려온다.

태석　　　　어서 오십시오.

아버지　　　아… 잘 있었나?

태석　　　　예. 올라가시죠. 저희 부모님께서 기다리고 계십니다.

아버지　　　그래? (어머니에게) 들어가지.

어머니는 주눅이 들린 사람마냥 셋째의 손목을 꼭 잡고 층계를 올라간다.

S#16 동 정원

시원스럽게 트인 넓은 잔디밭.

162

또 한 번 놀라는 아버지와 어머니.

그 뒤에 셋째도 놀라움과 호기심에 찬 표정으로 따라간다.

S#17 동 현관

태석 부모가 나란히 서서 손님을 맞는다.

태석 부	어서 오십시오.
아버지	이거 실례가 많습니다.
태석 모	먼길 오시느라 고단하셨겠어요.
어머니	아, 아니에요.
태석	올라가시죠.
태석 모	여보, 응접실로 모셔요.
태석 부	음…… 그렇게 하지. 자 올라오세요.
아버지	예…….

S#18 응접실

으리으리한 가구며 외국산 장식품이 조화 있게 배치되어 있다. 마치 외국 영화에 나온 한 장면 같다.

아버지와 어머니는 멍하니 넋 나간 사람처럼 서 있다.

셋째가 아버지의 옷자락을 잡아당기며 주의를 환기시킨다.

셋째	(낮게) 아버지….
아버지	응? 응….
태석 부	자, 앉으세요.
아버지	예… 예….

아버지와 어머니가 앉는다. 소파 쿠션이 어찌나 부드러운지 순식간에 땅속 깊이 가라앉

는 느낌이다.

태석 부	태석이 너도 앉아.
태석	예.

태석이 앉는다.

| 태석 부 | 우리 태석이가 얼마 전 댁 농장에 가서 폐를 끼친 모양인데…….
| 아버지 | 폐는요… 우리 농사꾼들 사는 게 그렇고 그런 거라… 헛허…….
| 태석 부 | 나도 언제고 시간이 나면 소풍 삼아 구경도 가고 싶은데… 워낙 벌려놓은 일이 바빠서요. 헛허…… 자, 담배 태우시죠.
| 아버지 | 예. |

아버지가 담배 케이스에서 담배를 뽑아 입에 문다. 태석 부가 라이터를 집어 든다.

| 아버지 | 아, 아니올시다. 내가 불 붙이죠. 예. 일루 주세요. |

아버지가 가스라이터를 멋모르고 켜대자 불길이 크게 솟구치자 깜짝 놀란다.
어머니가 더 놀란다.

어머니	(크게) 여보?
아버지	(멋쩍어지며) 헛허… 거참 손댄 모양이구나?
태석	글쎄요? 아줌마가 청소하면서 건드린 모양이죠?

아버지가 담배 연기를 두어 번 내뿜으면서 새삼 방안을 휘둘러본다.

| 아버지 | (마음의 소리) 잘산다는 게 바로 이렇게 사는 거였군! 우리 같은 |

농사꾼은 죽었다 깨어나도 못 차지할 세계가 아닌가 말이오.

어머니　(마음의 소리) 토끼 용궁에 간다더니 세상에…….

셋째　(마음의 소리) 태석이가 이렇게 잘사는 집 아이같이 굴지는 않았는데? 어쩜 좋아, 우리 집하고 너무 차이가 나는데.

태석　(마음의 소리) 괜히 오시라고 해서 잘사는지 자랑하는 것 같아 쑥스러운데?

태석 부　정말 훌륭한 따님을 두셨군요.

아버지　예?

태석 부　난 첫눈에 어쩌나 마음에 드는지! 헛허…….

셋째가 수줍어 고개를 숙인다. 태석은 시종 싱글벙글 웃는 낮이다.

태석 부　제 자식놈이 한번 만나 보면 꼭 마음에 들거라기에 나는 그저 그러려니 했는데, 정말 만나 보니까 헛허.

아버지　뭐 배운 것도 그렇고… 그저 어려서부터 부모 속 안 썩힌 것 하나는 애비로서 자랑할 만합니다만… 그밖에는 도무지… 헛허.

태석 모가 차를 끓여 내온다. 은그릇이다.

태석 모　아니에요. 아주 가정교육이 훌륭하신가 봐요. 홋호… 자, 차 드세요. 태석아! 너희들도 들어.

태석　예.

태석이가 셋째 찻잔을 가져다 놓는다.

아버지　저… 난 냉수… 한 대접 마셨으면 좋겠는데요…

셋째가 아버지 허벅지를 꼭 찌른다.

태석   제가 가져오죠.
태석 모   저 앤 외아들로 자라서 그런지 얌전하긴 해도 부족한 점이 많
          답니다.

태석이가 자리에서 일어나 식당으로 간다.

아버지   원 별말씀이십니다.
태석 모   (셋째를 보며) 그래… 생각 좀 해봤어?
셋째   (고개만 숙인다)
아버지   예? 무슨 말씀이신지….
태석 모   예. 미국 유학을 할 의사가 있는지 없는지 하고요.
아버지   아…….
태석 부   어디까지나 본인의 의사 여하에 따라 결정할 문제니까요! 우
          리집에서는 매사를 그렇게 정해왔습니다. 아이 교육에 있어서
          나… 장래 희망에 있어서나… 모든 걸 개인의 의사를 존중하
          는 주의죠. 헛허….
아버지   예… 그렇습니까?
태석 모   요즘 아이들이 어디 부모 말을 듣던가요? 그래서 저희 집 아이
          도 무엇이든 자기 일은 자신이 알아서 한다는 식으로 키워왔
          어요.
어머니   예… 그렇습니까?
태석 모   그래서 댁의 따님하고의 혼담도….

어머니가 반사적으로 셋째를 바라본다.

어머니	(마음의 소리) 그래. 너희들끼리 아주 그렇게 작정을 하고 나서 부모들보고 형식적으로 선을 보라는 속셈이었구나….
태석 부	그것도 마음에 안 든다면 또 모르쉐… 그렇게 아름답고 얌전하고 상냥한데서야 뭐 나무랄 곳이 없지 뭡니까? 헛허.
아버지	그러실 겁니다… 예….
어머니	(낮게) 여보!
아버지	사실이지 제가 낳은 자식이라고 해서가 아니라… 어렸을 때부터 부모 속 썩히는 일이라고 없었으니까 헛허….

태석이가 킹 사이즈의 유리컵에다가 냉수를 떠 온다.

태석	냉수 여기… 있습니다….
아버지	아… 고맙네.

아버지가 덥석 받아 들더니 꿀꺽꿀꺽 마신다. 어머니가 창피해서 안절부절못한다.
셋째의 안타까운 표정. 그러나 태석의 부모는 도리어 흥미 있게 바라본다.

아버지	아… 시원하다. 이거 우물인가?
태석	아니에요. 냉장고 넣어둔 물이라서….
아버지	거 시원해서 좋다… 헛허…. 나는 한겨울에도 냉수를 마신답니다. 우리 집 냉수는 또 별미예요. 예 헛허.

모두들 따라 웃는다.

S#19 마루와 뜰
일용네와 며느리가 빨래를 하고 있다.
철수 엄마가 들어선다.

일용네가 빨랫줄에다 빨래를 넌다.

철수 엄마가 머리에 쓴 수건을 벗어서 옷에 앉은 먼지를 턴다.

철수 엄마 아이고…… 팔다리야….

일용네   빨래에 먼지 타요…. 저만치 가서 털어요.

철수 엄마 (성미가 나서) 뭐여?

일용네   빨래에 먼지 앉으니깐두루 저만치 가서 털라고 했어요.

철수 엄마 사람 괄세 말아요. 헹…….

바가지로 물을 두어 번 거칠게 퍼서 손을 추적추적 씻는다.

일용네   물도 아껴쓰고요!

며느리   아이구 또….

철수 엄마 아니… 이 양반이 왜 사사건건 시비야.

일용네   시비는 누가 시비를 했다고 그래?

철수 엄마 빨래에 먼지 앉으니 저리 가라…… 손 좀 씻으려니 물 아껴 쓰라…. (소리를 빽 지르며) 이제 와서 나를 시집살이를 시킬 셈이에요? 예?

일용네   귀청 떨어지겠어….

철수 엄마 내가 여기 이러고 있으니까 이건 쓰다 버린 빗자루인 줄 아는감?

일용네   뭐여?

며느리   글쎄 이러시다가 큰 싸움 나시겠네… 왜들 이러세요?

철수 엄마 질부… 질부도 눈으로 봤지? 귀로 들었고!

일용네   아닌 말로 내가 없는 얘길 지어냈나? 그게 어째서 그렇게 접시 같은 눈알을 농악대 상모 돌리듯 빙빙 위아래로 돌리고 야단법석인가 말이야….

철수 엄마	나 좀 봐요….
일용네	(대들며) 보고 있으니 말해요!
며느리	왜들 이러세요? 집안에 어른 안 계신다고 이러시면 돼요?
철수 엄마	별꼴일세! 별꼴이야….
며느리	참으세요, 고모님.
일용네	고모는 무슨 고모! 흥….
철수 엄마	뭐요?
일용네	김 회장님하고 촌수로 따지면 사돈네 팔촌의 이모의 그 무엇도 아니면서… 고모라고?
철수 엄마	아니, 이 할마시가 나하고 무슨 억한 심정이 있기…….
일용네	없는 것도 아니지….
철수 엄마	뭐라구요?
일용네	우리 일용이가 여기 떠나가게 된 것도 임자들이 나타났기 때문이지… 당신네들이 안 나타났던들 우리 일용이가 그렇게 불쑥 떠나지는 않았지. (금시 목멘 소리로) 망할 자식 같으니…… 늙은 에미 떼놓고 가면… 어느 귀신이 복 줄까…… 세상에… 천륜을 그렇게… 면도날로 파리 목 싹뚝 자르듯이… 으흐흐흐….

일용네가 소리를 내고 우는 바람에 철수 엄마는 어리둥절해한다.
철수 아빠가 삽을 들고 들어선다.

철수 아빠	무슨 일이여? 응?
일용네	아이고… 저 사람이…… 나를… 아이고 서러워라!
철수 아빠	당신이 할머니를 어쨌어?
철수 엄마	어쩌긴요. 나는 다만….
철수 아빠	(눈을 부라리며) 죽은 뭣처럼 꼼짝 말고 엎드려 살자니까 왜 촉새처럼 쥐둥이 까가지고 그래! 응? 죽고 싶어?

삽을 쳐든다. 후려치려 하자 철수 엄마가 비명을 지르며 도망친다.

철수 아빠가 삽을 들고 뒤쫓는다.

며느리	어머… 저걸 어째… 또 매 맞겠어요….
일용네	(금세 웃으며) 저런 여편네는 매 맞아도 싸지 싸!
며느리	예?
일용네	말귀 못 알아듣는 것들은 매로 잡아야 하는 법이지… 헹….

S#20 태석의 집 식당

모든 게 서양식 식단이다. 엄숙하게 앉은 여섯 사람.

제복을 입은 가정부가 은그릇에다 갈비찜을 들고 온다.

태석 모	손님부터 권해드려라.
가정부	갈비찜이에요. 드십시오.
아버지	예? 예.

포크로 쑤시다 안 되자 손으로 집으려 하자 옆에 앉은 셋째가 쿡 찌른다.

셋째	아버지!
아버지	응?
셋째	손으로 드시면 어떻게 해요!
아버지	어떠냐? 갈비야 손으로 뜯지… 안 그렇습니까?
태석 모	아무렴 어때요? 편리하실 대로 하세요… 홋호….

아버지가 갈비를 세 대나 들어 접시에 옮겨놓고 양념 묻은 손가락을 쪽쪽 소리 내어 빤다.

어머니가 노려본다. 셋째가 울상이다.

아버지	참 음식 간이 썩 잘 맞습니다. 이렇게 간이 맞는 음식… 정말 오랜만입니다. 헛허….
어머니	여보.
태석 부	어떻습니까? 허물없이 지내시는 게 좋지요…. 여보, 그 술 좀 더 권해드려요.
태석 모	예.

태석 모가 양주 병을 들어 권한다.

태석 모	한잔 더 드시죠?
아버지	예? 예.

남은 술을 쭉 들이키고 술잔을 내민다. 태석 모가 술을 따른다.

아버지	거 무슨 술인지 모르지만 독한데요…. 석 잔 마셨더니 금세… 헛허….
태석 부	염려 마시고 드세요. 그리고 가실 적에 한 병 가지고 가세요. 여보! 술 있지?
태석 모	예….
아버지	난 원래 양주라는 건 별로 안 좋아합니다만….
태석 모	어머… 그럼 술을 잘못 내놓았나 봐요… 어떻게 하죠?
아버지	아 아니올시다……. 이 술은 딱 석 잔 마셨는데 취기가 올라오는데…… 거참 이래서 양주들을 찾는가 보죠…… 헛허…….

술을 마시려고 입을 댄다.

어머니	(노려보듯) 여보….

아버지	응?
어머니	약주 과하셔요.
태석 모	과하시긴요. 약주 좋아하시는 분들 이 정도로는 괜찮아요.
어머니	아 아니에요. 가는 길도 멀고⋯.
태석 부	저희 차로 모실 테니까 안심하고 드십시오. 이거 들어보세요. 캐비어라고 돌상어 알인데 술안주로 좋지요.
아버지	예, 거참 간이 딱 맛습니다그려. 애, 너도 먹어봐라. 캐비어란다.
셋째	아버지!
아버지	응? 당신도 맛 좀 봐. 명란젓이나 굴 맛하고는 차원이 달러.
어머니	에그, 거기 두세요. 저인 남 보는 데서만 생각해주는 척 주책을 떨고 그래요. 호호⋯.

고상하게 따라 웃는 태석 부모.

곧바로 어색함을 감추듯 식사 계속하는 엄숙하고 서투른 모습을 애드리브로 처리.

S#21 첫째의 방(밤)

며느리가 뜨개질을 하고 있다. 첫째가 엎드려 책을 읽고 있다.

며느리	부잣집이라죠?
첫째	글쎄⋯ 잘은 모르지만 무슨 회사 사장이라던가⋯.
며느리	미국 유학까지 시켜준다며요? 좋겠다, 고모는⋯ 아⋯ 난 뭐야?
첫째	왜, 당신도 유학 가고 싶어?
며느리	글쎄요.
첫째	늦지 않지⋯.
며느리	예?

일손을 놓고 쏘아본다. 첫째는 시치미를 떼고 책을 읽는다.

며느리	지금 뭐라고 했냐구요!
첫째	들었으면 알 텐데….
며느리	뭐가 늦지 않다는 거예요?
첫째	미국 유학 보내줄 사람 찾아가고 싶거든…….
며느리	(크게) 여보!

손에 들고 있던 대바늘로 첫째의 어깨를 찌른다.

첫째	살인이야!
며느리	그따위 소리 다시는 했다 봐라….
첫째	히히히… 자기가 무슨 처녀라고.

개가 짖는다.

S#22 둘째의 방(밤)

책상머리에 앉아서 뭘 쓰고 있던 둘째가 귀를 쫑그린다. 개 짖는 소리에 벌떡 일어나 문을 연다.

S#23 뜰과 마루(밤)

첫째와 며느리가 나온다. 어머니가 먼저 들어선다.

첫째	어머니, 이제 오세요?
어머니	오냐.
며느리	아버진요?
어머니	내가 아니?

어머니가 방으로 들어간다. 아버지가 들어온다.

둘째	아버지… 취하셨어요?
아버지	취하긴… 인마… 좋은 술에 좋은 안주에… 좋은 사람들이더라… 헛허….

아버지가 방으로 들어간다. 첫째, 며느리, 둘째가 의아한 표정으로 서 있다.

둘째	아무래도 내일은 북동풍에 비 아니면 진눈깨비겠수다!

셋째가 들어선다.

둘째	어땠어?

시무룩한 표정이다. 대꾸 없이 제 방으로 들어간다. 따라 들어가는 막내.

S#24 셋째 방(밤)

들어와 옷 벗는 셋째. 막내, 따라다니며 캐묻는다.
대꾸 없이 옷 벗고 책상에 앉아 엎드려버리는 셋째. 의아해 보는 막내.

막내	언니, 성공이야?
셋째	….
막내	언니?
셋째	….
막내	어땠느냐니깐?
셋째	….
막내	어머?

S#25 안방(밤)

아버지, 어머니, 외출복을 벗으며,

어머니   그래서요?

아버지   뭐가 그래서야? 나는 그런 집에서는 단 하루도 숨을 제대로 못
         쉴 것 같으니까 하는 얘기지.

어머니   당신은 싫다 이 말씀이에요?

아버지   조건이 너무 좋은 것도 좋은 게 아니라고요.

어머니   우리 셋째가 그런 집에 시집가는 게 뭐가 어때서….

아버지   층하가 너무나요.

어머니   층하요?

아버지   혼담이란 쌍방의 처지가 어느 정도 저울눈이 반반해야지 그렇
         게 돌덩이와 돌덩이를 저울질할 수는 없어요.

어머니   사람이 문제지 뭐.

아버지   물론 교양 있고 점잖고 좋은 사람임에는 틀림없지만 우리 셋째
         는 그런 집에서는 하루도 못 살 거야. 겨울에 차게 지내 버릇하
         는 사람이 더운 방에서 못 견디듯이 말야. 그 댁에서는 아이들
         자유 의사에 다 맡긴다지만 혼자만은 그렇게는 못 해.

어머니   저편에서는 우리 셋째라면 무조건인데도요?

아버지   돈 있고 미국 보내고 자동차가 두 대나 있고 다 좋아요. 좋지만
         마음이 안 편하면 모두가 허사야.

어머니   뭐가 안 편해요? 어느 부모들 딸 편하라고 부잣집에 시집보내
         고 싶은 게지 뭐.

아버지   허지만 우리 셋째와 태석이는 별개의 세계에서 살아왔어. 먹는
         것, 입는 것 그리고 생각하는 게 모두 다르다고. 그런 세계에 우
         리 셋째가 들어서면 지레 질려버리거나 아니면 위축이 되어버
         려. 우리 분수엔 넘친다고.

어머니	다들 그럽데다. 며느리는 가난한 집에서 데려오고 딸은 부잣집으로 시집보내야 한다고…….
아버지	허지만 장차 우리 셋째가 만약에 친정이 어쩌고저쩌고 하면서 수모를 당하거나 업신여김을 당하게 되면 어쩔 거야? 기도 못 펴고 눈치나 보면서 살면 어쩔 거야?
어머니	에그, 당신이 그런 집에 며느리로 들어가서 살다가 나와봤수? 솥뚜껑 보고 놀랜다드니 무슨 남자가 지레 겁부터 먹고 그래? 그러니 생전 그런 부자 못 돼보는 게지 뭐야.
아버지	이런. 그저 여자들은 촌이나 도시나 돈 많은 것만 보면 그저. 으이그. 아니 그런데 당신 방금 나한테 반말로 뭐라고 그랬어요?
어머니	참내… 호호…….

어머니, 어처구니없어서 웃는다.

아버지	자고로 여자란 가까이하면 수염 잡고 흔들고, 멀리하면 오뉴월 서리가 내리고 큰 탈이라고.
어머니	난데없이 여자 타령이시우? 여성해방 운동가들이 들으면 오늘 밤이라도 쳐들어오겠수.
셋째	엄마!
어머니	응?
셋째	들어가도 돼요?
아버지	어서 들어와.

방문을 열고 셋째가 들어선다. 셋째가 앉는다.

셋째	(빙그레 웃으며) 저 여러 가지로 생각했는데요.
아버지	태석이 말이냐?

셋째	아무래도 거절해야 할까 봐요.
아버지	거절해?
셋째	태석이 부모님들 모두 좋은 분이지만 제가 모시기엔 역시 부담스러울 것 같아요.
어머니	네가 그런 걸 다 생각했니?
셋째	그럼요. 태석이가 좋은 점이 많은 사람이건 틀림없는데요. 역시 서로 갈 길이 다르다는 걸 알았어요. 유학을 가고 더 공부를 해야 하는데, 대학 갓 졸업한 나이에 결혼은 서두를 입장이 아닌 거예요. 게다가 저흰 아직도 미숙한 성인이거든요. 서로 좀 더 시간을 두고 갖추어야 할 것이 많다고 생각했어요.
아버지	(감동의 눈빛) 셋째야⋯ 네가 어느새 그런 생각을 다⋯⋯.
셋째	저⋯ 속없는 아이 같지만 그게 아니라고요. 아버지, 어머니 딸인걸요.

아버지와 어머니가 이슬에 젖은 눈을 마주친다.

어머니	셋째야! 고맙다.
셋째	전 아버지, 어머니의 딸이라는 거 자랑스럽게 생각해요! 거름 냄새 맡고, 아랫목에 청국장 항아리 묻고, 닭똥, 돼지똥 만지면서 살아오신 부모님의 냄새가 그대로 제 몸에 배어 있는걸요? 졸업 전까지만 해도 그 냄새를 잊고 지냈는데요. 졸업하고 보니까 그게 아니더군요. 이제부터 제 분수에 알맞는 어른이 되도록 노력하겠어요. 엄마, 아빠 제 말 맞아요?
아버지	그래그래.
어머니	맞고 말고. 네가 이제부터 크는구나!

어머니가 와락 끌어당긴다.

S#26 연못가

셋째와 태석이가 마른 풀밭에 앉아 있다.

두 사람의 그림자가 물 위에 비친 시골길을 셋째와 태석이가 나란히 걸어가고 있다.

태석	(무겁게) 알았어, 네 마음.
셋째	미안해.
태석	괜찮아!
셋째	내 참뜻을 알아줘서 고마워.

태석이가 비로소 셋째의 옆얼굴을 바라본다.

태석	우리 부모님이 뭐라고 하신지 알아?
셋째	나보고 건방지다고 하셨겠지.
태석	아니. 겉보기와 속이 너무도 달라서 한 대 얻어맞은 기분이시래!
셋째	속은 비었으면서 말이지?
태석	그 반대로야. 요즘에도 그런 생각으로 혼담을 거절하는 아가씨가 있다니. 한국의 청년도 장래가 밝다고 하시더라. 허허…….
셋째	미안해… 무엇보다 태석이가 내 마음을 이해해주니 고마워.
태석	아직도 갈피를 못 잡겠다. 미안했다가 고맙다 했다가…….

태석이가 돌멩이를 들어 물에다 던진다. 두 사람의 그림자가 산산조각이 난 듯 지워진다.

태석	덕분에 나도 크게 느꼈어. 대학 졸업했으니까 이제 다 되었다는 생각 그 자체가 유치했던 거야. 이제 내가 무엇부터 시작해야 하는가를 깨달았어.

셋째	그랬어?
태석	미국 가게 되면 당분간은 말 공부, 그쪽 풍속, 생활 공부, 그리고 역사학 공부로 들어가자면 적어도 3년? 5년 그쯤 되어야 결혼하게 되는 거 아닐까?

다시 돌을 들어 물에 던진다.

셋째	그래. 태석이 말대로야. 그런데 희망찬 변화야. 그런 걸 준비하고 기다려야 해.
태석	그 대신 이것 한 가지는 약속해줘.
셋째	뭔데?
태석	내가 이 세상에서 처음으로 사랑을 느끼게 한 것은 바로 너였다는 사실을 영원히 간직해줘.
셋째	태석아.
태석	유치하니? 이런 얘기….
셋째	아니.
태석	그럼 약속해줘.
셋째	(끄덕)

서로 손가락 약속 한다. 물속에 비춘 두 사람.

S#27 마을길

아버지와 셋째가 천천히 걸어가고 있다.

아버지	셋째야… 매사는 그렇게 시작되는 거야. 졸업이 시작이라고 했듯이 태석이가 떠나감으로써 네 인생도 새로 시작되었다고 생각하면 된다.

셋째	네.
아버지	그렇게 해서 영원히 계속되는 거야…. 하루의 해가 진다고 누가 그걸 끝이라고 하던! 아니지… 밤이 시작인 거야…… 아침이 있을…… .
셋째	네…… .
아버지	겨울이 끝은 아니지…. 봄이 오기 위해서는 겨울이 시작이지. 그렇지?
셋째	어제가 있었으니까 오늘이 있고 내일이 있듯이 말이죠.
아버지	그래…… 그렇게만 알고 있으면 인생은 살 만하지……. 살 만한 게 인생이다. 허허…… .
셋째	호호…… .

(F.O)

내 아들아

제20화 내 아들아

방송용 대본 | 1981년 3월 17일 방송

· 등장 인물 ·

할머니	정애란
아버지	최불암
어머니	김혜자
첫째	김용건
며느리	고두심
둘째	유인촌
셋째	김영란
일용네	김수미
철수 아빠	박상조
철수 엄마	김영옥
옥심	김해숙
옥심 부	김기일
옥심 모	정희선

S#1

봄바람에 나뭇가지가 나풀거린다. 그 아래를 일용네가 바삐 가고 있다. 품에는 조그마한 포장지에 싼 것을 품고 있다. 기분이 매우 좋아 싱글벙글하고 있다.

S#2 비닐하우스

아버지와 둘째, 철수 아빠가 비닐을 걷어주고 있다. 햇빛과 신선한 공기를 작물에게 쏘이기 위한 셈이다.

S#3 비닐하우스 안

파란 상추며 시금치밭. 어머니와 철수 엄마가 솎아내고 있다.

S#4 뜰과 마루

할머니가 장독대에 올라 간장 뚜껑을 열어준다. 항아리 안에 숯덩이, 메줏덩이와 빨강 고추가 풍덩 떠 있다. 할머니가 손가락으로 간장을 찍어 맛본다.

할머니   올해 간장 맛도 괜찮다.

방에서 애기 빨랫감을 가지고 나오던 며느리가 웃으며 참견한다.

며느리   소금이 적지 않을까 걱정하시더니 괜찮겠어요?
할머니   음… 벌써 장이 제법 우러났다.
며느리   참 이상하죠, 할머니?
할머니   뭐가?
며느리   같은 간장인데도 왜 맛이 다른지 모르겠어요, 집집마다….
할머니   그러기에 간장 맛은 사람 맛이다.
며느리   예?
할머니   손이 다르고 솜씨도 다르지만 마음이 착하면 간장 맛도 좋은 법이다. 그래서 예부터 흥하는 집안은 몇 번씩 묵혀도 장맛이 그대로지만 망해가는 집안은 장맛부터 변한다고 했지.

며느리 왜 그럴까요?

할머니 왜는……. 흥하는 집안은 마음이 착해서고 망하는 집안은 마음보가 틀려먹어서 그렇지……. 그게 다 사람 사는 이치니라…… 순리야… 아가…….

할머니, 장독 뚜껑을 낱낱이 열어놓고 내려온다.

할머니 볕 드는 날은 열어놓고, 해 지기 전엔 꼭 뚜껑 닫아야 한다.

며느리 예…….

할머니 장맛도 좋다! 모두들 밭에 나갔니?

며느리 예.

할머니 나도 들에 나가서 거들어줄까?

며느리 들어가 쉬세요…·

할머니 아니다. 농사 때는 강아지 꼬리도 빌리고 싶은 법이야.

할머니가 허리에 띠를 질끈 매며 나간다.
며느리가 바라본다.

S#5 비닐하우스 안
일용네가 들어온다. 어머니와 철수 엄마가 있다.

일용네 일찍들 나오셨네요? 헤헤…….

어머니 아침부터 마실 놀고 오가유?

일용네 예, 그럴 일이 있어서요. 헤헤…·

어머니 무슨 좋을 일이라두 있었수? 그렇게 싱글벙글하고 있게?

철수 엄마	자고로 소갈머리 없는 사람이 웃음이 헤프고 헛웃음 잘 웃죠.
일용네	뭐요?
철수 엄마	누가 댁보고 그랬어요? 일반적으로 그렇다 이거지…… .
일용네	자고로 소갈머리 없는 사람이 노래도 잘 부르데요, 헹…… .
철수 엄마	무엇이 어째요?
어머니	아이고…… 또 붙었네…… 또 붙어! 두 분은 전생에 무슨 원수로 만났수? 붙었다 하면 큰소리니 원… 호호… .
일용네	모처럼 기분 좋게 들어왔는데… 오장 빡빡 안 긁어요?

흘겨본다.

철수 엄마가 저만치 피해 간다.

일용네	길이 아니면 가지를 말고 사람이 아니면 상종을 말랬지… .
철수 엄마	아이고…… 겨 묻은 개가 똥 묻은 개 나무라는 격이군…… .
일용네	두고 보라지…… 쥐구멍에 햇볕 들어도 크게 들 테니… .

철수 엄마가 비닐하우스 밖으로 나간다. 어머니가 웃는다.

일용네	저놈의 불여우는 확… .
어머니	어디 갔다 왔어요?
일용네	네? 헤헤…… 시상에…… 그렇게도 얌전할까…… . 세상에… 그렇게 일을 할까… 이야… .
어머니	누구 얘기예요?
일용네	저기 버스 정류소 뒤 뽐뿌집 있잖아요.
어머니	뽐뿌집?
일용네	그 집 딸이 서울서 내려왔는데 글쎄… 없는 거라고는 없을 정도로 말짱 준비해 왔지 뭐예요, 헤헤… .

어머니	(비로소 일손을 놓고) 무슨 준비요?
일용네	무슨 준비긴…… 시집갈 준비지! 호호.
어머니	아니 그 집 딸, 재작년인가 서울 어느 회사에 취직이 되어 갔다 더니….
일용네	내려왔대요. 이것 봐요!

손에 쥐고 있던 포장지를 내민다.

어머니	뭐예요? 이게.
일용네	펴보세요, 헤헤….

어머니가 호기심에서 손을 작업복에다 싹싹 문지르고서 포장지를 편다.
예쁜 수주머니다.

어머니	예쁘기도 해라…… 웬 수주머니예요?
일용네	그 수도 그 처자가 직접 수놓은 거래요!
어머니	어머! 요즘에도 이런 솜씨 가진 처녀가 있나 보군요?
일용네	있지 않구요……. 글쎄 그동안 월급 받은 것 중에서 다달이 집에 보내고 나머지 저축해서 시집갈 준비를 다 장만했대요. 테레비, 세탁기, 냉장고….

어머니의 눈이 번쩍 뜨인다.

어머니	아니 월급이 얼마나 많았으면 그런 걸 모두 장만했을까.
일용네	그것뿐이 아니라 처자가 그렇게 얌전할 수가 없어요. 인물도 훤한 데다 솜씨가요……. 글쎄 이 수놓은 것 봐도 알겠지만 음식 솜씨가 또 기가 막히다지 뭐예요…. 에그… 우리 일용이 녀석

있었더라면 오늘 당장에 며느리 삼고 싶을 정도예요, 글쎄!

어머니의 표정이 호기심으로 가득 찬다.

일용네	정말 욕심 나데요! 이런 시골구석에서만 썩히기도 아깝고 남의 집 식구로 빼앗기기는 더 아깝고……. 에그, 입에서 군침이 나올 지경이라니깐요… 호호….
어머니	그래요?
일용네	올봄에는 둘째 장가 안 보내실래요?
어머니	예?

S#6 안방

아버지와 둘째가 겸상으로 점심을 먹고 있다.

어머니가 옆에 앉아 있다.

아버지	뽐뿌집 딸?
어머니	예. 회사 다니다가 일도 고되고 해서 쉬러 왔다는 게 아마 결혼하려고였나 봐요.
아버지	그래서…….
어머니	뭐가 그래서예요? 그저 그랬다 이거지.
아버지	그렇게 인물 좋고 얌전한 처자라고 입이 마르게 칭찬할 때는 무슨 수작이 있는가 본데?

아버지가 열심히 밥을 먹고 있는 둘째를 힐끗 건너다본다.

어머니	일용네가 그 집에 놀러 갔다 오더니만 일용이가 있었던들 꼭 좋겠다고 했으니까, 그러지요.

아버지	몇 살인데?
어머니	스물셋이라나요?
아버지	스물셋? 학교는?
어머니	고등학교 마쳤다든가, 중학교 마쳤다죠? 아마….
아버지	시골에서 살겠대?
어머니	그러니까 내려앉았죠? 시집갈 때 가져가려고 한 살림 장만을 해 가지고 왔대요. (막연히) 얼마나 얌전한지 한번 봤으면 좋겠다.
아버지	왜….
어머니	둘째도 있잖아요?

둘째가 입에다 총각김치를 물고 깨물려다가 어머니와 아버지를 차례로 쳐다보는 눈.

어머니	(피식 웃으며) 뭘 보니?
아버지	자식두…… 흐흐…….
어머니	응큼하긴 꼭 네 아버지 닮았구나! 호호…….
아버지	(인상)

S#7 논두렁 길

어머니와 일용네가 얘기하면서 걸어간다.

일용네는 신바람이 나서 아무 손짓 발짓을 하며 간다.

어머니의 표정도 전에 없이 밝다.

S#8 과수원 길

밭 또는 과수밭. 둘째가 밑거름을 주고 있다.

저만치서 아버지가 담배를 피우며 하늘을 바라보고 있다.

둘째가 윗옷을 벗어 과수에다 걸치고 더 열심히 일을 한다. 민소매 티셔츠 밑으로 드러난 성숙한 윗몸.

아버지	(마음의 소리) 그래. 저 녀석도 장가보내야지, 스물다섯인데……. 자식은 제때 척척 해치워야 해! 장가가겠다고 보채기 전에 부모가 눈치채서 짝을 지어주는 게 수지…. 넘고 처지면 그것두 흉허물이지. 고등학교 나왔다고 했겠다… 그럼 괜찮구만….

S#9

일용네가 어머니 앞장을 서서 간다. 옥심의 집 앞에 간다.

일용네	이 집이에요.
어머니	그저 모르는 척하고….
일용네	글쎄, 제게 맡기라니까…… 에헴.

뜨락 안으로 들어선다.

S#10

초가집 농가 구조다.

일용네	계세요?

어머니가 조심스레 들어선다.
깔삼하게 손질이 간 집안 꾸밈이다.

일용네	어디 가셨어요? 아무도 안 계시나?

이윽고 문이 열리며 옥심이가 나온다.
시골 처녀답지 않게 태가 멋있다.
얼굴에 화장기도 없고 롱 홈웨어를 입어서인지 키도 늘씬해 보인다.

일용네	어디들 나가셨어?
옥심	예…… 아버지는 축산농협에 나가시고 어머니는 인천 시내루 밭에 뿌릴 종자 사시러…….
일용네	저런…… (어머니에게) 어떻게 하죠?
어머니	글쎄…….
일용네	여기까지 왔으니 시원한 물이나 한 그릇 마시고 가지요.
어머니	…….
옥심	그럼 잠깐 올라오세요.
어머니	아니에요, 여기서…….
옥심	아니에요. 제 방으로 올라가세요! 금방 물 떠 올 테니…….
일용네	(눈짓을 하며) 그렇게 합시다. 물 한 그릇 얻어 마시는데 마루나 방이나 거기가 거긴데요, 호호….
옥심	그렇게 하세요! 여기까지 오셨는데 뜰에만 서 계시다 가실 순 없잖아요! 자, 어서 올라가세요. 어서요.

상냥하고 침착한 옥심의 거동에 어머니는 첫눈에 호감이 간 듯 마루로 올라간다.

일용네도 올라간다.

옥심이가 건넌방 문을 연다.

옥심	들어가세요.
어머니	응… 미안해서….
옥심	괜찮다니까요! 곧 냉수 내올게요.
일용네	이왕이면 다홍치마라고 그 설탕이나 타 와요, 색시! 호호…….

S#11 옥심의 방

젊은 미혼 여성의 특유의 체취가 풍기는 방 분위기가 좁기는 하나 잘 정돈된 방이다.

커튼, 수병풍, 미니 경대, 소형 냉장고, 벽걸이, 장 등등…… 마치 신접살림 같은 분위

기다.

어머니는 신기하고도 감탄하는 표정으로 방 안을 두리번거린다.

일용네   앉아요.

어머니가 앉는다.

티테이블 위에 읽다가 둔 책. 어머니가 무심코 들어본다. 『임신, 출산 그리고 여성건강』이라는 책이다. 어머니가 놀란다.

어머니   세상에…….

일용네   왜 그러세요?

어머니   요즘 처녀들은 결혼 전에 애기 키우는 공부부터 하나 봐요.

일용네   에그…… 언제는 안 그랬어요? 허허…… 어때요, 제 말이?

어머니   참하군요. (방 안을 보며) 정말 솜씨도 훌륭하고.

일용네   (귀엣말로) 색시 어머니 얘기가 저금통장두 가지고 있대요! 결
             혼 비용두 쓰고 남을…….

어머니   어머나! 무슨 직장을 다녔길래 그렇게 돈을 많이 벌었을까?

일용네   안 쓰고 안 입으면서 아꼈겠죠. 정말 색시 하나는 탐나요.

옥심이가 방문을 열고 들어온다.

무늬 있는 유리컵에다가 꿀물을 타가지고 받치고 있다.

조용히 앉아서 유리컵을 손님 앞에 놓고 무릎을 세워 앉은 옥심의 단아하고도 침착한 모습.

어머니는 도취된 듯 바라본다.

어머니   (마음의 소리) 세상에…… 어디서 이렇게 얌전한 색시가 나타났
             을까. 쯧쯧…. 얌전두 하지.

일용네	(꿀물을 마시고 나서) 아아! 이거 설탕물이 아니라 꿀물일세.
옥심	예. 작년 가을 집에서 딴 꿀이 좀… 남아 있어서요.
어머니	양봉도 하시니?
옥심	예. 아버님께서 취미로…… 하셨나 봐요. 어서 드세요.

어머니가 꿀물을 마신다.

일용네	어때요, 맛이?
어머니	서울서는 어느 직장에서…….
옥심	(약간 당황하며) 처음엔 과자 공장에 있다가…… 나중에는 무… 무역회사에서……. 어디 고생을 저 혼자만 하나요. 온 세상 사람이 모두 고생이죠, 너나없이…….
일용네	이 색시 말하는 것 좀 보세요! 아주 도랑이 넓기가 부잣집 딸 같죠? 헤헤…….
옥심	예?
일용네	(어머니에게) 어때요? 이만 가셔도 되겠죠?
어머니	예? 예……. (옥심에게) 그래 앞으로는 서울엔 다시는 안 올라간다던데……?
옥심	(고개를 숙이며) 농촌에서 태어났으니 농촌에서 살아야죠.
어머니	그것 보세요! 이건 꿈보다 해몽이라고……. 이 색시 말인즉 슨…… "송충이는 솔잎 먹어야지 갈잎 먹으면 안 되겠다" 이거 죠, 헤헤….

어머니도 수긍이 가듯 웃는다.
옥심은 고개를 숙인다.

S#12 안방(밤)

잠자리 직전의 방 안.

어머니는 뭔가 꿰매고 있고, 아버지는 책 떨어진 걸 스카치테이프로 붙이고 있다.

아버지   그렇게 마음에 들었어?

어머니   글쎄 나무랄 곳이라고는 없어요……. 살결이 희어서 몸이 좀 약
해 보였지만 그거야 서울서 살다 보면 다 그렇게 보이는 법이
죠… 여보, 그러니 당신이 그 면장 어른이나 누굴 통해서 색시
집 내력을 알아보시고 별 탈 없으면 올가을에, 아니 올봄에라
도 식을 올리도록 합시다.

아버지   ……. (어안이 벙벙해서) 아니 이 사람이 왜 이렇게 서둘러, 서둘
긴!

어머니   그런 색시 눈 씻고 봐도 없대두요!

아버지   이것 봐! 장가는 둘째가 가는 거예요. 둘째는 한 번쯤 봐야 애
기가 오고가지 뭐, 임자가 데리고 살 작정이야? 젠장!

어머니   글쎄 보나 마나예요! 늦기 전에 어떻게 얘기를 끝내도록 하세
요! 소문이 퍼지면 이것저것 다 놓치는데.

아버지   정말 이 사람이……. 뭐, 부동산 투자하러 차 몰고 다니는 복부
인 같구먼.

어머니   복부인이죠! 우리 둘째한테 좋은 신부 찾아주는데 왜 복이 아
니겠수?

아버지   마음은 바쁘더라도 차근차근히 처리해낼 수 있어야 해. 물도 서
둘러 마시면 체하는 법이니까.

아버지, 자리에서 일어난다.

S#13 뜰(밤)

방마다 불빛이 훤하다. 개가 먼 데서 짖는다.

아버지가 방에서 나온다. 잠시 생각에 잠기더니 뜰로 내려와 둘째 방으로 간다.

아버지	둘째 있니?
둘째	(소리) 예, 아버지세요?
아버지	들어가도 돼?
둘째	(소리) 예예!

방문이 열린다. 잠자리에 들었다 일어나 앉는 둘째.

아버지, 들어선다.

S#14 둘째의 방(밤)

둘째가 이불 돌돌 몰아 벽 쪽으로 붙인다. 러닝셔츠 바람으로 있다가 윗옷을 입는다.

아버지가 아랫목에 앉는다.

아버지	자고 있었니?
둘째	아뇨?
아버지	……. (방바닥에 손을 대며) 방이 차지 않아?
둘째	아뇨. 그런데 아버지… 이 시간에 어떻게…….
아버지	우리 얘기는 간단히 끝내자.
둘째	얘기요?
아버지	장가들 생각 있니?

둘째가 겸연쩍게 웃는다.

아버지	아! 있어, 없어?

둘째	그걸 꼭 제 입으로 대답해야만 하나요? 흐흐.
아버지	그럼 이심전심이다 이거냐?
둘째	아버지의 아들이니까요!
아버지	자식! 흐흐.

아버지가 둘째의 이마를 손끝으로 푹 찌른다.

둘째	흑!
아버지	그러니까 네 엄마한테 그 아버지에 그 아들이라는 말 듣지. 허허….
둘째	예?
아버지	그건 그렇고! 이거 보고 나서.

아버지, 품에서 사진 한 장을 꺼내 보인다.
둘째가 받아 본다. 옥심의 청초한 모습이다.

둘째	누구예요?
아버지	뽐뿌집 딸.
둘째	아!
아버지	알고 있어?
둘째	친구들한테 들었어요.
아버지	어떠냐?
둘째	(서슴없이) 사진으로 봐서는 괜찮군요, 실물은 어떤지 모르지만.
아버지	실물을 보고 나서 결정하자 이거냐?
둘째	흠!
아버지	그럼 됐다!

둘째	예?

S#15 옥심의 집(밤)

마루 마당.

옥심이가 부엌에서 나와서 마루에 앉는다. 수심이 낀 표정.

S#16 안방(밤)

일용네	글쎄 그건 물어보나 마나예요. 김 회장님 얘기야 이 지방 사람이면 다 알겠다, 그 둘째 아들이 대학만 안 나왔다 뿐이지 인물 훤하고 바지런하고 장차 물려받을 재산 있고, 글쎄 염려라고는 모기 뒷다리만큼도 없어요. 그렇게 알고 우선 맞선부터 보이고 나서?
옥심 모	예. 나도 딸자식 일을 생각하면 단 하루가 바빠요.
일용네	예. 내 다 알아요. (당황하며) 딸자식이 나이 먹으면 불안하다 이거죠… 하루빨리 짝지어 내보내야지….
옥심 모	에그… 자식이 무언지.
일용네	호호…. 그 대신 중신어미 대접 잘해야 해요!
옥심 모	(초조하게) 염려 마세요. 비단옷에 비단이불에 뭣이든 해드릴게요.
일용네	정말이지요? 한 입 가지고 두 말씀 없기요.
옥심 모	예, 그 대신 아주 이달 안으로 식 올립시다.

S#17 마루

아버지와 어머니, 마루에 나란히 걸터앉아 있다.

아버지	이달 안으로?

어머니	예….
아버지	뭐가 그렇게 바빠서 덤비지?
어머니	부모는 누구나 다 그렇죠. 아들 장가보내기나 딸 시집보내기나
	좋은 짝 있을 때 빨리 해치우고 싶은 마음이야 누가 없어요?
아버지	그럴까?

S#18 다방

촌스러운 분위기.

깔끔하게 양복을 입은 둘째와 양장을 한 옥심. 잘 어울리는 한 쌍이다. 두 사람 모두가 만족한 표정이다.

둘째가 옥심 옆으로 온다. 둘째가 묻는 말에 수줍어하는 옥심의 표정엔 어딘가 그늘이 져 있다.

S#19 안방(밤)

아버지, 어머니, 첫째, 며느리, 둘째, 셋째, 막내 그리고 일용네가 둘째를 중심으로 둘러 앉아 있다.

첫째	그래서?
둘째	뭐가 그래서예요! 원, 형두!
첫째	그쪽에서 뭐라고 하더냐구?
둘째	자기는 이쪽에서 하자는 대로 다 따르겠대, 글쎄! 허허….
셋째	주체의식이 없구나.
둘째	주체의식 너무 좋아하지 마.
셋째	그것 좋아하는 사람 늙어 죽을 때까지 시집 장가 못 간다.
일동	허허….
며느리	삼촌은 아주 첫눈에 마음에 드셨나 보죠?
둘째	간단히 말해서 그런 셈이죠.

제20화 내 아들아

셋째	옷은 뭘 입고 나왔어요?
둘째	원피스라고 하니? 이렇게 위아래로 내리닫이 옷!
셋째	무슨 빛깔?
둘째	그게 도라짓빛인가? 무궁홧빛인가?
셋째	안 되겠어!
둘째	뭐?
셋째	보랏빛 좋아하는 사람은 바람기가 있다는데.
일동	(까르르 웃는다)
셋째	정말이에요.
어머니	에그… 너는 너무 많이 알아서 탈이다! 호호…. 글쎄 나도 웬만하면 흠을 잡겠는데 이 처녀는 그게 아니더라.
첫째	그렇게 미인이에요?
며느리	미인… 미인이면 어떻고 아니면 어때서 그러세요?
첫째	아니지! 난 당신보다 이쁘면 곤란하다 이거지….
일동	(까르르 웃는다)
일용네	좌우간 이 혼담은요, 어디서 누가 꺼낸 얘기인지는 몰라도 정말 잘 만난 짝이에요. 천생연분이란 이런 거죠. 헤헤….

모두들 유쾌하게 웃는다.

S#20 철수네 방(밤)

철수 엄마가 빨래에 물을 축여 접고 있다.

철수 아빠는 전등불 끝에서 농사 정보 책을 읽고 있다.

철수 엄마	얘기 들으셨수?
철수 아빠	무슨?
철수 엄마	둘째가 결혼한다는….

철수 아빠	날 잡았대?
철수 엄마	색시 쪽에서 그렇게 재촉이라지 뭐예요?
철수 아빠	뭐가 바빠서?
철수 엄마	걱정이에요. (한숨)
철수 아빠	왜 또 그래?
철수 엄마	어쩜, 당신은 그렇게도 센스라고는 송장 콧김이우?
철수 아빠	뭐라고?
철수 엄마	둘째가 날 받아 결혼식 올리게 된다는데 당신은 아무렇지도 않으세요?
철수 아빠	아니, 난데없이?
철수 엄마	에그…… 이런 남자하고 20년을 함께 살아온 내가… 내가…… 눈물의 여왕이지…….
철수 아빠	눈물의 여왕?
철수 엄마	비극의 주인공이란 말이에요! 이 멋대가리 없기는 짱다리 밑바닥 같은 인생아!
철수 아빠	뭣이 어째?

눈을 부라리자 철수 엄마는 금세 쩔쩔 비는 시늉이다.

철수 엄마	여보! 글쎄 생각해봐요. 어찌 되었든 우리가 오빠네 덕분으로 이렇게 숨어 살고 있는데……. 둘째 결혼식에는 그래도 무슨 답례를 해야 옳을 일 아니에요?

철수 아빠가 대답에 궁한 듯 담배를 찾아 입에 문다.

철수 엄마	그야 기분 같아서야 전기냉장고, 아니지 칼라테레비전, 아니지 자가용 차 한 대쯤 쓱 몰고 와서는 형님…! 이건 둘째

결혼 선물입니다. 이렇게 당신이 떳떳하게 사나이답게 나
와야 하는 건데…….

철수 아빠   그래서…?

철수 엄마   뭐가 그래서예요? 그렇다 이거지.

철수 아빠   됐어! 그럼.

철수 엄마   그렇게 하자니 돈이 있어야 하고, 돈을 마련하자니 그것을
찾아보자 이거 아니야?

철수 아빠   이게 또?

철수 엄마   에그, 나 죽네!

철수 엄마가 겁을 먹고 물러앉는다.

철수 아빠   그 얘기는 1년만 기다리라고 염불 외우듯 했다고…!

철수 엄마   그렇지만 인사가 아닌데 어떻게 해요? 둘째 결혼이라는데
우리가 부주도 못 하면 어떻게 체면이 스냐고요? 안 그래
요? 고양이도 이마가 있어야 탕건을 쓰지, 그래 이렇게 콩
밥 먹고 있으면서 결혼 선물 하나 못 하면… 되겠수?

철수 아빠   1년 후에 복리 계산해서 갚으면 돼!

S#21 마루

아버지가 마루 끝에 앉아 담배를 피우고 있다.

어머니가 방에서 나온다. 산뜻한 봄 옷차림이다.

아버지   정말 가는 거야?

어머니   약속했어요. 함께 가기로…….

아버지   서울로?

어머니   아무래도 서울 금은방에 가야 물건도 안전할 거고… 또 나간

김에 이것저것 살 것도 있고…….

아버지	둘째 안 데리고 가?
어머니	둘째가 싫대요. 게다가 남자가 뭐 알아요?
아버지	비싼 것 살 필요 없어…
어머니	예. 우리가 뭐 다이아 반지 해주겠어요? 한 서 돈쭝으로 금가락지나 하고 함부로 낄 수 있는 자연돌 반지나 사주지요.
아버지	돈, 잘 간수했어?
어머니	예. 안주머니에 넣었어요
아버지	(혼잣소리) 이상하단 말이야….
어머니	에? 뭐가요?
아버지	아니야, 아무것도……. 같이 갈 게 아니라 실로 색시 손가락 둘레 재가지고 가지….

까치가 운다.

| 어머니 | 에그… 그게 우리같이 늙은이들 젊었을 때 일이지…. 요즘 누가 실로 손가락 둘레 재가지고 간답데까? 호랑이 담배 먹고 여우가 육자배기하던 시절 얘기들 하시네. 다녀오겠어요! |

어머니가 횡 나가버린다.
아버지, 뭔가 께름칙한 표정이 된다.

S#22
동네 길을 봄바람에 두루마기 자락을 날리며 어머니가 부지런히 간다.
바쁘긴 해도 신명이 나는 어머니의 얼굴.

S#23 옥심의 집 뜰

옥심 모가 딸의 구두를 닦고 있다.

옥심 부가 뒤에서 들어온다. 그 광경을 보고 못마땅해한다.

옥심 부　　잘한다!

옥심 모　　(입을 가리며) 여보…… 들려요!

옥심 부　　뭐가 안타까워 구두까지 닦아줘, 주간……?

옥심 모　　여보…….

옥심 부　　남의 집 딸들은 다들 걱정 없이 커서 시집도 잘 가드만, 저건 어
　　　　　 디서…….

S#24 옥심의 방

작은 경대 앞에서 화장을 하고 있는 옥심의 얼굴

옥심 모　　다 된 밥에 코 빠트릴려고 그러시우?

옥심 부　　(소리) 자식이 아니라 웬수다…! 웬수!

옥심 모　　(소리) 제발… 그 입 좀 덮어둬요! 이제 며칠 안 있으면 끝날 일
　　　　　 을 가지고… 왜 이러세요… 예.

옥심이가 체념이라도 하듯 눈을 지그시 감는다. 눈물이 주루룩 흘러내린다.

S#25 옥심의 집 뜰

아버지가 휭 밖으로 나가버린다.

옥심 부　　에잇! 어디 가서 치워버릴 일이지, 원…….

옥심 모　　여보! 어디 가요?

옥심 모, 맥이 풀려 마루 끝에 주저앉는다.

멀리 디젤기관차 지나가는 소리 한동안.

옥심 모	어이구, 꼭 살얼음 건너가는 격이니, 어이구…….
어머니	안녕하세요?

옥심 모가 꿈에서나 깨어난 듯 소스라치며 일어난다.

옥심 모	아이구… 이런… 어, 어서 오세요….
어머니	예, 시간이 있어서 내가 먼저 왔어요. 있지요?
옥심 모	예…. 얘, 옥심아, 옥심아…! 시, 시어머님 오셨다!
어머니	음….
옥심 모	어서 나와…! 지 지금 옷 갈아입는가 봐요, 서둘러!
어머니	괜찮아요……. 어휴 오늘은 봄날치고도 유난스러워서요. 흠….

S#26 옥심 방
바깥 소리 듣고 있는 옥심.

옥심 모	사부인께서 직접 가시려고요?
어머니	흠, 요즘은 하도 가짜가 많은 데다가 젊은 애들한테 맡기는 것도 뭐해서요.
옥심 모	그렇고 말고요. 저희들이 아무리 뛰고 난다 해도 어디 어른들 지혜를 따를 수 있어야죠.

S#27 마루
옥심이가 나온다. 어머니의 눈이 흐뭇해진다.

옥심	오셨습니까? 어머님!
어머니	시간이 있어 내가 먼저 왔다… 가자.
옥심	예. 저 죄송하지만 전 안 갔으면 싶어요.
어머니	왜, 무슨 일 있어?
옥심 모	아니?

놀라는 옥심 모의 표정.

옥심	갑자기 몸이 좋지 않아요. 막 현기증도 나고…….
어머니	저런, 그럼 어쩌지?
옥심 모	이 애가? 이렇게 오셨는데 네가 안 가면 말이 되니?
옥심	죄송해요, 어머님! 제가 모셔야 당연한데 정말 몸이 불편해서….
옥심 모	아니 그런 실례가 어딨니…? 아무리 몸이 아프다더라도 네가….
어머니	관두세요. 몸 아픈 사람 데리고 어딜 가겠어요? 제가 혼자 다녀와도 되는 일이니까요. 손가락을 재가지고 가지요.

실로 손가락을 잰다. 어머니, 나간다.

어머니	몸 조심해. 그럼 다녀올게요.
옥심 모	네, 다녀오세요. 이 일을 어쩌나.
어머니	괜찮아요. 나오지 마세요.
옥심 모	아니 너 어쩔려구 이러니?

말없이 들어가버린다.

옥심 모   아니, 쟤가 누구 죽는 꼴을 보려구?

S#28 버스 안

앉아 있는 어머니. 달리는 풍경.

어머니의 표정은 밝다.

S#29

번화가를 걸어가는 어머니.

S#30 금은방

진열장 안을 들여다보는 어머니.

S#31 툇마루

툇마루에 나란히 앉은 둘째와 옥심이.

둘째   어머닌 어디 가셨어요?

옥심   네, 잠깐 앞에 나가셨어요.

둘째   저도 너무 갑작스레 일이 되는 바람에 솔직히 어리둥절했어요.

옥심   저두 그래요. 자신도 없구요.

둘째   자신 없다니요? 이제는 매사를 적극적으로 생각해야 돼요. 나
         도 뭐 내놓을 것 없는 사람이지만요, 자신 있게 살아갈 자신은
         있어요. 그렇게 안 보이세요?

옥심   네, 그래 보여요.

둘째   그렇죠? 허허, 처녀 총각이 시집 장가 가는데 뭐가 두려울 게
         있겠어요? 말하자면 하얗고 깨끗한 벽지에다 아름답고 꿈 같은
         그림을 그려나갈 텐데! 이 아니 자신 있는 일입니까? 허허.

옥심   네, 그래요.

S#32 금은방

금은방에서 물건 고르는 어머니.

S#33 양장점 앞

어머니가 진열장 안의 여자 옷을 살핀다.

S#34 안방(낮)

방바닥에 내려놓은 금반지와 사파이어 반지 곽이다.

일용네의 손이 그것을 집는다.

일용네   에그… 예쁘기도 하지.

셋째   손때 묻으면 안 돼요.

셋째가 빼앗아 곽에 담는다.

모두들 웃는다.

일용네   아니, 이 혼인이 누구 덕으로 성사된 것인데… 나를 괄시해?

어머니   꼭지는 일용네가 떼었지만, 열매는 우리 둘째가 땄지요. 호호.

일동 웃는다.

며느리   예쁘네요. 색시 손이 예쁜가 봐요.

며느리가 사파이어 반지를 자기 손에 끼어보고 피었다 오므렸다 한다.

어머니   꼭 네 손만 한가 봐!

며느리   그렇군요.

셋째	엄마… 그 새언니는 집에 한 번도 안 와요?
며느리	부끄러워서죠.
셋째	에게게….
어머니	며칠 있으면 인사 와줄 테지… 결혼식까지는 아직 보름 남았으니까 혼인 얘기가 나오면 남자 쪽은 일이 없지만 여자 쪽은 그렇게 바쁘단다. 뭣부터 정리를 해야 하고 준비를 해야 할지…….

둘째가 들어온다.

둘째	다녀오셨어요?
어머니	오냐.
셋째	오빠! 이거야.

둘째가 반지를 받아 본다.
금가락지에 약간 미간이 흐려진다.

둘째	이거… 욕 안 얻어먹을까?
어머니	응? 누구한테?
둘째	그 흔한 다이아 반지 하나 안 해주긴가고 저쪽에서….
어머니	네 아버지께서 펄쩍 뛰시더라! 신문도 못 읽었느냐고!
둘째	아버지처럼 고지식하게 세상 살아가시다간 앉은 자리에서 풀도 안 날 거예요.

일동 웃는다.

며느리	어머, 삼촌은 장가들기 전부터 애처가 기질을 발휘하신다! 흠….

일용네	아무튼 누가 중매 섰는지도 모르지만, 중매 하나는 기똥차게 잘 섰지, 잘 섰어! 허허….

모두들 웃는다.

밖에 개 짖는 소리가 난다.

둘째	아버지가 오셨나?

둘째가 창문을 열고 나간다.

S#35 마루와 뜰(낮)

옥심 모가 서성거리고 있다.

둘째가 나온다. 개가 짖어댄다.

둘째	아니, 어떻게 여길 다…….
옥심 모	어, 어머님 계셔?
둘째	예, 올라오세요.
옥심 모	아, 아니야! 여기서 좀… 뵙고.
어머니	(소리만) 누구냐?
둘째	어머니, 잠깐 나와보세요.
어머니	(소리) 나?

어머니가 나온다. 옥심 모를 보자 반긴다.

어머니	어머, 사부인께서 웬일이세요? 이 시간에……. 호호…… 자, 올라오세요! 어서요.
옥심 모	저, 저희가 죽을죄를 지었어요.

어머니	예? 무슨 말씀이세요?
옥심 모	우, 우리 옥심이가 없어져버렸어요.
어머니	뭐라구요?

S#36

버스 속에 옥심이가 앉아 있다.

그녀의 편지 사연이 흘러나온다.

옥심	(소리) 엄마! 난 그분들을 속일 수가 없어요⋯. 정말이지 그것만은 못하겠어요. 오늘 그분을 만나 얘기해보고 더욱 그걸 느꼈어요. 그 선량하고 깨끗한 사람을 속이다니 천벌을 받을 거예요. 제가 떠난 뒤 어머니 아버지가 당하실 입장을 생각하니 죽고만 싶어요. 차라리 제가 죽을지언정 더 이상 그분들에게 해를 끼칠 수는 없어요. 이 불효막심한 여식은 세상에 없는 것으로 잊어주세요⋯. 한때나마 이 몸으로 결혼을 생각했던 저 자신이나⋯ 속여서 딸을 시집보내려던 부모님이나 이 세상 어디다 대고 용서를 빌 수 있겠습니까? 처음 이렇게 만든 그 남자를 찾겠어요. 못 찾더라도 몸 속의 아이만은 제 운명으로 알고 혼자 낳아 키우겠어요.

S#37 둘째의 방(밤)

둘째의 떨리는 손. 되도록 평온하려고 담배를 집어 문다.

라이터 잘 안 켜진다. 몇 번 켜다가 라이터를 내던진다.

유리창이 쨍그랑 깨진다.

S#38 안방(밤)

자리에 앉아 있는 아버지와 어머니.

| 아버지 | 무슨 소리야? |
| 어머니 | 유리 깨지는 소리예요. |

S#39 마루와 뜰(밤)

어둡고 조용하다.

| 첫째 | 누구야? |

아버지가 나온다.

아버지	너도 무슨 소리 들었냐?
첫째	예, 유리 깨지는 소리 같았는데.
아버지	어딜까?

아버지, 문득 생각이 나서 뜰로 내려간다.

둘째 방으로 간다. 첫째도 따라간다. 불이 환히 켜져 있다.

아버지	둘째야, 자니?
둘째	…….
아버지	들어가도 되니?
둘째	(소리) 들어오지 마세요.
아버지	할 얘기가 있다.
둘째	(소리) 싫어요.
아버지	둘째야!
둘째	(소리) 주무세요.
첫째	아버지께서 너한테….
둘째	(크게) 아무 소리도 듣고 싶지 않단 말이에요! 들어들 가세요!

다시 쨍그랑 유리 깨지는 소리.

아버지가 창문을 열려고 하자 첫째가 막는다.

첫째   아버지!

아버지   (분노) 저 자식을 그냥…….

첫째   아버지!

아버지   뭐!

첫째   안 돼요!

아버지   누가 제놈더러…….

첫째   아버지! 오늘만은…… 이 시간만은…… 둘째를 혼자 있게 해주
               세요….

입술이 떨리고 울먹인다.

첫째   아버지! 둘째가 울건…… 말건…… 뭣하던 이 순간만은 그대
               루…… 그대루 둬두세요, 아버지!

아버지의 어깨가 들먹인다.

첫째의 눈에는 눈물이 고여 흐른다.

아버지가 밤하늘을 바라본다.

아버지   (마음의 소리) 그래… 첫째 말대루야. 울건…… 씹건…… 찢기
               건… 이 순간만은 내버려두게 하지……. 벌써 두 번째 겪는 눈
               물이 아니겠니?

S#40 둘째 방(밤)

둘째가 벽에 기대어 눈을 감고 있다. 뺨에 흘러내리는 눈물.

S#41

논두렁길. 아침 안개가 자욱하다.

일용네가 부리나케 가고 있다. 처음과 달리 호흡이 거칠고 씨근덕거린다.

S#42 옥심의 집 마루

옥심 모가 멍하니 앉아 있다.

S#43 안방

옥심 부가 술을 마시고 있다. 소주병 셋째 번을 따고 있다.

일용네	무슨 짓이에요? 이게 응?
옥심 모	….
일용네	사람을 죽이는 것두 유분수지 그래? 이런 법이 어디 있어요?
옥심 모	….
일용네	아니, 어쩜 서울 가서 몸 망쳐 와서는 남의 숫총각에게 업히려는 심보를 어디서 누가 가르쳐줬겠냐구?
옥심 모	(넋 나간 듯) 입이 열 개 있어두… 할 말이 없지요.
일용네	그럼 그렇다구… 처음부터 그렇게 이실직고해야지. 내 체면은 뭐가 되며, 김 회장 체면은 뭐가 되며, 김 회장댁 둘째 데련님은 뭐가 되며…….

옥심 부가 술이 취해서 나온다. 눈에는 살기가 돈다.

일용네가 덥석 겁이 나서 물러선다.

옥심 부	체면 깎이긴 피차일반이오! 나는 뭐가 되구 내 집안은 뭐가 되구, 이렇게 되게 한 그놈을 잡아야 해! 그놈을 잡아야 해, 그놈을 잡아야 해.

옥심 모	여보, 여보! (매달린다)
옥심 부	내 딸을 이렇게 만든 놈을 찾아야 해.
옥심 모	여보, 여보!
옥심 부	자, 자! 다 죽인다! 내 딸을 망치게 한 서울 놈을 죽일 테다, 자!

옥심 부가 힘껏 뿌리치고 대문 밖으로 뛰어나간다.

일용네가 울타리 밑에 얼굴을 파묻고 있다가 서서히 고개를 든다.

S#44 마루와 뜰

어머니가 부엌에서 미음을 개다리소반에 들고 나온다.

멀리서 닭이 꼬꼬 대고 돼지가 운다.

S#45 둘째의 방 앞

어머니가 조심스럽게 부른다.

어머니	둘째야, 둘째야!

대답이 없다.

어머니	미음 쑤어 왔다! 오늘은 이거 마시구 일어나! 응! 한번 그렇게 됐는데…… 잊어버리자. 응?

S#46 둘째 방 안

어머니가 방문을 연다. 방 안이 비어 있다.

어머니	아니…….

겁이 난다. 불길한 생각.

어머니가 미음 상을 내려놓고 뛰어간다.

어머니   여보! 여보⋯⋯!

S#47 마당

S#48

아침 안개가 자욱하다.

어머니   (소리) 여보, 큰일 났어요. 여보!

어머니가 뛰어온다. 뛰어간다. 뛰어온다.

그러다가 딱 멈춘다. 흰 속셔츠 바람으로 힘차게 흙을 파고 있는 둘째다.

어머니   둘째야!

어머니가 끌려가듯 다가간다.

둘째   어머니, 올해는 못자리를 일찍 잡아야 한대요. 새벽 농사 정보
               방송에⋯⋯.

어머니가 뛰어와 둘째를 껴안는다.

어머니   암, 그래야지! 그래야 내 아들이지, 응?

저만치서 아들과 어머니가 얼싸안고 있는 것을 바라보는 아버지.

어머니   그렇지! 그래야 우리 아들이지!

아버지   그렇지, 그래야 우리 아들이지! 대지의 아들이지.

(F.O.)

돼지꿈

제21화 돼지꿈

방송용 대본 | 1981년 3월 24일 방송

· 등장 인물 ·

할머니	정애란
아버지	최불암
어머니	김혜자
첫째	김용건
며느리	고두심
둘째	유인촌
셋째	김영란
막내	홍성애
일용네	김수미
철수 아빠	박상조
철수 엄마	김영옥
유영석	임문수
그의 아내	이숙
주모	서영애
농협 지소장	홍성민

S#1 마루

아버지가 거울을 세워놓고 면도를 하고 있다.

부엌에서 나온 어머니가 마루를 훔치고 있다. 가끔 혼자 웃고 있다.

아버지   아까부터… 뭘 혼자서… 킬룩킬룩 웃고 있어?

어머니가 대답 대신 또 웃는다.

아버지   얼씨구… 갈수록 산이군!

어머니   흠….

아버지   분다 분다 하니까… 하루아침에 석 섬 분다더니…* 정말…….

어머니   흠…….

아버지   뭐가 우스워? 그렇게….

어머니   말할 수 없어요….

아버지   뭐?

어머니   이건 아직 말할 때가 못 되니까, 흠…….

아버지   사람 감질나게 하는군… 아직 말할 때가 아니라?

어머니   그럼요….

아버지가 돌아앉는다.

아버지   무슨 일인데……?

어머니   글쎄 지금은 말할 수가 없다니까…….

아버지   정말 이렇게 사람 애타게 하기야?

----

* "분다 분다 하니까 하루 식전에 왕겨 한 섬을 분다."는 속담으로, 잘한다 잘한다 하고 추켜주니까 우쭐해서 턱없는 정도에까지 이르게 됨을 비유적으로 이르는 말.

어머니	누가 당신보고 애타시라고 했수? 나 혼자만 알면 되는 일이예요, 이건…….
아버지	혼자서?
어머니	예… 꿈 얘기는 한나절이 지나야지, 꿈꾸고 나서 바로 얘기하면 효험이 없어진대요.
아버지	(어이가 없어서) 꿈 얘기 가지고 그래?
어머니	예.

아버지, 일어나 안방으로 들어가며,

아버지	한심스럽군… 그 나이에 꿈 얘기 가지고….
어머니	한심스럽긴! 무슨 얘긴지나 알고 하시는 소리예요?
아버지	알 필요 없어! 잠바나 내놔요…. (시계를 보며) 나가봐야 할 시간이야.

S#2 안방
어머니가 장롱을 열고 윗옷을 꺼낸다.

어머니	그게, 어디 보통 꿈인 줄 아세요?
아버지	노다지나 캔다면 또 모르지….

옷을 입는다.

어머니	노다지가 문제겠어요? 아… 정말 오늘은 무슨 좋은 일이 있을 거예요.
아버지	당신 꿈은 개꿈이야… 언젠가 막내 입학시험 때도….
어머니	여보, 말할까?

아버지가 돌아본다.

| 어머니 | 그만둬야지! 참아야 해… 흠……. |
| 아버지 | 사람 미치게 하는군……. |

아버지가 방문을 열고 나간다.
어머니가 따라나선다.

S#3 마루와 뜰
아버지, 나와서 마루에 걸터앉고, 어머니, 따라 나와 옆에 쭈그린다.

어머니	여보… 그럼, (낮게) 당신만 알고 계세요. 다른 사람한테 얘기하시면 안 돼요.
아버지	?
어머니	돼지꿈 꾸었어요!
아버지	돼지꿈?
어머니	예… 우리 돼지가 새끼를 낳는데 글쎄 한꺼번에 흰 돼지가 여덟 마리에다 검은 돼지가 다섯 마리… 합해서 열세 마리나 낳았다니까요… 흠!
아버지	(얼굴이 밝아지며) 열세 마리나?
어머니	그것도 한결같이 토실토실하고 야무지게 금방 꼬리를 훼훼 돌리면서 걸어다니지 뭐예요. 글쎄… 온 마당 안에 돼지가 가득 찼어요. 훗흐.
아버지	돼지꿈이라…….
어머니	여보! 오늘 틀림없이 좋은 일 있을 테니 두고 보세요.
아버지	중앙에서 농업 기술 지도자가 나와 강습회가 있다는데… 좋은 일은 무슨….

어머니	그래도 누가 알아요?
아버지	집집마다 비료 공짜로 나눠준다는 기별은 아닐 테지!

신을 신는다.
할머니가 방에서 나온다.

할머니	어디 가니?
아버지	예… 도청에서 회의가 있어서요.
할머니	그래?

까치가 가까이서 운다.

할머니	그놈의 까치 소리 귀청 떨어지겠구나!
아버지	기쁜 소식 있으려나 봐요.
할머니	응?
아버지	(어머니를 가리키며) 이 사람이 간밤에….
어머니	여보!

아버지의 입을 급히 막는다.

어머니	안 돼요, 얘기하시면….
할머니	(못마땅해서) 아니 무슨 얘긴데 나한테는 감추려는 게야?

일용네가 부엌에서 개밥을 들고 나와 주면서 말참견을 한다.

일용네	그거야, 내외간끼리만 알아야 할 일이 왜 없겠어요? 홋흐.
아버지	어머니, 그, 그게 아니라요… 저….

222

| 할머니 | 그만둬…! 늙은 에미한테 얘기하기 싫다는데… 나도 안 듣겠어! |

할머니가 어머니를 흘겨보며 방으로 들어간다.

어정쩡해지는 아버지와 어머니.

일용네	할머니가 토라지셨어요… 흠! 저래서 사람은 나이가 들면 어린
	애가 된다니까, 헷헤….
어머니	당신은 공연할 일로 어머니 속만 심란하게 하셨어요.
아버지	젠장…, 그것도 내 탓이야?

까치가 또 운다.

일용네	아이고… 오늘은 우리 일용이한테서 편지라도 오려나 보다…
	아….
아버지	다녀오겠어.

자전거를 끌고 나간다.

어머니	아까 그 얘기 잊지 마세요!
일용네	무슨 얘긴데요?
어머니	일용네는 몰라도 되는 얘기! 흠….

어머니가 웃으면서 방으로 들어간다.

| 일용네 | 흥…, 이젠 나까지 따돌리긴가? 늙은이 박대하면 벌 받는다구 |
| | 요! 흥…. |

일용네, 토라지며 부엌으로 간다.

S#4 시골길

아버지가 자전거를 타고 휘파람 불며 개천을 건넌다. 둔덕길을 신나게 달리는 아버지.
달리는 아버지, 즐거운 표정. 좌우의 풍경이 지나간다.
아버지가 동네 큰길을 달리다 담배 가게 앞을 지나려는데 집 안에서 앙칼진 주모의 소
리와 주정뱅이가 대꾸하는 소리가 흘러나온다. 아버지가 자전거에서 내려 다가간다.

주모 E	아이그머니! 왜 이래요, 왜?
유영석 E	죽으면 끝장나! 끝장이라구! 왜 이래?

아버지가 가까이 가서 넘겨다본다.

S#5 담배 가게 안

유영석이가 술이 취해 마루에 구부정하게 걸터앉아 있고, 주모가 살기등등하게 버티고
서 있다.
마루에 두부 먹다 둔 것과 빈 소주병 두 개와 잔.

주모	아니 무슨 원수졌다구 우리집 와서 그러냐구요, 그러길! 나 원 참! 기가 막혀서 못 살겠네.
유영석	술! 술! 가져오란 말이다.
주모	술값도 안 가지고서 무슨 술 달라는 거냐구요?
유영석	술값 내면 될 게 아니오!
주모	세상에 돈 3백원 놓고 소주를 두 병이나 마시고서는….
유영석	두 병이고 세 병이고 가져오라믄 가져올 일이지 무슨 잔말이요!
주모	술 없으니까 나가요!

유영석	나가?
주모	나가요! 우리 집 술 안 팔아요.
유영석	이놈우 여편네가 누굴 어째 보고······.
주모	아니 그렇게 흘겨보면 내가 겁낼 줄 알고? 어림 서푼어치도 없는 소리 그만하고 나가! 술값 안 받을 테니까 나가라면 나가···.

유영석이 빈 소주병을 들어 마룻바닥에다 내던지자 박살이 난다.

주모	에구머니!

유영석이가 불쑥 일어서다가 헛짚으며 넘어진다.

주모	으악··· 사람 살려요.

주모가 한길 쪽으로 뛰어가려는데 아버지가 들어온다.

아버지	아주머니··· 무슨 일이요?
주모	아이고, 김 회장님···! 저, 저 사람···.

땅바닥에 산산조각 난 유리에 한 손이 찔려 피가 흐르고 있다.
유가 일어나서 그 손을 입으로 빤다. 입가에 피가 흐른다.
아버지가 한발 나서며,

아버지	아니, 이거 웬일이요?
유영석	(알아는 본 듯) 아, 회장님 미안스럽습니다.
아버지	(손수건을 꺼내며) 피를 닦으세요!

유가 힐끗 쳐다본다.

손수건을 받으려 하지 않고 다시 입으로 피를 빨고는 자기 주머니에서 꼬깃거린 수건을 꺼내 상처를 감는다.

유영석   관두십쇼. 수건쯤이야 저도 있습니다. (토하는 한숨) 후으….

주모   나가란 말이야…. 남의 장사 못 하게 하지 말고… 나가!

아버지   (말리며) 그만두세요.

주모   아니, 사람 볶을 일 있으면 지 계집 데리고 엎던지 패던지 할 일
        이지, 왜 남의 집 와서 깨고 부수냐 말여?

아버지   그만두시라니깐. 대낮부터 이렇게 과음하면 못써요. 그만 나갑
        시다!

유영석   (핏발 선 눈으로 보다가) 으흑…!

터지며 고개 돌려 참다가 다시 보며,

유영석   죄송합니다! 후….

아버지   이분, 나도 아는 분인 거 같은데…. 그래, 무슨 말 못 할 사정이
        라도 있소?

유영석   후….

연신 한숨을 토하며 손으로 주머니를 더듬는다. 빈 담뱃갑을 꺼내 구겨서 버린다.

아버지가 담배 한 개비를 뽑아 내민다. 유가 잠시 망설이다가 그것을 받아 입에 문다.

아버지가 라이터를 켜준다. 유가 담배 연기를 길게 내뿜는다.

다소 감정이 가라앉는 눈치다.

주모   (눈물 바람) 에그, 이년의 팔자는 자빠져도 코가 깨진다더니. 정
        주자는 사내는 없으면서 멀쩡한 대낮에 쪽박 깨자는 판국이

226

니…. 에그, 에그, 못 살아.

유영석   미안스럽습니다. (조아리고) 푸…!

아버지   아주머니, 술 한 병 주시오.

주모   예에?

아버지   (오백 원) 자, 여깄소! 뜨끈한 술국도 한 사발 주시고.

주모, 돈 받고 준비한다.

유영석   아이구, 그러지 마십쇼.

아버지   그래 요사인 뭘 하시오?

유영석   하는 일 없습니다.

아버지   그래요? 하여튼 무슨 일인진 모르지만 참고 지내야 합니다. 그
래야만….

유영석   예예, 죄송스럽습니다.

병 가져다준다. 받아서 따라주는 아버지.

아버지   자, 드시오.

유영석   아이구, 이거 죄송스럽습니다.

아버지   지금 세상에 누군들 고민 없는 사람 있겠소? 그저 맘 다짐 잘
하시고 이것만 들고 가시오. 난 또 일이 있어, 이만.

아버지, 나간다.

유영석도 일어섰다가 쓰러지듯 앉는다. 들고 있던 잔 털어 넣는다. 다시 벅차오르는지
끽끽 참는 울음이 터진다.

S#6 밭

둘째와 철수 아빠가 객토 일을 하고 있다. 리어카로 흙을 싣고 와서는 밭에다 쏟는다.
철수 엄마가 삽을 들고 흙을 이리저리 고르고 있다.

S#7 마루와 뜰

며느리가 장독대에 올라가 장항아리 뚜껑을 열어주고 있다. 메주가 간장 물에 반쯤 담
겨 떠 있다. 통고추와 숯덩이도 떠 있다.

S#8 논둑 길

일용네가 숨이 넘어가듯 뛰어오고 있다. 손에 편지 봉투가 들렸다. 미끄러져 넘어진다.
다시 일어나서 뛴다.

S#9 마루와 뜰

어머니가 삽을 들고 들어온다.
며느리가 장독대에서 내려온다.

어머니　　　애기 자니?
며느리　　　네! 점심은…?
어머니　　　식은밥 그냥 먹자.

펌프 가로 온 어머니가 바가지로 퍼서 물을 마신다.
일용네가 뛰어든다. 숨이 차서 금방 숨이 넘어갈 지경이다.

일용네　　　왔어요… 왔어… 왔어…!
어머니　　　뭐가 와요?
일용네　　　편지, 편지!
며느리　　　아들한테서 말인가요?

일용네	응…, 우체부를… 동구 앞에서 만났는데… 아이고… 나도 물
	좀… 마시고서… 아이고 숨차….

일용네가 물을 바가지로 받아 마신다.

어머니와 며느리가 웃는다.

어머니	저렇게도 좋을까? 원….
일용네	그걸 말이라고 해요? 이도령 편지 받는 춘향이의 맘도 이보다
	는 못할걸요? 헤헤….
어머니	홋흐….
일용네	(며느리에게) 읽어줘요.
어머니	그래, 읽어봐! 무슨 기쁜 소식인지.

일용네가 봉투를 내민다. 항공용 편지 봉투다.

그걸 들고 세 사람 마루로 가서 걸터앉는다.

며느리	어머, 사진도 들어 있어요.
일용네	사진? 우리 일용이 사진? 어디 좀…… 어서 뜯어봐요, 어서.

일용네기 발을 동동 구르며 재촉한다.

며느리가 봉투를 째고 편지와 한 장의 사진을 뽑아 보인다.

일용네가 사진을 나꾸어채듯 받아 본다. 배 위에서 찍은 일용의 사진.

일용네	(바로 눈앞에 있기라도 하듯) 이놈아! 일용아, 이놈아….
어머니	그렇게 부른다고 들려요? 호호….
일용네	(금시 눈물이 쏟아지며) 이렇게두 잘생긴 놈이 늙은 에미 떼어놓
	구! 가슴 아프지, 이놈아? 네 쌍통에 그렇게 씌여 있어 이놈아!

흑….

어머니　(며느리에게) 어서 읽어드려.

며느리　네. 어머님 전 상서. 어머님 기체후 일향 만강하옵신지요. 김 회장님 댁 여러분들도 다 안녕하시겠지요. 불효자식 일용이는 무소식이 희소식이라고 잘 지내고 있습니다. 제가 탄 배는 큰 바다에서 참치잡이를 하는 뱁니다. 크기가 김 회장님 댁 집채를 열댓 개를 합한 만큼이나 됩니다.

일용네는 편지 내용에 따라 온갖 애드리브 대사와 표정, 울고 웃는다.

며느리　이곳 일본 오오사까를 떠나면 망망대해 태평양으로 가게 됩니다. 그리되면 한동안 편지 못 드릴 테니까 그리 아십시오. 불효자식 일용이는 밤마다 달을 보고 별을 보면서 혼자 계신 우리 엄니 생각하며 운답니다. 불쌍하신 우리 엄니, 일찍이 청상과부로 아들 하나 키우시느라고 얼마나 고생하셨습니까. 남쪽 나라 십자성은 어머님 얼굴이라는 노래를 부르면서 성공하여 돌아가는 날 우리 엄니 호강시켜드릴 생각을 하면 저도 모르게 가슴이 뜁니다. 이 못난 자식 하나 위해서 문전걸식도 마다않고 이날 이때까지 살아오신 우리 엄니가 그 까맣던 머리가 허옇게 세시고, 주름이 패셨는데, 이 불효자식이 훌쩍 떠나버렸으니 얼마나 외로우시겠습니까. 그러나 엄니! 저는 기어코 성공하고야 말겠습니다. 기어코 엄니 호강시켜드리고야 말겠습니다. 다시 뵐 때까지 내내 건강하소서. 김 회장님 댁에도 안부 말씀 전해주십시오. 불효 막심한 자식 일용 상서.

일용네　어디 좀 봐!

편지를 빼앗는다.

어머니   일용네가 읽을 줄이나 알아요?

일용네   그, 그렇지! 둘째보구 또 읽어달라구 해야지! 한 번으로는 못 믿
어요.

일용네가 편지와 사진을 들고 뛰어간다.

며느리   저렇게두 좋을까요?

어머니   그게 다 부모 마음이지! 자식들은 모른다.

까치가 운다.

며느리   저 소식 오려고 까치가 아침부터 울었나 봐요. 흠….

어머니   내가 간밤에 꿈을 꾸었거든, 후후.

며느리   어머, 그러세요?

어머니   그것두 흰 돼지 여덟 마리에다 검은 돼지 다섯 마리에다, 열세
마리더라, 호호….

며느리   (실망한 듯) 저런….

어머니   왜?

며느리   하필이면 왜 열셋일까?

어머니   그게 뭐가 나쁘니?

며느리   열셋이라는 숫자는 좋지 않거든요. 서양 사람들은 열셋이라
는…….

어머니   우리가 서양 사람이니? 원 별소리를 다 듣겠네.

어머니가 휭 하니 나간다.

며느리, 한 대 얻어맞은 사람처럼 멍하니 서 있다.

S#10 둑길

아버지가 자전거를 타고 온다.

아버지가 다리 밑을 지나는데 손을 씻던 유영석이가 부른다.

유영석   김 회장님요!

아버지가 돌아본다.

아버지   아니…….

유영석이가 겸연쩍게 웃으며 다가온다.

유영석   그렇지 않아도 지금 댁으로 찾아뵈러 가는 길입니다.
아버지   아니, 나한테 할 얘기라도?
유영석   김 회장님 같으면 제 딱한 사정을 풀어주실 수 있을 겁니다.
아버지   아니, 내가요?
유영석   예, 죽을래도 자식새끼 불쌍해서 죽을 수가 없습니다. 김 회장님, 제 사정 한 번만 들어주십시오. 네?
아버지   하여튼 집에 가서 들읍시다.
유영석   고맙습니다. 고맙습니다.

두 사람, 걸어서 집 쪽으로 간다.

S#11 부엌

며느리가 술상을 차리고 있다.

일용네가 일용의 사진을 보다가 입을 쪽쪽 맞춘다.

어머니가 뚝배기에 된장을 퍼 들고 오다가 그것을 본다.

어머니	사진 좀 그만 봐요. 그러다가 닳겠어요, 닳어요!
일용네	자식 하고는……, 이렇게나 잘생긴 놈 보셨어요? 호호호….
어머니	밭에 가서 파 좀 두어 순 뽑아 오세요! 찌개 양념에 넣게….
일용네	예, 예!

일용네는 사진을 품에다 넣고는 춤추듯 나간다.

며느리	웬일예요? 아버님께서 데려오신 손님?
어머니	누가 아니? 해두 다 저물어가는데 손님을 데려와서는……. 에 그, 이거 간 봐라.

찌개 냄비에다가 된장을 풀어 넣는다.

며느리	괜찮은데 약간 슴슴하잖어요?
어머니	밥 반찬도 아니고 술국이니까 슴슴한 게 좋아. 작년에 동생 주례 서달라고 왔을 땐 안 그랬는데, 사람 몰골이 말이 아니더라. 마루로 올라서는데 웬 발고린내는 그리도 나는지, 원…….
며느리	호호호…….

S#12 안방

아버지가 메모를 하면서 유영석의 얘기를 듣고 있다. 아버지는 안경을 썼다.

아버지	그러니까 1978년 3월 16일에 자본금 1,200만 원으로 상대농지 답 62평을 매입하고…… 야전임야가 딸린 밭 820평을, 임대료

조로 연간 백미 다섯 가마 또는 그에 상당한 현물로 물기로 하고 무기한 임대키로 됐다, 이거죠?

유영석 예, 그래 그 지상에다 건편 120평 규모의 스레이트 집 축사를 지어 양돈을 시작했습니다.

아버지 양돈을요?

유영석 예, 그 축사 짓는데 고생 많이 했습니다. 저와 여편네는 물론 초등학교 1학년에 다니는 막내딸까지 밤낮을 가리지 않고 개간을 하고 흙벽돌을 찍고, 축사를 완성했습니다…….

아버지 자녀가 1남 3녀라구 했죠?

유영석 예…….. 그래, 주 종축장에 가서 새끼 돼지 90두를 사들여 돼지를 키우기 시작해서 1980년 3월 현재까지 1,080두의 돼지를 키워냈습니다.

아버지 그러니까, 초반에는 일이 순조로웠다는 말씀인가요?

유영석 아닙니다……. 그 축사 짓느라구 정부에서 처음으로 대출해주기로 한 축산자금을 융자받는데 때를 놓치고 말았습니다.

아버지 왜요?

유영석 축사가 미완성이어서 담보가 안 된다구, 그 융자 혜택을 줄 수가 없다는 겁니다.

아버지 음…….

유영석 그래서 마을 이장과 유지 몇 분에게 딱한 사정을 말씀을 드렸더니, 다행히도 농협에서 단기 영농자금을 대출해준다기에 저의 마누라 명의로 50만 원을, 도합 2백만 원을 기채해서 우선 그 위기를 모면했습니다! 이게 그때 서류 사본입니다…….

아버지 …….

유 씨가 사본을 몇 장 꺼내서 보인다.

아버지가 받아서 쭈욱 훑어본다.

아버지	틀림없군요, 그런데 뭐가 잘못됐나요?
유영석	1979년 초에 외국에서 돼지고기를 수입했던 일 기억나십니까?
아버지	아······.

S#13 돼지 파동에 관련 있는 당시의 보도.

| 유영석 | (소리) 당국에서는 축산 자금까지 농민들에게 지원해주면서 한 편으로는 외국 고기를 수입하다니 이게 어찌 된 일입니까? 그 거야 물론 소비자들에게 싼값으로 고기를 먹여야 한다는 의도 를 모르는 바는 아닙니다! 허지만 그걸로 인해 국내 돼지고기 값이 어떻게 되는지를 몰랐다는 게 말이 됩니까? 그것도 중간 상인들의 농간에 의해 우리는 하루하루 망했습니다! 외국에서 수입하기 전에 생돈 가격이 관당 5,500원이던 것이 수입 후부 터는 관당 1,800원으로 떨어졌으니 어찌 되었겠습니까? 그 계 산이야 초등학교 어린애도 할 수 있습니다! |

S#14 안방

| 아버지 | 나도 기억합니다. 나도 그때 좀 손해 봤지요. |
| 유영석 | 그래도 김 회장님은 부채가 없으셨겠지요? 허지만 저는 사정이 달랐습니다! 남의 돈으로 시작한 거 아닙니까? 그런 데다가 사 룻값은 계속 오르니 어떻게 합니까? 사람은 밥이 없으면 다른 걸로 배를 채울 수도 있고 냉수만 마시고도 며칠은 견디어낼 수 있습니다. "내 사정이 이러니 참아주소." 할 수 있습니다. 그때의 이 심정, 이 심정! 내 자식은 못 멕이면서도 돼지한테는 25킬로 들이당 3,317원씩 하는 사료를 먹여야만 했던 이 애비의 찢어지 는 가슴을······ 누가 알아줍니까? 어디에다 호소하란 말입니까? |

유영석이 주먹으로 방바닥을 쿵쿵 치며 통곡한다.

아버지가 지그시 눈을 감고 돌처럼 앉아 있다.

S#15 마루

술상을 들고 오던 어머니, 방에서 흘러나오는 소리에 멈칫 서서 듣는다.

유영석 E   쌀이 부족해서 장리쌀 사 먹는 사람이 고기반찬 사다 먹고 있
           으면 그 집안 되는 집안입니까? 살기 좋은 내 땅에서 이렇게 도
           산될 줄은 꿈에도 생각 못 했습니다.

S#16 시냇가

아버지가 논둑길을 와서 시냇물에 세수를 한다. 떠오르는 소리.

유영석   (소리) 저는 관계 당국 여기저기다 수차례에 걸쳐 살려달라고
           민원 서류를 냈었지만 속시원한 구체적인 대답을 얻지 못했습
           니다……. 그저 기다려보라고 합니다. 그리고 어떤 나으리께서
           는 그건 과잉생산 탓이지 외국에서 돼지를 수입한 탓이 아니라
           고 합디다…. 수요 공급에 대한 계산도 없이 장려만 해놓고 망
           하고 나면 내 탓이 아니라고 하면 우린 누굴 믿고 살아야 합니
           까? 빚진 것은 어떻게 하며, 산 돼지는 어떻게 멕이며, 생계는 어
           떻게 합니까?

S#17 안방(밤)

아버지가 책상머리에 앉아 뭘 쓰고 있다.

유영석 E   저는 빚 독촉에 도망 다니느라 집엘 못 들어가고, 자식들은 뿔
           뿔이 흩어져 친척 집에 보내고, 마누라만 감금되다시피 집에

앉아 있습니다. 회장님, 저는 이제 죽는 길밖에 없습니다.

어머니가 셔츠를 꿰매다 말고 눈치를 본다.

어머니	뭘 그렇게 쓰세요? 그만 주무세요.
아버지	말 시키지 마! 생각이 헷갈려!
어머니	(뾰로통해지며) 이 양반은…… 공연스리 나한테.
아버지	나 글 쓰고 있는데 왜 자꾸 말 시켜? 젠장!
어머니	에그…… 당신이 무슨 소설가요? 드라마 작가요?
아버지	소설가만 글 쓰는 줄 알아? 속 모르면 잠자코 있어.
어머니	어머머…….
아버지	돼지꿈 꾸었다고 방정 떨더니…… 좋은 일은커녕…….
어머니	어떻든 돼지는 돼지 아니예요? 돼지 키우다가 망한 사람이니까 그게 그거지 별것 있어요?
아버지	뭐라구?

S#18 첫째 방(밤)

어둡다. 첫째와 며느리가 잠자리에 들어 있다.
아버지가 뭐라고 큰소리치는 소리가 들린다.

첫째	다투시나?
며느리	흠…. (웃음)
첫째	뭐가 우스워?
며느리	글쎄…… 낮에 어머니께서 돼지꿈 꾸셨다고 좋아라 하시더니 결국은 저 지경이시지 뭐유…… 호호.
첫째	돼지꿈이 길하다는 건 이제 옛얘긴가 보지.
며느리	그 양돈하다가 망했다는 사람 얘길 들으니까 남의 얘기 같지가

첫째	않던데요…. 당신도 무슨 일이 잘 안 되면 집을 나가겠어요?
첫째	미쳤어?
며느리	그런데 그 양돈가는 처자식을 돌보지 않고 집을 나와버렸다잖아요.
첫째	그거야 사정이 절박했겠지……. 빚에 쫓기고 생계는 막연하고……. 그 심정 당해보지 않은 사람은 모를 거야.
며느리	그런데 왜 그런 지경이 되도록 내버려뒀죠?
첫째	누가 아니래……. 책임을 질 사람이 나와야 하는데…… 우리 사회에는 그 책임질 사람이 없다는 게 탈이지. (한숨) 그게 문제라구……. 자, 잡시다. 흥하는 돼지꿈이나 꾸고….

S#19 마당(새벽)

동녘이 밝아오는 아침의 마당.

막내가 세수하고 방으로.

S#20 안방

아침 식사를 하고 있는 아버지, 어머니, 할머니, 둘째, 셋째, 막내, 며느리.

어머니	오늘은 경운기 좀 고쳐 쓴다는데.
아버지	농협 지부에 좀 가봐야겠어. 둘째가 알아서 할 거야.
어머니	어제 그 사람 일루요?
아버지	응. 그 사람 얘기만 듣구야 억울한 사정이 어떤지 잘 알 수가 없잖아?
둘째	그걸 알아보고 어떻게 하시겠어요?
아버지	대책을 세워야지.
어머니	아니, 그럼, 당신이 그 사람 망한 걸 책임지시겠다 이거예요?
아버지	듣고 말 수만은 없잖겠어?

어머니	아니, 당신이 무슨 도지사요, 장관이요? 어째서….

어머니가 숟갈을 내려놓는다.

어머니	그런 일 아니라도 바쁜데 어째서 당신이 나서서 아는 척하세요?
아버지	그게 왜 아는 척하는 거야?
어머니	보온 못자리 자재도 준비해야 한다면서….
아버지	걱정 말어…. (일어나며) 둘째야, 어제 내가 써준 것대로 철수 아버지하고…….
둘째	예, 알고 있어요. 이 머리에 기억했으니까…. 못자리는 실파 면적 15평에 비닐 41미터… 활축은 69개가 이상적, 그렇죠?
아버지	좋았어! 객토 작업 끝나면 바로 하도록 해. 객토도 점토 함량이 25센티 이상인 붉은 산 흙이라야 해! 알았지?
어머니	에그, 남의 일 나서듯이 집안일 했으면 진즉 부자 됐으련만….
할머니	애비도 건들건들 마실 돌지 말고 집안일 살펴라.
어머니	양돈하다가 망한 사람한테 적선하러 간대요, 어머님!
할머니	적선?
아버지	어째서 여자들은 저렇게 소견이 좁은지 원….
할머니	나는 좁지 않아.

모두 웃는다.

아버지, 나간다.

S#21 보리밭
보리밭에 웃거름 주고 있는 철수네 내외와 아들.

철수 엄마	어머닌 왜 안 나오셔?
둘째	예, 새마을회관에서 부녀회 모임 있다고 가셨어요.
철수 엄마	아주…… 우리 형님도 알고 보니 이 고장에서는 여성 지도자이셔. 호호….
철수 아빠	그 쥐둥아리 놀리는 것보다 손을 더 놀렸으면 좋겠구먼?
철수 엄마	저 양반은 그저 내가 입을 빵긋했다 하면 기다렸다는 듯이.
철수 아빠	뭣이 어째?

남편의 접시같이 부릅뜬 눈에 금시 겁먹고 피하는 철수 엄마.

둘째	허허, 두 분은…. 그게 싸우는 거예요, 체조하는 거에요? 아저씨가 눈만 부릅떴다 하면 이렇게 폼을 잡으니 말이에요, 허허….

둘째가 철수 엄마 흉내를 낸다.
철수 엄마가 오히려 호들갑을 떨고 춤추듯 하다가 엉덩방아를 찧는다.

철수 엄마	호호…… 아그머니, 아이그, 아퍼라!
철수 아빠	또 허리 아프다고 며칠 쉬겠군.

S#22 농협 지부
아버지와 지부장.

지부장	아, 그 사람 일 때문에 오셨군요.
아버지	예. 들어보니 여간 사정이 딱한 게 아니더군요. 어떻게 도와줄 방법이 있을지요?
지부장	저희도 그 일 때문에 골치가 아픕니다. 아, 이분이 각급 민원실,

	농협, 중앙처, 농수산부 등 진정서를 넣지 않은 곳이 없습니다.
아버지	오죽했으면 그랬겠습니까? 농민의 아픔도 이해해주셔야죠.
지부장	물론 저희가 더 잘 알죠. 그래서 여러 가지 정책 개선이 나오고 있지 않습니까?
아버지	그야 앞으로 잘되겠지만요, 문제는 이미 도산해버린 사람을 어떻게 구제해야 되지 않겠어요?
지부장	압니다, 알아요! 첫째 79년 이후, 둘째 과잉 생산된 돼지고기를 78년~79년 간에 17만 두나 과감하게 수매 비축한 바 있고, 셋째 육류 가격 연동제로 폭리 방지 제도를 마련하였고, 넷째 양돈 농가가 스스로 사육 조절을 할 수 있도록 축산물 관측 제도를 마련하였어요. 그리고….
아버지	잠깐! 지금 말씀하시는 건 현재 양돈 농가를 위한 정책이고, 이미 망해버린 사람을 어떻게 구제할 방법을 물어보는 겁니다.
지부장	잘 아시다시피 양돈 불황은 정부 시책이나 양돈 농가만의 잘못이 아니라 세계적인 석유파동의 여파가 우리 경제 전반에 준 결과가 아니겠습니까?
아버지	그러니까, 구제 방법이 없다는 겁니까?
지부장	그분 경우는 말입니다. 기존 대출금 잔액 2백만 원은 단위 농협 내규에 따라 기일 연장과 신규 증액 대출이 불가능합니다. 게다가 기존 채무에 대한 과중한 부담으로 어렵고, 사업 재생도 어려운 것으로 판단되었어요.
아버지	예, 알겠습니다. 그 사람은 죽든 살든 스스로 해결해야 되겠군요!
지부장	죄송합니다. 저희로선 더 이상 말씀드릴 게 없습니다.

S#23 농가

논두렁길, 동네 길, 돈사 앞을 지나 집을 찾고 있는 아버지.

S#24 농가 앞

아버지가 들어선다.

무허가 건물. 특유의 건축. 마루도 없는 흙담집.

아내	아이고, 회장님! 어쩐 일로 저희 집을 다 오셨습니까?
아버지	내 어떻게 지내시나 지나는 길에 들렀어요.
아내	아이고, 사는 게 이래서…. 어서 좀 올라오세요.
아버지	그럼, 잠깐.

S#25 방 안

세간이라고는 거의 없는 처참한 정도로 가난한 방 안.

그러나 방 한 귀퉁이에 산더미처럼 쌓여 있는 봉제품들.

아내	앉으세요. 이렇게 삽니다.
아버지	어떻습니까?
아내	이 담요 깔으십죠. 방바닥이 차갑습니다.
아버지	아, 아니올시다. 아이들은?
아내	다 취직했어요.
아버지	(놀라) 취직을 했어요?
아내	인천 가서요. 신문팔이, 철공소, 해장국집, 뭐 그런 데죠 뭐. 우선 즈이들 세끼 밥이나 얻어먹는 거죠.
아버지	예, 고생이 많으시죠?
아내	이제 고생도 심들어서요.
아버지	바깥양반을 어제 만나서 자세한 얘긴 들었어요.
아내	네, 그러셨어요? 아이그, 빚 땜에 집엘 못 들어오고 떠돌아다니니 무슨 고생을 하고 다니는지….
아버지	이렇게 뵈니 아주머니는 어떻게든 살아보실려고 애쓰는 모양이

군요?

아내	자꾸 생난리를 피는 통에…. (한숨) 허지만 그렇게 죽을라면 무슨 일은 못 할까 싶어서 살아보는 거지요.
아버지	그래요, 옳은 말입니다.
아내	눈앞 캄캄할 땐 죽는 게 나을 듯도 싶지만 분한 생각에… 분한 생각이 드니깐 오기로 살고 싶네요. 누가 망하라고 권한 것도 아닌 바에야 죽기로 살면 살아가겠지 싶어서요. 자식들도 부모 못 만난 죄밖에 없는데 이때를 넘기면 즈이들 갈 길이야 없겠어요? 두 손바닥이 찢어지더라도 다시 시작해야 한다고 말해도, 우리 그인 마치 원수 갚으러 다니는 사람 모양 미쳐 돌아다니니 어떻게 해요? 흑흑……

아버지의 눈시울이 뜨거워진다.

S#26 마당(밤)

불 켜진 방들. 멀리 개 짖는 소리.
일용네가 둘째 방 앞으로 온다.

| 일용네 | 방에 있어요? |

방문이 열리며 둘째가 내다본다.

둘째	웬일이세요?
일용네	나, 부탁이 있어서 왔는데….
둘째	무슨 일인데요?

S#27 둘째 방(밤)

일용네	나 편지 좀 써줘요.
둘째	예?
일용네	우리 일용이한테 답장 좀 써주라고요.
둘째	허허.
일용네	아니, 왜 웃어요?

품에서 편지 봉투를 꺼낸다.

둘째	그 봉투에는 일용이 형이 있는 주소가 안 씌어 있잖아요?
일용네	일본이라는데?
둘째	글쎄, 일본 오오사카에서 일용 올림, 이렇게만 씌어 있으니 어떻게 답장을 씁니까, 쓰긴?
일용네	망할 놈의 자식! 왜 주소를 안 썼을까?
둘째	그야 배가 떠나게 되니까 목적지에 닿아야 주소가 확실하게 나오겠죠.
일용네	에그… 편지를 쓰려거든 답장을 보낼 수 있는 곳이라야지. 알겠어요.

일용네가 편지 봉투를 품에 넣으며 돌아선다.

둘째가 빙그레 웃는다.

S#28 안방(밤)

어머니가 옷을 깁고 있고, 그 옆에 셋째가 거들고 있다.

셋째	그동안 생각했지만… 이대로 놀고 있을 수는 없잖아요?
어머니	그렇구나!
셋째	결혼할 때까지 취직할래요.

어머니	어디… 알아봤니?
셋째	예, 학교 선생님!
어머니	선생님? 네가?
셋째	왜, 저는 선생님 못 되나요?
어머니	누가 너 같은 애송이를 선생으로 써줄까?
셋째	어머니… 얘기가 되었는걸요, 흠!
어머니	어딘데? 서울이니?
셋째	김포!
어머니	김포?
셋째	서울 시내는 자리가 없어요. 경기도 내 시골 학교는 결원이 있다고 해서…. 엄마, 괜찮죠?
어머니	여기서 김포까지 통근하게?
셋째	해보죠. 차를 한 번 갈아타면 되겠지만….
어머니	아버지께서 허락하실까 모르겠다.
셋째	왜요?
어머니	시골 학교가 되어서…….
셋째	시골이면 어때요…. 나 고생할 셈치고 무언가 한 가지 일에 열중하고 싶어요. 지금 심정으로는…….
어머니	셋째야… (사이) 너 태석이하고의 결혼은?
셋째	엄마는… 그 얘기는 끝났어요.
어머니	아버지 오시나 부다.

셋째가 불쑥 자리에서 일어선다.

S#29 마루와 뜰(밤)

아버지가 뜰에 들어선다.

셋째	아버지!
아버지	(밝게) 오냐, 별일 없었지?

어머니가 방에서 나온다.

어머니	웬일이시우?
아버지	웬일이라니? 내가 집에 돌아온 게 잘못인가? 허허허…

첫째와 며느리, 그리고 둘째가 나온다.

아버지	그 여자 정말 훌륭하더군!
어머니	(질투 나서) 그 여자? 누구 말이에요?
아버지	여자라니까 또 질투가? 흐흐.
일동	허허…
아버지	그 유영석 씨 부인… 난 얼마나 울었는지 몰라.
어머니	울어요?
아버지	여자는 그래야 해! 그런 여자가 아내지! 그런 아내와 어머니가 살아 있는 한 우리 대한민국 아직은 희망적이야, 밝은 미래 있다고! 허허…

어머니는 아직도 어리둥절한 표정이다.

아버지	뭘 봐? 나 아직 저녁 안 먹었어!
어머니	왜요?
아버지	오랜만에 반주 한잔 해야겠어, 여보! (첫째, 둘째에게) 너희들도 함께하자, 들어와!
어머니	아니, 이 양반이 돼지 키우다가 망한 집 다녀오시더니… 사람

이 그냥…….

아버지   이게 다 당신이 돼지꿈 꾼 덕이지. 허허….

일동, 웃는다.

S#30 등산
해 뜨는 아침의 산과 들이다.

S#31 주막
아버지와 유영석이 마주 앉아 소주를 마신다.

아버지 E   분명히 일러두지만, 그 핏발이 선 눈, 그 눈에 핏발이 남아 있는
           한 될 일이라곤 없어!
유영석   예?
아버지   당신의 착한 부인, 뿔뿔이 흩어져서 고생하는 자식들, 그거 생
           각해야 돼!
유영석   그러니까, 이렇게 구제해달라고 쫓아다니는 거 아닙니까?
아버지   구제는 남이 해주는 게 아니라 자기가 하는 거고!
유영석   예?
아버지   돼지 파동 겪으면서 나도 많이 원망했지. 이게 우리 농민을 살
           리는 짓인가 죽이는 짓인가 하고 분개도 했었지. 당신 말대로
           돼지 새끼를 트럭으로 싣고 와서 종로 네거리에다 풀고 싶었다
           는 그 심정 물론 이해가 돼요. 하지만 인생이란 그게 아니거든!
           일이 이렇게 된 바에야 증오심을 품고 일을 해서는 안 돼요. 남
           을 미워하는 마음이 가시기 전에는 일이 되는 법이라고는 없어
           요.
유영석   아무도 책임 안 진다는데, 누구건 너 죽고 나 죽자 하고…….

아버지	그러면, 시원할 것 같아요? 그러고 나면 살 방도가 생기고 행복해질 것 같아요?
유영석	그러면, 저같이 이래 짓밟힌 사람은 우째 어찌 살아야 합니까?
아버지	그러기에 당신 부인이 훌륭하다는 거요. 분한 생각 모다 삭여버리고 묵묵히 일하며 남편이 옛날로 돌아오기를 기다리는 그 마음, 그 얼굴이 그렇게 착하고 아름다울 수가 없었어요! 당신처럼 술 마시고 미워하고 복수만 하겠다고 아우성치는 얼굴에 비하면 그건 천사의 얼굴이지.
유영석	못난 것이 맘씨 하나는 좋습니다.
아버지	인생의 큰 고빗길에서는 반드시 아내의 말에 귀를 기울여야 합니다. 아무것도 아닌 것 같지만, 그때처럼 여자의 말이 현명하고 용기를 주는 게 없어요.
유영석	(느낀다)
아버지	양돈 사업에 성패는 그만두고, 이제부턴 빚을 피하지 말고 갚기 위해서 살아야 해요. 부모의 마지막 희생이다 하고 생계를 찾아야 해요! 저기 저 산 한 모퉁이를 내가 내줄 테니 새로 태어난 셈치고 개간을 해보겠소?
유영석	예?
아버지	새로 시작하는 거예요. 노형의 가슴속에서 부글부글 끓고 있는 그 증오의 불길을 깨끗이 씻어버리는 일부터 시작해요. 아시겠어요? 과거의 그 일을 깨끗이 잊어야 살아요. 한번 그렇게 된 걸 어쩌자는 거요? 사랑하는 처자식들을 위해 새로 시작해보세요, 예? 내가 뒤를 돌봐드릴 테니까, 응?

S#32

나란히 걷고 있는 아버지와 유영석.

아버지   (소리) 농민의 아픔은 한두 가지가 아니다. 그 아픔은 정책의 빈 곤에서도 오고, 농민의 무지에서 오기도 한다. 또한 원래부터 가난했던 우리의 환경에서도 온다. 그러나 우리는 어떻게든 그 아픔을 극복하고 살아야 한다. 피해를 입으면 따질 줄도 알아야겠지만, 그보다 더 중요한 건 현명하게 극복하는 자세다. 의 타심만 가지고 해결하려 들어서는 안 된다. 그래야 우리 농민 생활도 발전할 것이 아니겠는가.

(F.O.)

제22화

콩밥

제22화 콩밥

방송용 대본 | 1981년 3월 31일 방송

· 등장 인물 ·

할머니	정애란	형사	나영진
아버지	최불암	이해성	변영철
어머니	김혜자	교장	박종관
첫째	김용건	이식	김웅철
며느리	고두심	삼수	박경순
둘째	유인촌	동길	김순용
셋째	김영란	여학생 A	조진헌
일용네	김수미	여학생 B	조인성
막내	홍성애	여학생 C	김용선
철수 아빠	박상조	마을 유지	ext. 남 4
철수 엄마	김영옥	차장	최지원
순경	윤창우		

S#1 시골길

둘째가 경운기를 타고 간다.

S#2 버스 길

멀리서 달려오는 시외버스 한 대. 버스 안, 이식이가 입구 쪽으로 간다.

차장   정차!

버스가 선다.

이식이가 트렁크를 들고 내린다. 산뜻한 봄옷 차림이다. 그러나 사치스럽지는 않다.

이식이가 신나게 휘바람을 불며 간다.

저쪽에서 둘째가 경운기를 타고 온다.

둘째   응, 저게…? (크게) 이식이 아니니?
이식   (손을 들어 보이며) 잘 있었어?

경운기가 선다.

이식, 뛰어온다. 서로 악수하며 인사.

둘째   어디 갔다 오냐?
이식   부산!
둘째   재미 좋았겠구나.
이식   자식!
둘째   밤에 놀러 와! 잠깐 얘기나 들려줘.
이식   그래…, 내가 소주 살게!
둘째   돈 벌어 왔구나, 허허…….
이식   그래, 그래! 허허… 이따 보자.

경운기에 올라간다.

S#3 마루와 뜰

아버지가 펌프 가에서 낫을 갈고 있다.

어머니가 푸성귀 바구니를 들고 뒤뜰에서 나온다. 신선한 봄배추가 수북하게 쌓이어 눈
이 시릴 정도다.

어머니　　봄배추가 금세 금세 자라네요. 접때 솎아줬는데 또 이렇게…. 점
　　　　　심때는 멸치젓국에 버무려 풋김치 담겠어요.

바구니를 내려놓고 물을 푼다.

아버지　　셋째는 아직 안 나갔나?

어머니　　낮에 만나기로 했다던데…. (방을 향하여) 셋째야, 셋째야!

셋째가 방에서 나온다. 산뜻한 봄 차림에 머리도 손질을 해서 제법 숙녀답다.

아버지와 어머니가 대견하게 바라보며 웃는다.

셋째　　　괜찮아요, 이 옷? (뱅그르르 돈다)

어머니　　예쁘고 또 예쁘다! 흠….

아버지　　뉘 딸인데….

어머니　　김 회장 댁 셋째 딸이지유! 호호…….

어머니　　그럼, 아주 그 학교로 정했어?

셋째　　　오늘 교장 선생님하고 면담을 끝내봐야 알겠지만….

아버지　　보나 마나지!

어머니　　그게 무슨 뜻이우? 보나 마나라니…….

아버지　　(대뜸) 합격이라고 했어! 왜 잘못인가?

어머니	호호…….
아버지	허허….
셋째	김칫국 먼저 드시지 마세요! 호호….

아버지가 낫의 물기를 뿌리며 일어난다.

아버지	그렇게 차려입어도 괜찮겠니?
셋째	예?
아버지	시골 학교 가면서 옷차림 너무 야하면 오히려 불리하다.
어머니	이게 어디가 야해요? 예쁘기만 하다!
아버지	검소하게 차려입어! 화장 짙게 하고 얼룩달룩한 옷차림으로 학생들 앞에 서는 거, 그거 별로 보기 좋지 않더라.
어머니	우리 애들은 그 점에서는 염려 없어요.
셋째	사치할 재력이 있어야죠… 흠….
아버지	첫 월급 타면 옷 해 입고 핸드백 사고 화장품부터 장만하는 딸! 그건 내 딸 아니다.
셋째	염려 마세요. 첫 월급 타면 아버지 어머니 효도 관광 여행 시켜 드릴게요.
어머니	(눈을 크게 뜨며) 응?
아버지	효도 관광 여행?
셋째	예, 제주도 가실래요? 경주 가실래요?
아버지	아서라!
셋째	예?
아버지	김칫국은 내가 먼저 들이켰다! 이놈아! 오늘 면담에서 낙짓국 먹으면 어떻게 하니, 허허…….
셋째	자신 있어요… 호호…. 그럼 다녀올게요.
어머니	일찍 돌아와!

| 셋째 | 네. |

셋째가 나간다.

아버지	(멀리 대고) 돌아오는 길에 네 언니한테나 들려봐! 요즘 통 소식이 없구나.
어머니	소식이 없어야 편해요. 그 애는 소식 있다 하면 산다 못 산다 하니까….
아버지	이 사람은 같은 자식인데도 차별 대우야!
어머니	손가락에두 길고 짧은 게 있는걸요.
아버지	모르는 게 없더라… 이 사람….

아버지가 찬물을 어머니의 얼굴에 튕긴다.
질겁하는 어머니. 뒤뚱대며 도망치는 아버지.

S#4 철수네 방

철수 아빠가 철수 엄마 등에다가 안마고약을 붙여주고 있다.

철수 아빠	여기야?
철수 엄마	조금 아래.
철수 아빠	여기?
철수 엄마	조금 옆에.
철수 아빠	그럼 여기?
철수 엄마	조금 위.
철수 아빠	신경질 나네.

하며 짝 소리 나게 등을 친다.

256

철수 엄마   아이고…….

방바닥에 팩 쓰러진다.

철수 아빠   똑똑치 못하게… 도대체 어디에다 고약을 붙이라는 거야, 응?
철수 엄마   어디에요? 결리고 담 든데……. (엄살부리며) 아이고… 아이고….
철수 아빠   그러니까 확실한 자리를 말해야지! (흉내 내며) 조금 아래… 조
          금 옆에….
철수 엄마   그만둬요, 싫으면!
철수 아빠   뭐라고…….
철수 엄마   인천에 용한 침쟁이가 있다던데 침이나 맞겠어요.
철수 아빠   일하기 싫으니까 꾀병 부리는 거 아니야, 응?
철수 엄마   아이그…, 이이는 어디서 밤낮 사기꾼들만.
철수 아빠   뭣이 어째, 사기꾼?
철수 엄마   아, 아니에요…. 저… 그게 아니고…….

철수 아빠가 눈을 부릅뜨자 잽싸게 피하는 철수 엄마 특유의 그 몸짓.

일용네   (밖에서 퉁명스럽게) 있에요?
철수 엄마   예? 예…….

철수 엄마가 방문을 연다. 일용네가 서 있는데, 싸늘하고 독기 있는 눈.

일용네   뭣들 하고 있어요! 빨랑 나와서 일들 하지 않고서…….
철수 엄마   뭐요?
일용네   김 회장이랑 모두 나와서 일하는데 해가 낮 되도록 방구석에서
        뭣들 하는가 말이에요?

일용네가 마치 주인이나 되듯 버티고 서서 눈을 굴린다.

철수 엄마　아니 저 할망구는 왜 나를 못 잡아먹어서 성화일까?

일용네　잡아먹다니?

철수 엄마　그래, 우리가 방구석에서 씨름을 하건 레스링을 하건 무슨 참견 이요?

밖으로 나간다.

S#5 뜰

일용네가 약간 질린 듯 슬금 피한다.

철수 엄마가 삿대질을 한다.

철수 엄마　이녁이 뭐여, 응? 이 집 주인이여, 시어머니여? 왜, 왜, 그래? 왜, 나만 보면 그 도둑고양이처럼 움먹한 눈으로 사납게 굴어, 응?

일용네　아, 아니 좀 천천히 좀 말을 해요.

철수 엄마　나 원, 살다 보니까 별놈의 할망구가 다 나서서….

일용네　(일갈을 뱉으며) 네 이것!

철수 엄마　(입을 벌린 채) 어머!

일용네　할망구가 뭐여, 응? 말이면 다 하는 줄 알아? 저절로 째진 입이 라서 아무렇게나 말하면 다인 줄 알아? 요망스러운 것 같으니, 할망구가 뭐야?

철수 엄마　아니 정말 이건… 나를 뭘로 보고 이럴까?

일용네　뭐는 뭐야, 어디 장돌뺴기 아니면 사기꾼이지?

철수 엄마　응?

S#6 방 안

방에서 나오려던 철수 아빠. 착잡하고도 당황해하는 표정.

일용네   요즘 젊은것들 말버릇 나쁘다고 했더니만, 이런 여편네가 있으
            니 그 본을 따라서 그렇다구! 윗물이 맑아야 아랫물이 맑지! 그
            래 늙은이 업고 다니지는 못할망정 할망구라니… 어디서 배워
            먹은 수작이야! 우리 일용이가 오기만 해봐라… 내 그저 그날
            로….

S#7 뜰

나오는 철수 아빠. 두 손을 쓱쓱 비비며 알랑거린다.

철수 아빠   할머니, 고정하세요. 제가 대신 이렇게 사죄하겠습니요.
철수 엄마   내가 무슨 잘못이 있었기에 사죄를 해요, 하긴….
철수 아빠   그 주둥아리 꼭 채우지 못해?

철수 아빠의 손이 번쩍 들리자 잽싸게 팔을 들어 방어하는 그녀 특유의 자세.

일용네   여편네 길들이는 건 남편 손에 달렸지…. 보아하니 당신은 그게
            서툴렀어…. 에그, 그저 강아지와 계집은 어려서 두들겨 패야
            지.

일용네가 두렁두렁 입을 놀리며 나가버린다.
철수 아빠의 매서운 눈초리.

철수 아빠   그 입조심 못 하겠어? 그러니까 사기꾼 말 듣게 되었지….
철수 엄마   에게게…. 뭣 묻은 개가 뭣 묻은….

철수 아빠   이게, 정말….

고무신짝을 벗어 들자 잽싸게 방 안으로 피하면서 문을 닫아버리는 철수 엄마.

철수 아빠   문 안 열어?

S#8 시골 중학교 전경.

S#9 교장실
수업 중인 옆 교실에서 들려오는 소리.
교장 선생님이 셋째를 면접하고 있다.
탁자 위에 이력서며 교직과 이수증이며 기타 서류가 놓여 있다.

교장   그만한 각오라면… 나도 안심은 하겠지만 이곳은 좀 사정이 다
       르지요.
셋째   예?
교장   시골이면서 서울과 인접한 곳이라 학생들이… 게다가 남녀공
       학이라는 점도 유의해둬야 할 거예요.
셋째   예, 잘 알고 있습니다.
교장   참, 아버님께서 여러 가지로 농촌 일을 위해 애쓰신다는 얘기
       도 들었어요. 그런 어른의 자녀니까 나도 일단은 마음이 놓이
       기는 합니다만…. 헛허…, 아무튼 앞으로 잘해봅시다.
셋째   예.
교장   교감 선생님한테 가서 학급 배정과 기타 교무 일반에 관한 지
       시를 받으세요.
셋째   예, 열심히 일해보겠습니다.

셋째는 일어나서 공손히 절을 한다.

교장이 미소 짓는다.

S#10 둘째의 방 앞(밤)

서너 사람의 신이 놓여 있다.

맑은 청년들의 웃음소리.

S#11 부엌(밤)

어머니와 며느리가 술상을 차리고 있다.

어머니	이식이가 서울에서 돈 벌어 왔단다.
며느리	뭘 해서 돈 벌었대요?
어머니	친척이 무슨 어망회산가 뭔가 한다는데…, 앞으로는 그쪽으로 아주 옮긴다는 얘기더라….
며느리	데련님이 섭섭하시겠어요.
어머니	섭섭하긴…. 남자는 친구들이 여기저기 흩어져 있는 것이 더 좋다더라.
며느리	왜요?
어머니	오며 가며 한잔하기 좋잖아… 호호….
며느리	원, 어머니두….
어머니	그 냄비 올려라.
며느리	제가 상 들일게요.
어머니	내가 가지고 간다니깐….
며느리	술은요?
어머니	이식이가 사 왔단다.

며느리가 끓는 찌개 냄비를 날렵하게 상에다 옮긴다.

어머니가 상을 들고 나간다.

S#12 뜰(밤)

어머니가 부엌에서 상을 들고 들어오자 개가 짖으며 꼬리 친다.

어머니   저리 비켜….

S#13 둘째 방(밤)

방 안에서 웃음소리가 일시 터진다.

어머니   둘째야… 둘째야.

방 안의 웃음소리가 멎는다.

방문 열리고 둘째가 상을 받는다.

둘째   어머니가 내오세요? 저를 부르시지 않고서.

친구들 얼굴이 보인다.

어머니   많이들 먹고 재미있게들 놀다 가.

이식   예, 어머님 많이 먹겠습니다.

S#14 둘째 방 안(밤)

상을 둘러앉은 이식, 삼수, 동길. 이식이가 양주 병을 꺼낸다.

이식   자, 이걸로 들자.

삼수   그거 무슨 술이냐?

이식	보면 몰라?
동길	양주구나.
둘째	자식! 돈 벌어 왔다고 이제 양주로 한턱내는군!

일동 까르르 웃는다.

이식이가 입으로 마개를 뽑는다.

이식	자… 다들 들어.

모두들 술잔을 든다

둘째	어디 서양 술 맛 한번 보자.
이식	(따르며) 이거 국산이다.
둘째	그래?
이식	요즘 테레비에서 선전하잖아?
동길	세상 좋구나… 이제 농촌에도 양주가 밀려드니….
삼수	그게 좋은 일인지 나쁜 일인지 두고 봐야지.
이식	자… 들자.

모두들 잔을 들어 가볍게 부딪친다.

둘째	들자! 수고했다, 이식아!
이식	고맙다!

모두들 술을 마신다.

삼수	역시 좋구나!

둘째	참새가 죽어도 쩍— 한다고 않던? 헛허….
이식	우리나라 양주 마시지 말라는 법 없지.
둘째	그래 부산서 살 만하던?
이식	월급 타면 혼자 쓰고 한 달에 3, 4만 원 저축을 할 정도니까, 뭐….
둘째	야, 머지않아 우리 마을에 재벌 나오겠어! 헛허….

일동 까르르 웃는다.

이식	참… 나, 만났지!
둘째	응?
이식	너희 집서 일 보던… 그 있지?
둘째	우리 집? 일용 형?
이식	그래, 맞아… 일용 형!
둘째	부산서? 언제?
이식	그래!
둘째	그럴 리가 없는데….
이식	그럴 리가 없다니?
둘째	일본서 편지가 왔는데… 혹시 잘못 본 거 아니야?
이식	이런! 내가 차 사고 담배 한 갑 사줬어! 그것도 거북선으로….

어리둥절해하는 둘째.

S#15 안방(밤)

저녁 후의 한가로운 식구들.
과일을 깎아 먹으며 둘째, 첫째, 아버지와 어머니가 놀라는 표정.

아빠	일용이가?
어머니	부산에?
둘째	이식이가 봤대요.
첫째	아니, 일본 오사카에서 그새 돌아왔단 말이지? 그럼….
둘째	글쎄, 그게 이상하다니까요.
첫째	정확하게 언제라고?
둘째	그게 오후래요. 고속버스 예매표 사러 나가다가 광복동에서….
어머니	웬일일까요? 일용네가 이걸 알면 어떻게 하죠?
아버지	당분간 비밀로 해!
어머니	예?
둘째	그래요…. 편지 왔다고 그렇게 좋아하시던데…. 이걸 알면 아마… 졸도할지도 모르죠.
어머니	그 기에 졸도하고도 남지.
첫째	그렇지만, 자세한 얘기를 알아봐야지, 그것만으로는 몰라.
둘째	예?
첫째	일본과 부산쯤이야 자주 왕래가 있는데 말이야.
둘째	눈치가 그게 아닌가 봐.
첫째	응?
둘째	하고 있는 몰골이며 수작이 아직도 배에 못 탄 것 같더래요.
아버지	그게 사실이지?
둘째	이식이 얘기가, 자세한 얘기를 잘 않더래요!
어머니	저런!
둘째	게다가 고향에 가더라도 절대 자기 만났다는 말 하지 말아달라면서….
일용네	(밖에서) 계세요? 들어가도 되요?

아버지가 입에다 손을 대다 말고, 하지 말라고 시늉을 한다.

어머니   들어와요.

방문 열리며 일용네가 고개를 내민다.
무슨 좋은 일이라도 있었는지 눈웃음을 띠고 있다.

일용네   아이고… 회장님, 진지 잡수셨어요?
아버지   들어와요.

일용네가 방으로 들어온다. 분위기가 어딘지 서먹서먹하다.

일용네   저… 다른 게 아니라요… 우리 일용이 일인데….

다시 모두들 시선을 마주친다.

일용네   아니, 왜들 그런 눈으로들 보세요? 참 이상도 하시네.
어머니   누가 이상해요? 무슨 얘기예요?
일용네   싫어요!
어머니   어머….
일용네   모처럼 부탁 좀 하려고 했더니, 원….
아버지   저… 일용 어머니!
일용네   예?
아버지   일용이 편지 가지고 계세요?
일용네   (금시 밝은 표정) 예, 여기 있어요.

주머니에서 항공용 봉투를 꺼내 보인다. 그새 자주 꺼내 본 탓으로 봉투 접은 자국이 닳
았다.

일용네   사진도 보시겠어요?

아버지   아니에요.

아버지가 편지 봉투에 찍힌 소인을 본다. 모두들 긴장한다.

일용네   뭘 보세요, 회장님?

아버지의 표정이 난색을 표명한다.

일용네 E   사진 가져올까요? 내 방에다가….

아버지가 길게 한숨을 뱉는다.

첫째가 다시 봉투를 본다.

그리고 둘째도 재확인을 한다.

둘째   (무심코) 부산이군!

일용네   부산?

어머니   (둘째를 말리며) 얜!

일용네   무슨 얘기들이에요? 일용이가 편지를, 부산이라니?

아버지, 담배를 피워 문다.

아버지   (마음의 소리) 사실대루 얘기를 해줄까? 이 불쌍한 노인 가슴에
            또 병을 들게 할 순 없지. 그렇다고 언제까지 속여둘 수도 없잖
            아? 아… 망할 자식….

일용네   김 회장님, 나 부탁이 있는데….

아버지   예? 말씀하세요.

일용네	우리 일용이 몫으로 저금통장 하나 만들어주세요.
어머니	저금통장?
일용네	일용이가 돌아올 때까지 에미가 양복 한 벌 값이라도 저금을 해야겠어요. 그러니 나가시는 길에 마을금고에다가 하나 만들 어주세요. 여기 돈하고 도장 있으니까!

주머니에서 봉투를 꺼낸다. 아버지가 그 봉투를 집는다.

아버지	그렇게 하세요.
일용네	헷헤…, 역시 우리 김 회장님 아니면 나는 못 산다니깐…. 홋 호… 그럼 부탁합니다.

자리에서 일어나 나간다.

어머니	어디 가세요?
일용네	나… 일하다가 왔어요. 헷헤….

일용네가 사뭇 밝은 웃음을 지으면서 나간다.
모두들 우울한 표정이다.

어머니	이 일을 어떻게 하죠?
아버지	망할 자식…….

S#16 보리밭
철수 아빠와 둘째가 보리밭에 거름을 주고 있다.

S#17 마을

집들 어귀에 아버지가 나타나 집을 묻고, 동네 집들 사이로 들어온다. 소들도 있다.

S#18 이식의 집 앞

울타리 너머로 말을 던진다.

아버지   이식이 있나? (사이) 이식이!

방문이 열리며 반소매 셔츠 바람으로 이식이가 나온다.

아직 자고 있었는지 눈이 부스스한 데다가 아래는 파자마 바람이다.

이식   누구세요?

아버지   나야… 이 사람아!

이식   아이고… 회장님…, 들어오세요.

아버지   오랜만에 고향에 왔다고 잠만 자건가… 이 사람….

이식   죄송합니다.

아버지   어른들은?

이식   보리밭에 웃거름 주러 나가셨어요. 아버지 오시라고 할까요?

아버지   아닐세, 이식이한테 좀…….

이식   예?

아버지   일용이 만났다면서?

이식   예.

아버지   그 얘기 좀 자세히 듣고 싶어서…….

이식   예… 올라오세요.

아버지   아냐! 여기서도 돼….

마루 끝에 걸터앉는다.

S#19 마루

어머니와 며느리가 김치를 담그고 있다.

어머니가 버무린 김치를 한 가닥 집어넣고 또 한 가닥을 며느리에게 준다.

어머니   먹어봐라. 간이 안 싱거운지 모르겠다.

며느리   (입에 넣고) 조금 싱거운가 봐요.

어머니   그렇지? 난 요즘 도무지 간을 모르겠더라. 이제 늙었는지….

며느리   어머님두….

어머니   그 간장 그릇 좀…….

간장 그릇을 건네자 어머니가 간장을 조금 부어 다시 버무린 다음 항아리에 담는다.

며느리   일용이가 일본에 안 갔다면서요?

어머니   어디서 들었니?

며느리   아범이 그러던데요.

어머니   아무한테도 그 얘길 안 하기로 했는데 왜 또 헤프게 입을 놀리냐, 그 애는….

며느리   어머! 제가 알면 못쓰나요?

어머니   그게 아니라, 일용네 귀에 들어갈까 봐서 그렇지!

며느리   그렇지만 언제까지나 비밀로 할 수는 없죠.

어머니   뭐라구?

며느리   어차피 알게 될 텐데, 그럴 바에는 처음부터 다 털어놓는 게 좋을 거예요.

어머니   아니 어쩜 너는 그렇게 인정사정도 없는 소릴 마구 내뿜냐?

며느리   그게 어째서요?

어머니   사람이 그렇게 냉정하게 남의 일 보듯 말할 수 있어? 너도 장차 자식 낳고 키워봐!

며느리	저 이미 애기 엄마잖아요.
어머니	더 키워서 시집 장가 보내봐야 부모 마음 안다. 요즘 젊은것들은 그저 자기 하나, 자기 몸뚱이 하나만 생각했지 남은 죽건 말건… 에그, 일용네 심정을 생각 좀 해봐! 그 사실을 알았을 때 어떻게 생각하겠는지….
며느리	그, 그거야 왜 전들 모르나요…….
어머니	그러면서 왜 그런 소릴 하니? 그 노인네가 죽는 꼴 봐야 시원하겠어?
며느리	아이, 어머님두! 누가 죽는 꼴 보겠대요? 어차피 알려야 할 일이면 차라리 사실대로 알려서 그에 대한 대책을 세우는 게 낫다는 얘기죠!
어머니	대책?
며느리	그래요, 어머님! 그 암 환자가 다 죽어가는데 환자에게 사실대로 알리는 게 좋은가 안 알리는 게 좋은가의 문제와도 같다고 봐요.
어머니	(마음의 소리) 역시 너는 대학물을 먹어서 다르기는 다르구나! 그려, 언젠가는 알게 될 일이라면 빨리 알려서 일용이가 시궁창 속으로 빨려 들어가기 전에 구해내야지. 일용네 가엾다고 쉬쉬하다가는 젊은 일용이가 탈 나지… 크게 나!

어머니가 불쑥 자리에서 일어난다.

며느리	어디 가세요?
어머니	네 아버님한테 의논 좀 하고 올 테니까, 이 항아리 그늘로 옮기고 치워라.
며느리	예, 다녀오세요.

어머니가 부엌 쪽으로 돌아가려는데 부엌에서 일용네가 나와 선다. 모든 얘기를 듣고
난 표정이다.

어머니   아니… 언제 왔수?
일용네   ….
어머니   왜 그러고 서 있어요?
일용네   그럼 역시…….
어머니   예, 뭐가요?
일용네   그래서 김 회장이랑…… 아드님들이…… 편지 봉투를…….

일용네가 주머니에서 편지 봉투를 꺼낸 다음 짝짝 찢는다.

일용네   이놈! 이 불효막심한 놈!

일용네가 땅바닥에 주저앉아 통곡을 한다.

일용네   아이고, 아이고오…….
어머니   잊어버려요. 다 산 것도 아닌데……. 사람이 살다 보면 그럴 수
          도 있지 뭘 그래요.
일용네   흑흑… 그래도 이번만은…….
어머니   그렇다고 일용이가 뭐 죄지을 짓을 한 것도 아니니까… 사정을
          자세히 알아보도록 해서….
일용네   흑흑…! (더 크게 운다)

S#20 이식의 집 앞
아버지와 이식이가 대문에서 나오고 있다.

아버지	일용이가 묵고 있는 게 어느 여관인지 알았던들 좋았을 텐데…….
이식	글쎄요. 저한테도 그것은 안 가르쳐주더군요.
아버지	음… 그놈을 찾아서 데려와야 할 텐데….
이식	그 대신 제 주소와 직장 전화번호를 가르쳐주었으니까 어떤 무슨 기별이 있을지도 모르겠어요.
아버지	음… 그럼 말이야, 연락이 있는 대로 나한테 알려주게!
이식	예.
아버지	그 대신 절대 비밀일세, 알겠나?
이식	예, 그렇게 하죠.
아버지	그럼 잘 쉬게. 내일 아침 차로 간다고 했지?
이식	예…, 살펴 가세요.

아버지가 자전거에 올라타고 간다.

이식의 께름칙한 표정.

S#21 운동장

교문 또는 운동장. 학생들이 쏟아져 나오고 있다.

셋째가 퇴근하고 있다.

여학생들이 호기심에서 셋째의 뒤를 졸졸 따라가며 소근거린다.

여학생 A	김 선생님 예쁘지?
여학생 B	역사보다는 영어 선생님이었으면 좋겠다.
여학생 C	왜?
여학생 B	영어는 일주일에 다섯 시간 들었으니까.

낄낄 웃는다.

셋째는 못 들은 척하며 교문을 나선다.

그 뒤에서 학생들이 일제히 소리친다.

학생들   김 선생님, 안녕히 가세요!

셋째가 뒤를 돌아보며 반사적으로 손을 흔들어 보인다.

셋째   안녕!

학생들도 장난기 있게 손을 흔들며, 안녕! 한다.

S#22 정류장

셋째가 서 있다. 셋째가 손목시계를 본다.

버스 팻말.

셋째   (마음의 소리) 아… 나의 새출발!
남자   (목소리) 여기서 타십니까?

셋째가 돌아본다.

이해성이 가방을 들고 서 있다. 안경을 썼다.

해성   통근하시기가 불편하시겠네요.
셋째   네.
해성   고되시죠?
셋째   재미있어요.
해성   김 선생님 같은 분이면 서울 학교에도 얼마든지 자리가 있을
             텐데요?

셋째	저는 시골 학교가 더 좋아요. 저도 농촌 태생이고 우리 집안도 농사짓는데요?
해성	아…….
셋째	서울보다 몇 배 좋아요. 맑은 공기, 아름다운 자연 풍경, 게다가 순박한 인심….
해성	글쎄요, 그럴까요?
셋째	예?
해성	그건 어디까지 관념적인 시골이죠. 지금은 시골도 도시도 앓고 있는 문제들은 매한가지죠.
셋째	(보다가 클랙슨 소리에 돌아선다)

버스가 뽕뽕 클랙슨을 울리며 와서 멈춘다.

S#23 버스 안

차장	출발!

빈자리에 셋째가 유리창 가로 앉고, 이어서 해성이 옆에 앉는다.
버스가 움직인다.

S#24 마당(밤)

멀리 개 짖는 소리.

S#25 안방(밤)

어머니와 철수 엄마가 뜨개질하고 있다.

철수 엄마	그럼 결국 배도 안 탔으면서도 탄 것처럼 속였다 이건가요?
어머니	(한숨) 세상에 부산에 있으면서 일본 오사카에 있다고 거짓말

을 꾸며대다니 원…! 어쩜 사람들이 그렇게 입에 침 하나 안 바르고 거짓말을 하는지 원…. 속이면서 제대로 잠이 오고 밥이 목구멍으로 넘어갈까? 원… 쯧쯧….

철수 엄마　(난처해서) 다 그럴 만한 이유가 있고 사연이 있겠죠. 누가 속이고 싶어 그러겠어요?

어머니　　그래두 그렇지! 게다가 사진까지 찍어서 보냈으니……, 그것만 아니었어두 일용네가 저렇게 복통 터지게 슬퍼하지는 않지! 왜 거짓말을 하는가 말이에요, 왜?

철수 엄마는 마치 자신이 힐책을 당하는 듯 착각에 사로잡혀 뜨개질이 엉망이다. 헛바늘을 이리저리 돌리고 있다.

어머니가 그 빗나가는 손끝을 보고 웃는다.

어머니　　아니, 지금 뭘 하고 있는 거예요?

철수 엄마　네? 네, 후후… 요즘은 어쩐지 이 눈이 잘 안 보여서, 호호….

어머니　　눈이 잘 안 보여요?

철수 엄마　영양실존가 봐요. 그이한테 부탁해서 간유라도 사서 먹어야지 안 되겠어요. 헤헤….

어머니　　에그, 밥 잘 먹으면 됐지, 간유는 그건 아이들이나 먹는 거죠.

철수 엄마　안 그래요. 중년기에 접어들수록 건강관리를 잘해야죠. 에그, 이 손 좀 보세요. 세상에….

손을 편다. 매니큐어 자리가 더러는 벗어지고 손톱은 아직도 길다.

어머니가 그걸 잽싸게 발견한다.

어머니　　어머! 그게 뭐예요?

철수 엄마　왜요?

276

어머니	당장에 손톱 깎아요! 그런 손으로 어떻게 농사를 짓는다 구⋯⋯.
철수 엄마	그렇지만⋯.
어머니	뭐가 그렇지만이에요? 자요! 오빠께서 보시면 큰 벼락 떨어져요. 자, 손톱깎이 여기 있어요.

경대 서랍에서 손톱깎이를 내준다.
철수 엄마가 난처해진다.

어머니	손톱을 그렇게 길러가지고 어떻게 일을 해요? 손톱이 빠지고 발톱이 빠져나가도록 일을 해야 할 텐데. 이제 춘분도 지났겠다, 농촌 일은 한가할 틈이 없어요. 못자리해야지, 보리밭에 웃거름 줘야지, 객토가 끝나는 대로 퇴비나 짚북데기를 깔고 깊이갈이를 해야지⋯.
철수 엄마	아이고, 그만 그만!
어머니	예?
철수 엄마	듣기만 해두 어지러워요⋯ 손톱 깍을 테니, 제발⋯.
어머니	(웃으며) 잘 생각했어요.

철수 엄마가 손톱깎이를 집어 든다.
이때 밖에서 개 짖는 소리.

어머니	누가 왔나?
윤 순경	(소리) 계세요?
어머니	응?
윤 순경	(소리) 김 회장님, 계세요?
어머니	누, 누구세요?

자리에서 일어나 방문을 연다.

S#26 마루와 뜰(밤)

윤 순경이 거수경례를 붙인다.

윤 순경　　　지서에서 나왔습니다.

어머니　　　오, 윤 순경님 아니세요?

S#27 방 안(밤)

덜커덩 가슴이 내려앉는 철수 엄마.

철수 엄마　　수, 순경? 응······.

S#28 마루와 뜰(밤)

윤 순경　　　김 회장님 어디 가셨어요?

어머니　　　예, 저녁 드시구 잠깐······ 무슨 일로 그러신대요?

윤 순경　　　인구조사 관계로 좀······.

어머니　　　인구조사요?

윤 순경　　　네, 내일 면장이랑 모두 참석하는 회의를 갖기로 해서 말씀이

　　　　　　 에요.

어머니　　　네, 그럼 오면 그렇게 전하죠.

윤 순경　　　네, 열 시까지 나와주십사 하구. 외지에서 전입한 사람이 없으

　　　　　　 면 별문제가 없겠지요.

어머니　　　예······.

S#29 방 안(밤)

방 한구석에 숨듯 서 있는 철수 엄마.

어머니   (소리) 조심해서 가세요.
윤 순경   (소리) 안녕히 계세요.

개가 짖는다.

어머니   (소리) 사월이, 시끄러워. 저리 가!

철수 엄마가 일하던 걸 챙겨 들고 나간다.

S#30 마루와 뜰(밤)

어머니가 토방으로 올라온다.

어머니   아니 왜 벌써…….
철수 엄마   고, 골치가 땅 하고 몸이 바드득한 게…… 좀 누워야겠어요. 형님!
어머니   손톱 안 깎으려고 핑계 대는 것 아니에요?
철수 엄마   지금 손톱 걱정하게 됐어요? 나, 가요!

철수 엄마가 설치면서 나간다.
어머니가 피식 웃는다.

S#31 철수네 방(밤)

철수 아빠의 긴장이 된 얼굴.

철수 아빠   뭐, 경찰이?

철수 엄마	예…… 그렇다니깐.
철수 아빠	그래, 뭐라구?
철수 엄마	무슨 인구조산가 뭔가 한다는데 외지에서 온 사람을 가려내는가 봐요, 눈치가! 여보, 그러니 이 일을 어떻게 하죠?
철수 아빠	음…… 혹시 우리가 여기 있다는 걸 낌새를 맡고 왔을까?
철수 엄마	글쎄, 여보! 무슨 대책을 세워야죠. 이대루 있다가는 영락없이…….

심각해지는 철수 아빠의 표정.

S#32 일용네 방 앞(밤)

어머니가 방문 앞으로 들어선다.

어머니	계세요? 일용네, 좀 어때요?

방에서 뭐라고 힘없이 대꾸하는 소리.
어머니가 방 안으로 들어간다.

S#33 방 안(밤)

일용네가 이마에 띠를 두르고 누웠다. 머리맡에 물그릇이 덩그러니 놓여 있다.

어머니	좀, 어때요?
일용네	그저… 그래요! 이제 죽을 날이 다가오는지….
어머니	또 죽는다지…. 너무 걱정 말아요. 그렇잖아두 오늘내일 새 부산에 내려가봐야겠대요.

일용네가 거짓말처럼 벌떡 일어나 앉는다.

일용네	부산? 김 회장께서 부산엘 내려가신다구요……?
어머니	에그….
일용네	그게, 정말이에요?
어머니	예, 그러니 다른 걱정일랑 말구 밥두 드시구 힘을 내서 일용이를 만나봐야잖아요?
일용네	내, 이 자식을 보기만 하면 그저….

머리맡의 물그릇 들더니 곧 내려칠 듯하다가 꿀꺽꿀꺽 마신다.
어머니가 빙그르르 웃는다.

일용네	그렇지만… 한 가지는 믿어지지가 않아요.
어머니	예?

일용네가 사진을 베개 밑에서 꺼낸다.

일용네	이렇게 배 위에서 사진을 찍었는데, 그게 거짓말일까요?
어머니	사진이야 어디 가면 못 찍나요? 친구한테 부탁할 수두 있고, 사진사한테 부탁하면 그거 찍는 거야 누워서 떡 먹기죠. 흠, 흠….
일용네	이놈이 늙은 에미를 속여서 꾸며대려구 빌어먹을 놈, 이놈!
어머니	그게 속인 거예요? 어머님을 안심시키려구 그러는 게지….
일용네	그게 어째서 안심시키는 거예요? 이 가슴에다 비수를 꽂구 고춧가루를 뿌리는 격이지! 망할 녀석! 그저 돌아오기만 해봐라! 그대루 가만두지 않을 테니까!

S#34 마루
아버지가 양복을 입고 넥타이를 매며 나온다.
둘째가 일 끝에 들어와 토방으로 오른다.

둘째	아버지, 어디 나가세요?
아버지	응! 지서에….
둘째	지서엔 왜요?
아버지	열 시부터 무슨 회의가 있다구 해서.

철수 내외가 들어온다. 빨간 가방을 들었다.

철수 엄마	오빠! 어디 가세요?
아버지	응, 지서에 회의가 있다. 어디 가려고?
철수 아빠	서울에 잠깐 다녀오겠습니다.
아버지	서울? 왜?
철수 아빠	예! 돌아가신 아버지 제삿날이어서요.
아버지	제사 지내려고?
철수 엄마	예! 그, 그래요. 아무리 못산다지만 부모 제삿날을 그대로 넘길 수야 있겠어요? 그래서…!
아버지	그럼, 잠깐 다녀올 텐데 그 가방까지 왜 가지고 가?
철수 엄마	예, 가서 갈아입을 옷이며 이것저것 있고 해서요….
아버지	그럼, 언제 오겠어?
철수 아빠	네, 한 사흘 아니면 나흘…. 그렇지?
철수 엄마	예, 예! 농촌은 이제부터 일이 한창이라는데 비우게 해서 안됐어요, 오빠.
아버지	그런 걱정 말어! 부모 제사 모시려는 효성 있으면 됐지. 어서 가봐.
철수 엄마	예, 그럼….
철수 아빠	안녕히 계세요.

두 사람이 인사를 하고 나간다.

둘째가 뭔가 미심쩍게 느껴지는 듯 멀거니 바라본다.

둘째	이상하다!
아버지	뭐가?
둘째	왜 저렇게 안절부절못할까요? 제사면 제사지….
아버지	차 시간 땜에 그러겠지. 나, 다녀오마!
둘째	예, 다녀오세요.

S#35 논두렁길
바쁘게 쫓기는 듯하면서 가는 철수네 내외의 급한 얼굴들.

S#36 지서 앞
아버지, 그리고 몇몇 사람의 동리 어른들이 나온다.

윤 순경이 형사 한 사람을 데리고 나온다.

아버지	수고들 하셨어요. 그렇게들 알고 서로 협력해봅시다.
유지들	예, 그러죠.
윤 순경	김 회장님!
아버지	예?
윤순경	잠깐 뵙겠다는 사람이?
아버지	나를?
형사	실례합니다!
윤 순경	도경 수사과에서 나오셨는데요.
아버지	아…….
형사	잠깐 협조를 좀 얻고 싶어서….
유지들	그럼, 회장님 천천히 오십시오….
아버지	예, 살펴 가세요.

유지들이 뿔뿔이 헤어진다.

| 아버지 | 무슨 일인데요? |
| 형사 | 사람을 찾고 있는데요…. |

형사가 주머니에서 사진을 꺼내 보인다. 철수 아빠의 사진이다.

아버지   아니!

형사   아십니까?

아버지   예, 우리 집에…….

형사   지금 있습니까?

아버지   아침에 떠나갔는데요….

형사   어디로 간다고 하던가요?

아버지   서울로 아버지 제사 모시러….

형사   한발 늦었군!

아버지   아니, 무슨 일인데….

형사   문화재보호법 위반으로….

아버지   문화재보호법 위반이라뇨? 그 사람들은 문화재하고는 아무런….

형사   신안 앞바다에서 인양된 도자기를 일본으로 수출시키려다가 달아난 공범이죠.

아버지   예, 도자기를? 그 송나란가 명나라 때 도자기 말씀입니까?

형사   일당 열한 명 가운데 그 두 사람도 끼어 있죠. 장물을 그 두 사람이 어디다 은닉하고는 아마 김 회장 댁에서 숨어 살았던 모양입니다.

아버지   그럼 어떻게 하죠?

형사   걱정 없습니다. 체포는 시간 문제니까요. 아무튼, 감사합니다.

S#37 마루와 뜰

아버지를 에워싸듯 온 식구가 더러는 서고 더러는 앉아 있다.

어머니, 둘째, 며느리, 막내, 일용네.

어머니	송나라 때 도자길?
둘째	신문에도 가끔 나오잖아요.
며느리	언젠가 텔레비전에도 나왔어요. 그걸 팔면 억대를 받는다던데!
어머니	세상에!
둘째	아! 이제 생각난다.
어머니	응?
둘째	가끔 둘이서 싸울 때 "1년만 참자고 하고 못 기다리겠다던" 그 말! 그렇니까, 그 고모는?
어머니	그게 무슨 고모냐? 촌수에도 없는 사기꾼이지. (아버지에게) 그러기에 제가 뭐랬어요?
아버지	아니, 왜 또 나보고 그래?
어머니	따지고 보면 당신 책임이죠!
아버지	그게 왜 내 책임이야? 내가 그 신안 앞바다에 가서 송나라 명나라 도자기를 건져내라고 했단 말이야?
어머니	그런 얘기가 아니라, 그 두 사람을 집에 있게 했으니 결국 우리도 공범자가 아니냐구요?
일용네	그렇지! 그러니까 그 여편네는 사기꾼이었어. 그 얘기만 나오면 그 접시만 한 눈을 위아래로 굴리더라.
어머니	에그, 이게 무슨 챙피야?
며느리	그게 왜 우리 챙피인가요?
어머니	김 아무개 회장의 친척 쪼가리가 문화재를 어쩌고저쩌고했다고 신문에 나고 텔레비전 나오면 그게 챙피가 아니고 뭐냐? 아이구, 난 남부끄러워서 못 산다니까!

아버지	아니, 이 사람은? 아까부터 마치 내가 신안 앞바다 보물을 탐내
	다가 들킨 양 얘길세!
어머니	당신이야말로 이제 콩밥 맛보시게 되었지.

할머니가 방에서 나온다.

할머니	왜 이렇게 시끄러우냐?
어머니	어머님! 아들께서 콩밥 먹게 되겠어요.
할머니	콩밥? 그래 봄에 입맛 없을 제는 입맛보다는 콩밥이 맛있지!
어머니	예?
할머니	그 콩밥 짓고 누룽지 눌려 숭늉을 잘 끓이면 그 구수한 맛이
	좋지! 그런데 요즘은 웬일인지 숭늉 맛도 제대로 맛볼 수 없는
	세상이니, 어떻게 되어가는 판국인지… 원.

모두들 자기를 바라보고 있음을 의식하자 불쾌해진다.

할머니	왜 보고 있어? 콩밥 먹고 싶다는 게 왜 잘못이니?
아버지	어머니, 그게 아니라요
할머니	너희들 먹기 싫으면 그만둬! 나는 콩밥 먹고 싶으니까. 일용네,
	콩 좀 담구었다가 내일은 콩밥 좀 해 먹도록 하게.
일용네	예!
할머니	콩밥이 좀 좋아? 음!

할머니가 구시렁대며 방으로 들어간다. 희비가 엇갈리는 표정들.

(F.O.)

꽃바람

제23화 꽃바람

방송용 대본 | 1981년 4월 7일 방송

·등장 인물·

할머니	정애란
아버지	최불암
첫째	김용건
어머니	김혜자
며느리	고두심
둘째	유인촌
맏딸	엄유신
사위	박광남
막내	홍성애
일용	박은수
일용네	김수미
이식	김웅철
면장	박규채
아낙 A	이수나
아낙 B	유명옥
아낙 C	서영애
아낙 D	이진성
레지	조진원

S#1 마루와 뜰(밤)

댓돌 위에 부인용 신발이 대여섯 켤레 어지럽게 놓여 있다. 고무신, 샌들 등이 뒤섞여 있다.

안방 불빛이 마루까지 흘러나오고 있다. 여자들의 까르르 웃는 소리. 웃음소리.

S#2 안방(밤)

웃음 계속.

어머니와 마을 아낙네들, 50대의 중년 여성 다섯 명이 둘러앉아 있다. 모두가 농군의 아내들이라 촌티가 난다. 아낙 A가 넉살이 좋다.

아낙 A	호호호, 영산댁은 농담도 잘하셔.
어머니	(웃음 거두며) 어떡허나?
아낙 A	어떡허긴 뭐가 어떻게 해요? 김 회장 댁이 안 가시면 우리도 안 갈래요.

일동이 너도나도 뇌동한다.

어머니	아, 아니에요! 내가 안 간다고….
아낙 A	(O.L) 글쎄! 사정이 어렵기는 너나 할 거 없이 매한가지예요.
아낙 C	그러니 두 눈 딱 감고 떠납시다.
어머니	그렇지만, 우리 집 양반 의중도 안 물어보구서 어떻게.
아낙 C	글쎄, 들어보나 마나라니까요.
어머니	우린 그렇지 않아요.
아낙 D	이런 때나 대전 구경도 하고 고속버스도 타고 한번 놀아봅시다.
아낙 A	그럼요! 이래도 한평생, 저래도 한평생이라는데 밤낮 일만 하려다 죽으려우?
어머니	그거야 관광 여행 가기 싫어하는 사람 어디 있겠어요? 다만….

아낙 B	글쎄, 우리 영감은 나보구 3박 4일 아니라 한 달 다녀오랍데다.
아낙 C	정말?
아낙 B	내가 바가지 긁는 소리 안 듣게 되었으니 소화가 잘될 거래요.

일동, 까르르 웃는다.

S#3 마루와 뜰(밤)

아버지가 저전거를 끌고 들어온다. 개가 짖어댄다.

둘째가 헛간에서 나온다.

둘째	인제 오세요?

둘째가 자전거 받아 헛간에 넣는다. 방에서 여자의 웃음소리.

아버지가 안방 쪽을 본다.

아버지	웬 손님이냐?
둘째	동네 아주머니들인가 봐요.
아버지	반상회는 아닐 텐데….

방문이 열리며 아낙들이 나온다.

어머니	아직 초저녁인데 더 놀다 가!
아낙 D	우리 손자가 감기라서요.

저마다 토방에 내려선다.

아버지가 다가간다.

아낙 A	아이고, 김 회장님! 어디 다녀오세요? 호호.
아버지	예, 오셨어요?

모두들 인사한다.

아버지	더 노시다들 가시잖고서…!
아낙 D	오래 놀았습니다.
아낙 C	김 회장님 오시기 전에 일어나자니까 괜히들 꾸물대더니….
아버지	아, 아니에요! 더 노시다 가세요.
아낙 A	많이 놀았어요! (어머니에게) 그럼, 그렇게 알고 갑니다. 꼭이에 요!

아낙들이 저마다 한마디씩 하면서 우르르 쓸려 간다.

어머니, 배웅한다. 개가 요란하게 짖어댄다.

어머니는 신나는 표정으로 다가온다.

아버지	무슨 일들이야?
어머니	좋은 일이에요. 호호….
아버지	뭔데?
어머니	상 차릴게 어서 들어가세요. 호호….

어머니가 웃으며 부엌으로 들어간다.

아버지	허허, 보름달빛에 노는 강아지 같구먼….

S#4 안방(밤)

아버지가 식사를 마치고 숭늉을 마신다.

어머니가 마주 앉아 있다가 즐거운 기대에 웃음이 떠오른다.

아버지   당신, 내 주머니 뒤져서 돈 훔쳐 갔지?

어머니   예? 뚱딴지같이 돈은 무슨?

아버지   그렇지 않음 뭐가 있어서 혼자 좋아해?

아버지가 상 물리며 담뱃불을 붙인다.

어머니가 힐끔 쳐다본다. 말 꺼낼 틈을 보는 표정.

아버지와 시선이 마주치자 어머니는 싱긋 웃는다.

아버지   뭐가 우스워? (자기 몸을 본다)

어머니   여보, 어떡허죠?

아버지   뭘?

어머니   갈 수두 없구, 안 갈 수두 없구. 난 몰라!

어머니가 밥그릇 뚜껑을 덮으며 마치 새댁처럼 애교 있게 응석을 부린다.

아버지   가다니, 어딜?

어머니   관광 여행!

아버지   관광 여행?

아버지의 표정을 살피던 어머니가 바싹 다가앉는다.

어머니   글쎄, 아까 마을 부인네들이 몰려와서 3박 4일로 진해며 한려 수도며 단체로 여행 가재요…. 글쎄, 내가 안 가면 자기네들도 안 가겠다고 마치 벌집 쑤셔놓은 것처럼 탕탕 떠들어대니 어떻게 하죠? 그것도 부부동반이라면서…….

아버지의 날카로운 시선을 의식하자 어머니는 멋쩍어한다.

어머니   (슬그머니) 그래서…….
아버지   그래서?
어머니   뭐가 그래서예요?
아버지   지금 당신이 그래서, 하고는 말을 끊었잖아?
어머니   왜 그래요, 뭐가 잘못이에요?
아버지   그러니까, 얘기는 마저 끝내야지.

어머니가 망설인다. 약간 삐친 표정.

아버지   그래, 가기로 했소?
어머니   (쏘는) 당신 의견도 안 물어보구 어떻게 혼자 정할 수가 있어요?
아버지   원, 쯔쯔쯔….

아버지가 한심스럽다는 듯 길게 담배 연기를 뿜어 날린다.

어머니   왜 그러시우?
아버지   여자들이 그렇게도 할 일이 없나? 관광 여행이 뭐야? 그것도 다
         늙어서 주름살이 누비꼬막*처럼 쭈굴쭈굴한 주제에 쯧쯧….
어머니   지금 나 들으라고 하는 소리예요?
아버지   몰아 잡아서지.
어머니   내가 어디가 누비꼬막처럼 쭈굴쭈굴해요, 예?
아버지   그럼 젊었어, 당신이?
어머니   그럼 늙었단 말이에요?

---

* '피조개'의 방언.

아버지   여자 나이 50, 그게 넘었으면 늦었지 이팔청춘인가? 젠장…!

어머니   그만둬요!

물그릇을 밥그릇 위에다 거칠게 포개놓는 순간 물이 아버지의 얼굴이며 옷에 튕긴다.

아버지   아니, 이 사람이…!

어머니가 자리에서 벌떡 일어나 밥상을 들면서,

어머니   못 가면 못 가는 거지 생트집을 잡아서 사람 오장을 그렇게 뽀
                드득 소리 나게 문지를 건 뭐유?

아버지   아니, 내가 언제 오장을…….

어머니가 방문을 팩 연다. 마루에 며느리가 서 있다.

며느리   상, 제가 내갈게요, 어머니!

어머니   관둬!

어머니가 밥상을 번쩍 들고 나간다.
아버지가 멍하니 한 대 얻어맞은 듯 쳐다본다.

S#5 부엌(밤)

어머니가 밥상을 들고 들어와 쾅! 하고 소리 나게 문을 닫는다.
빈 그릇을 설거지통에 마구 처넣는다.

어머니   내가 뭐 여행 못 가서 발광이라도 했나? 그렇게 말할 건 또 뭐
               여? 오이소박이 만들 듯 소금에다 뽀드득뽀드득 문질러대듯이

사람 오장 회까닥 뒤집을 건…….

며느리가 들어온다.

며느리	어머니, 무슨 일이 있으…….
어머니	나보고 누비꼬막이란다!
며느리	누비꼬막이라뇨?
어머니	자기는 뭐 고려청자처럼 반들반들하단 말인가? 나이 먹으면 늙어가고 늙어가면 쪼글쪼글해지게 마련이지….
며느리	어머니, 왜 그러세요?
어머니	글쎄, 동네 아줌마들이 3박 4일로 관광 여행 가자고 전하드라니까, 네 아버지가 대뜸 누비꼬막처럼 주름살이 쭈글쭈글한 것들이 무슨 관광 여행! 이러시잖겠니?

며느리도 실소를 한다.

어머니	뭐가 우습니?
며느리	그, 그게 아니라…….
어머니	흥! 네 눈에도 내가 늙었다 이 말이지?
며느리	아, 아니에요, 어머니…….
어머니	관둬……. 물론 너도 반대겠지?
며느리	예?
어머니	나흘씩이나 내가 집을 비우면 네 할 일이 지겹도록 많을 테니까……. 흠! 안다, 알아!

어머니가 휑하니 나가버린다.
닭 쫓던 개가 되는 며느리의 허전한 표정.

S#6 마당(밤)

어머니가 부엌에서 나와 둘째 방 앞으로 온다.

어머니   둘째 있니?

둘째   (소리) 예.

어머니가 방문을 열고 들어간다.

S#7 둘째 방 안(밤)

자리를 펴고 엎드려서 책을 읽고 있던 둘째가 벌떡 일어나 앉는다.

어머니가 이불을 제치고는 아랫목에 앉아 턱을 고인다. 둘째가 바라본다.

둘째   어머니, 왜 그러세요?

어머니   세상에… 자기는 뭐 얼마나 잘났기에.

둘째   아버지하고 무슨…….

어머니   김 회장님, 김 회장님 하니까 자기가 무슨 국회의원인 줄 아시

                나 봐… 흥!

둘째   (웃으며) 무슨 일로 그렇게 뿔이 나셨어요, 어머니?

어머니   뿔이 난 게 아니라 피눈물이 난다!

둘째   예?

어머니   (애처럼) 으흐흑!

어머니가 울먹거린다. 옷고름 끝으로 눈물을 닦는다.

둘째   왜, 또 싸우셨어요?

어머니   아니야… 내가 미친년이지, 내가…! 나도 어떤 때는 독하게 마

                음을 먹어야겠다고 해놓고는… 돌아서면… 그저… 에그….

| 둘째 | 어머니… 정말 왜 이러세요, 예? |

밖에서 개가 짖는다.

| 막내 | (소리) 다녀왔습니다. |

S#8 마루와 뜰(밤)

첫째와 막내가 뜰에 들어선다.

며느리가 부엌에서 나온다.

며느리	지금 오세요?
첫째	응…….
며느리	막내 고모하고 만나셨어요?
첫째	전철역에서….
막내	엄마, 어디 가셨어요?
며느리	아뇨……. 어서 손 씻고 오빠하고 같이 저녁 드세요.
막내	언니는 아직 안 왔어요?
며느리	오늘 학교에서 연구수업이 있고 합평회가 있어서 늦으실 거래요.
막내	아주…, 이제 제법 학교 선생님이 되어가나 부다! 흠…….

막내가 자기 방으로 들어간다.

S#9 둘째 방(밤)

어머니가 그대로 있고, 둘째가 달랜다.

| 둘째 | 그까짓 것 가지고 뭘 그러세요? 아버지 기다리실 텐데 가보세요. |

어머니	기다릴 사람이 그러니? 기다릴 사람이 그런 소릴 해?
둘째	아이참, 하여튼 어머니, 저도 잘 테니 가서 주무세요.
어머니	어서 자거라. 난 이대로 있다가 자든가 말든가 할 테니.
둘째	참 내, 고래 싸움에 새우 등 터지네.
어머니	하이구!
둘째	어머니이.
어머니	가만 좀 있어!

S#10 첫째 방(밤)

아랫목에 애기가 자고 있다.

며느리가 들어선다. 세수를 했는지 머리카락에 물방울이 대롱대롱 매달려 있다.

며느리가 거울 앞에 앉아서 콜드를 찍어 얼굴에 바르다가 픽! 웃는다.

며느리	아까 아버님하고 한바탕하셨어요.
첫째	그래?
며느리	아버님하고의 충돌 원인이 뭔지나 아세요?
첫째	뭔데?
며느리	어머니가 늙으셨다구 흉보셨대요.
첫째	새삼스럽게…….
며느리	여자는 누구나 늙었다고 하면 싫어지는 법이에요. 늙었어도 곱게 늙으셨네요, 해야 기분이 좋은 법이죠.
첫째	그런데?
며느리	그런데, 아버님께서 어머니보고 늙은 누비꼬막 같은 주제에 관광 여행한다고 핀잔을 주셨으니 어머니인들 기분 좋으시겠어요?
첫째	그래?
며느리	사실 애기가 나왔으니까 얘긴데요, 당신 아버지 (입을 가리키며)

이거 헤프신 편이세요!

첫째   직접 그렇게 얘기하지?

S#11 안방(밤)

아버지가 혼자서 이불을 편다. 베개도 두 개 놓고 밥상을 가져다 놓고 뭔가 글 쓸 준비를
한다.

S#12 둘째 방(밤)

둘째가 코를 골며 잔다.

어머니가 이불을 끌어 덮어준 다음 대견스레 본다.

S#13 마당(아침)

막내가 세수를 마치고 안방으로 올라간다.

S#14 안방(아침)

아침 햇살이 장지 너머로 흘러든다.

할머니, 아버지, 첫째, 둘째, 막내가 둘러앉아 아침을 먹고 있다.

며느리가 국그릇을 쟁반에 받쳐 들고 들어온다.

아버지   셋째는 벌써 출근했니?

며느리   예.

첫째   버스를 두 번씩이나 갈아타니까 불편하나 봐요.

둘째   차라리 자전거를 사 주세요.

아버지   자전거?

막내   언니는 자전거 잘 타니까 그게 좋을 거예요.

할머니   관둬라.

막내   왜요?

할머니	나는 여자들, 그 자전거 타고 다니는 거 제상에두 꼴불견이더라.

모두들 웃는다.

둘째	세상이 달라졌어요.
할머니	아무리 달라졌어두 여자는 여자야. 그 사내 바지를 엉덩이에 찰싹 붙여 입구 자전거 타는 꼴… 에그, 그걸 누가 봐! (막내에게) 너는 아예 그러지 마.
막내	예, 저는 자가용 타구 다닐 거예요! 호호….
할머니	자가용?
막내	할머니 뒷자리에 편안히 누워 계시라구요. 호호호…….
할머니	에그, 그래두 이 할미 생각하는 건 우리 막내뿐이구나, 호호호…. 그런데 에미는 아침부터 안 보이는데 어디 갔니?
며느리	예? 예… 저….

아버지가 눈치를 본다.

둘째	아버지! 어머니하구 여행 다녀오세요.
아버지	뭐라구?
둘째	3박 4일쯤 어때요? 집안일이사 제게 맡기시구요……. 이런 때는 만사를 잊으시고 시름도 잊으시고.
첫째	그럼요, 기분 전환이라는 게 있잖아요?
아버지	그걸 몰라서 안 가겠다는 줄 아니?
첫째	그럼 다녀오세요. 여기는 저희들두 어떻게 해볼게요.

할머니가 밥숟갈을 뜨다 말고 의아해진다.

할머니	무슨 얘기들이냐?
아버지	예. 아, 아무 일도 아니에요.
할머니	(화가 난 듯) 애비는 그저 나한테는 뭣이든 쉬쉬하긴가.
아버지	예?
할머니	나두 좀 알아야겠다 이거야! 내일 죽을망정 오늘은 알고 있어야지. 우리 집안일 내가 알아서 나쁠 게 뭐야? 그저… 요즘 것들은 늙은이를 무조건 저쪽 구석에 눌러앉아서 주는 밥이나 얻어먹고 입 막고 있으라니, 사람 복통 터질 일 아니냐?
아버지	어머니, 제가 언제 그랬어요?
할머니	비단 애비만이 아니지…. (열을 올리며) 요즘 세상이 그렇더라도… 그래두 나이 한두 살 더 먹은 사람이 세상일에는 밝은 법이야! 누군 젊은 시절 없었나? 누군 나이 먹으면 안 늙어? 왜 늙은이를 푸대접하니?

할머니가 정색을 하며 성깔을 내자 입가의 근육이 경련을 일으킨다.

할머니	예부터 늙은이 박대하는 집안치구 잘되는 집 없어요. 나라두 마찬가지야.
첫째	(농담조로) 그래서 우리는 할머니, 어머니를 이렇게 편히 모시자는 거 아니에요? 흐흐흐….
할머니	그래, 무슨 일인데?
첫째	아버지 어머니 관광 여행 보내자는 거죠.
할머니	관광 여행?
첫째	예…… 마을 어머니회에서요, 부부동반으로 여행을 가기로 했대요.
할머니	(시원치 않게) 그래? 음……. (사이) 그래서 여편네들이 떼 지어 와서 떠들었군!

첫째	괜찮죠?
할머니	그래 가기로 했어?
아버지	그만두자구 했습니다.
둘째	아버지, 그러실 것 없다니까요
아버지	글쎄, 내게 맡겨…. 할머니께서두 안 가는 게 좋으시다지 않니? 바쁜 농사철에 무슨 여유가 있어서 여행을 가니…? 그것두 부부동반으로…….
둘째	그게 다 사는 재미 아니겠어요?
아버지	사는 재미?
둘째	어머니께서는 여간 섭섭하지 않으신가 봐요. 어젯밤에 제 방에 오셔서 얘기하시는데….
첫째	봄도 되구 했는데 농사철 조금이라도 덜 바쁠 때 얼른 다녀오시는 게 좋겠어요.
막내	아… 멋있겠다.
아버지	뭐가 멋있어?
막내	진해 벚꽃놀이…… 한려수도… 아… 나두 가고 싶어요, 아버지!
아버지	이놈아, 그런 것만 생각하니까 낙방하지.
막내	피!

S#15 밭 또는 비닐하우스

상추가 무럭무럭 자라났다. 어머니와 일용네가 속아내기를 하고 있다.

일용네	김 회장님 언제 부산 안 가신대요?
어머니	갈 테죠…, 휴우.

한숨 쉰다.

일용네	우리 일용이 찾아주신다더니….
어머니	둘째 친구한테 자세히 알아보구 나서 편지하라고 했으니까 무슨 기별 오겠죠. 에그…. (한숨)
일용네	왜 아까부터 한숨만 내리 쉬세요?
어머니	나두 모르겠수….

한숨 쉰다.

일용네	또 한숨……. 후후…… 너무 호강이 넘쳐서 지겨우신가 봐!
어머니	호강? 흥……! 호강에 초 쳐서 벌써 익어서 또 초가 되었어요.

어머니의 일손이 더욱 빨라진다.
어리둥절해하는 일용네.

어머니	누구 말마따나…… 이래두 한평생, 저래두 한평생인데…… 이렇게 한평생을… 두더지처럼 땅만 파먹구 살면 무슨 재미인가 말이야.
일용네	때로는 노는 재미두 있구…… 쉬는 재미도 있어야 낙이지…… 이게 뭐냐구……! 그저 날이 밝았다 하면 질 때까지…….
어머니	(긴 한숨) 농민들만 불쌍하지! 겉으로는 농민들 생각하는 척하면서, 뒤로는…….
일용네	(눈이 휘둥그레져서) 아니, 지금 누구한테 하시는 말씀이에요?
어머니	누군 누구! 그 알량하고 알뜰하구 담뿍스런…… 에그, 말을 말아야지 입만 아퍼……. 내가 미쳤어 그냥!
일용네	호호… 하하….

일용네가 호미를 내던지고 간드러지게 웃으면서 뒹군다.

어머니	아니, 이이가 뭘 먹었길래?
일용네	헤헤… 지금까지…… 아주머니 입에서… 그런 얘기 나오기는 처, 처음이에요, 호호.
어머니	허허해도 빚이 천 냥이라는 말도 몰라요?
일용네	왜 몰라요?
어머니	사흘 집 비운다고 뭐가 어떻게 되는 것도 아닌데……. 게다가 나 혼자 가겠다는 것도 아닌데 뭐가 어째서….

어머니의 손이 어느새 마구잡이로 상추를 뜯어낸다.

다시 눈이 휘둥그레지는 일용네.

밖에서 며느리가 부르는 소리.

며느리	(소리) 어머니, 어머니!
어머니	응, 나를 부르나?
며느리	어머니!

어머니가 호미를 던지고 솎아낸 상추를 광주리에 넣고 비닐하우스를 나온다.

S#16 비닐하우스 앞
며느리가 아낙 A를 데리고 오고 있다.

어머니	무슨 일이냐?
아낙 A	뭘 하셔요?
어머니	어서 와요.
아낙 A	상추 솎으셨구랴….
어머니	예….
아낙 A	에그… 싱싱하게도 자랐네.

아낙 A가 상추 하나를 입에 물고 잘근 깨문다.

어머니	네 아버진?
며느리	면에 다녀오시겠다고 나가셨어요.
어머니	아범은 출근하고?
며느리	예… 어머니, 아침 드셔야죠.
어머니	생각 없다.
아낙 A	아직 식전이에요?
며느리	그러시다가 병 나시겠어요, 왜 그러세요?
아낙 A	……무슨 일 있었수?

어머니가 앞장을 선다. 소가 멀리서 운다.

며느리와 아낙 A, 뒤를 따른다.

어머니	영순 엄마!
아낙 A	네?
어머니	난 안 되겠어.
아낙 A	안 되다뇨?
어머니	난 빠져야 되겠으니까… 그리 알고 다른 사람으로 다시 짜봐요.
아낙 A	아이, 안 돼요! 이제 와서 어떻게 해요, 그러시면……
어머니	글쎄, 사정이 그렇게 됐으니 어떻게 해요?
아낙 A	김 회장 댁이 빠지시면 이번 일은 안 되는 거예요. 접때 말씀 다 들으시고서는….
어머니	사정이 그렇게 된 걸 어떻게….
아낙 A	쌍둥 엄마두 김 회장 댁이 가시면 가고, 그렇지 않으면 안 가겠다는데… 안 돼요! 꼭 가셔야지.

어머니가 걸음을 멈추고 돌아본다.

아낙 A가 약간 질린 표정이다.

어머니 　　나 같은 게 뭔데 나를 따라요?

아낙 A 　　그게 아니라구요. 바깥어른들은 김 회장 댁에서 가시면 안심하고 가게 하지, 그렇지 않으면 어림 서푼어치도 없다는데…. (사정하듯) 가셔야 해요.

어머니 　　신경질 나게 그러지 말아요!

아낙 A 　　예? 돈 때문에 그러세요?

어머니 　　어머머, 누가 돈 때문이라고 했어요? 어떻든 나는 빼줘요.

어머니가 휙 가버린다.

아낙 A와 며느리가 멍청하니 서 있다.

아낙 A 　　왜 저러실까, 정말……. 이제 와서 못 간다면 어떻게 해? 회비 걷어서 버스 회사에 계약금 내야 할 판국인데…. 에그, 나두 몰라.

아낙 A가 뚱뚱한 몸집을 흔들며 밭두렁을 걷다가 나동그라진다.

S#17 면장실

아버지와 면장, 그리고 몇몇 직원들이 앉아 있다.

면장 　　농수산부에서 제5차 5개년계획안이 발표되었는데, 올해는 무엇보다도 식량 자급 문제에 대한 경제적 지원이 확실해야 할 것 같아요. 왜냐면 지금 70년대에는 공업 입국이 되면서 농업은 늘 천대를 받았다는 인상이 짙었어요. 안 그렇습니까, 김 회장?

아버지 　　옳은 말씀이에요. 가까운 79년도에 있었던 고추, 깨, 소고기, 돼

306

지고기의 수입에 따른 그 파동… 이런 일이 다시는 있어서는 안 되겠어요. 언젠가 신문을 보니까 논 2만 평을 가지면 80년에 140만 마리인 소가 86년에는 2백만 마리로 늘어난다는 산수 풀이가 있던데, 농사가 그렇게 숫자로는 안 되는 법이에요! 쌀값 만 해두 그래요. 고미가 정책은 소농에게는 사실상 혜택이 없 어요. 농민은 전 인구의 약 30%예요. 그런데 도시 근로자는 약 40%거든요.

면장	그래요! 이번 농산 계획은 농업 생산성 복지 향상보다는 물가 안정에다 중점을 둔 것 같아요. 예컨대 가격지지를 폐지하고 수 입을 통하여 농수산물 가격을 연 10% 수준에 묶는다는 것두 그 하나예요.
아버지	어떻든 좁은 땅에서 살기 위해서는 지금까지 농업보다는 생산 성이 높은 공업에 치중한 것은 어쩔 수 없다고 인정은 하지만, 여기에도 문제는 있어요. 어떤 학자가 쓴 글을 읽었더니 우리나 라 경제는 가불 경제라는데요.
면장	가불 경제요?
아버지	예……. 브라질, 멕시코, 알젠틴에 이에 네 번째라는군요. 그러 니 문제는 모든 국민이 허리띠를 졸라매고 이 난관을 넘어서야 겠다는 굳은 정신력이 필요해요! 제도가 좋고 법이 좋으면 뭘 합니까? 요는 사람이에요, 인간이 문제에요.
면장	그렇습니다! 세 끼니 밥 먹는 거야 다 마찬가진…….
아버지	아무튼 문제는 저마다 사정이 다르고 주장이 다르죠. 이 세상 사람이 의견이 다 같을 수가 없어요! 그러므로 인간이 정립되 어야 해요. 양질의 농업인구가 확보되어야 해요.
면장	양질의 농업인구라…….
아버지	예…. 예컨대 젊은이들이 농촌에 남아 있고 싶도록 농촌 환경 과 여건을 개선해서 이 흙에서 살고, 흙에서 죽겠다는 사람부

터 키워야 해요.

면장   오늘날 우리 농촌에는 그 흙에 대한 사랑이 없어요. 모든 비극
             은 바로 그것에서부터 비롯되었다고 봐야 해요.

S#18 마루와 뜰

토방에서 일용네가 푸성귀를 다듬고 있다.

할머니가 방에서 나온다.

할머니   에미야, 어디 갔니?

일용네   왜 그러세요?

할머니   나 시원한 물 한 그릇만 줘….

일용네   예.

일용네가 자리에서 일어나 부엌으로 간다.

어머니가 밖에서 들어온다.

할머니   어디 다녀오는 길이냐?

어머니   예….

일용네가 물그릇을 들고 나온다.

일용네   할머니, 물 여기 있어요.

할머니는 물그릇을 받아서 마신다.

일용네   날씨 한번 좋다! 개나리가 노랗게 피었죠?

어머니가 을씨년스럽게 하늘을 쳐다보고 있다.

어머니   날씨 좋으면 뭘 하고, 꽃 피면 뭘 해요?

일용네   그래요……. 그래 그걸 함께 즐겨줄 짝이 있어야죠, 헤헤….

어머니도 따라 실소를 한다.

일용네   (노랫가락 조로) 헌 메투리에도 짝은 있고 날으는 나비에도 짝은

           있다는데, 어쩌다가 이 팔자는….

할머니   에그… 또 좀이 쑤시나 보다. 호호…….

일용네   할머니, 내가 하나 불러요?

할머니   그려, 불러봐!

일용네   정말이에요?

할머니   부르래두!

일용네   슬픈 걸루 할까요, 즐거운 걸로 할까요?

할머니   일용네가 무슨 광대인가? 시키는 대로 아무거나 척척 해내게.

일용네   광대가 따루 있나요? 신명이 나면 광대고 신명이 나면….

어머니가 일어나 방으로 들어간다.

할머니, 쳐다본다.

일용네   왜 저래요?

할머니   낸들 알아? 어디 신명나게 불러봐! 쓸모없는 노인네들은 노래

           나 부르면서 빈집 지키지.

일용네   누가 그런 소릴 해요? 집 지키는 게 왜 늙은이래요?

할머니   뭐, 요즘 미국으로 늙은 부모 데려가는 건 효도하기 위해서가

           아니라, 집 지키고 애기 봐달라기 위해서 데려간다며?

일용네	아시는 것두 많으시지. 나는 우리 일용이가 오게 되면 이번에
	는 아주 제 놈 허리띠에다가 내 허리띠를 묶고서 살겠어요.
할머니	흐흐…….
일용네	제 놈이 가긴 어딜 가, 제 놈이……. (운다) 으흐흐…….

S#19 부산항 부두 화물선

S#20 다방
부산 변두리에 있는 다방.

일용이가 구석에 앉아 있다. 차림도 초라하고 수염도 면도한 지가 오래인 듯 엉성하다.

담배를 피워 물었다가 이빨로 지근지근 깨물다가 탁 뱉는다.

이식이가 들어선다. 레지가 따라와 선다. 일용이 옆에 앉는 이식.

레지	어서 오이소, 일루 앉으시소!
이식	미안해! 기다렸수?
일용	아냐 난….
레지	뭘 드실랍니꺼?
이식	뭐 들었수?
레지	아니라예! 아까부터 엽차만 두 잔 시켰어예.
이식	그래?

이식이가 일용이를 바라본다.

이식	커피?
일용	아니…… 난 우유!
레지	우유 하나, 커피 하나!

레지가 물러간다.

이식이가 새 담뱃갑을 꺼내 붉은 띠를 따고 뽑아 권한다.

일용이가 뽑아 입에 문다.

이식	그래 무슨 얘기유?
일용	미안하다.
이식	말해요.
일용	돈 좀 있니?
이식	…?
일용	나 이상 더 기다릴 수 없을 것 같아.
이식	그럼?
일용	달리 방도를 생각해야겠어.
이식	고향으로 가세요.
일용	고향? 글쎄….

레지가 커피와 우유를 놓고 간다.

이식	지난번 올라갔을 때 형 만난 얘기 김 회장님께 했다구요.
일용	(깜짝) 야! 그럼 우리 엄니도 내가 이러고 있는 거 아신단 말이니?
이식	그야 당연하지요! 돌아가세요. 그러니까 다 고향이고 부모님이죠.
일용	한 번도 아닌 두 번째나 이렇게 실패를 하고 나니 난 사실 지금 기분 같아서는… 자살이라도…….
이식	뭐라구요?

일용이가 우유 컵을 들어 단숨에 마셔버린다. 마지막 우유 방울이 입가에 흘러내리자

손등으로 쓱 씻어낸다.

일용	나는 복도 없지만… 운도 없는 놈인가 봐. 남들은 이웃집 드나 들 듯이 외국에 잘들 가던데 왜 나는 이렇게 두 번씩이나…….
이식	그 해외 인력 수출을 알선한다는 회사가 불법이었지, 형이야 무 슨 잘못 있수?
일용	난 선원수첩까지 내주기에 그것이면 다 되는 줄 알았었는데…. 아, 나 같은 놈…….
이식	그래, 얼마면 되겠수?
일용	아쉬운 대로 2만 원만… 내 꼭 갚을게.
이식	알았어요. 그 대신 집으로 돌아가세요.
일용	인천으로 갈까 해.
이식	인천?
일용	지금 곧 고향으로 간다는 건 쑥스럽기도 하고… 그렇다고 멀리 떨어져 있을 수도 없고…….
이식	아니, 집에 가 있다가 또 기회 있으면 나오면 되지, 뭘 그래요? 게다가 형 어머님도 밤낮 노래 부르다시피 하신다는데….

일용이가 내뿜는 담배 연기 속으로 일용네가 웃는 얼굴, 화난 얼굴, 그리고 우는 얼굴이 교차된다.

| 일용 | (눈물) 엄니! |

S#21 맏딸 아파트(밤)
사위가 저녁을 먹고 있다. 맏딸이 시중을 들어준다.

| 사위 | 막내 처제가 다녀갔다고? |

맏딸	예.
사위	그래서…?
맏딸	뭐가 그래서예요? 우리보고 아버지를 설득시켜달라는 게지. 어머니께서는 모처럼의 관광 여행인데, 가고 싶지만 아버지께서는…….
사위	반대다, 이거지?
맏딸	냉전 이틀째래요.
사위	참, 노인네들 원…….

S#22 안방(밤)

아버지가 신문을 보고 있다.

며느리가 밥상을 들고 들어온다.

아버지	아니, 왜 네가? 네 어머닌 어디 갔어?

며느리가 겸연쩍게 웃으며 상을 놓고 나간다.

며느리	어서 드세요.

S#23 마루(밤)

며느리가 안방에서 나와 웃으며 자기 방으로 간다.

S#24 첫째 방(밤)

어머니가 손주를 안고 있다. 쓸쓸한 표정이다.

며느리가 들어온다.

며느리	어머니, 들어가세요.

어머니	미쳤니?
며느리	아버님 혼자서 진지 드시기가 쑥스러우신가 봐요.
어머니	내가 옆에 있으면 즐겁다던? 나 같은 쭈굴쭈굴한 누비꼬막! 있으나 마나지! (애기에게) 그렇지?
며느리	아이, 어머님두!
어머니	나…… 그 관광 여행 같은 것 가도 좋고 안 가도 좋다!
며느리	예?
어머니	다만 너희 시아버지의 그 말투가 싫단다. 그래두 30년을 함께 살아온 부부가 어쩜 그렇게도 맛대가리도 없고 멋대가리도 없는 말투냐?
며느리	아버님 말씀이 으레…… 그렇잖아요. 어머님도 잘 아시면서…….
어머니	아니다. 나는 가끔 가다 그런 생각을 할 때가 있다. 자다가 네 아버지 코 고는 소리에 문득 잠이 깨거든. 그러면 나는 옆에 잠에 곯아떨어진 네 아버지를 보고 있노라면, 내가 어쩌다가 저런 남자와 30년을 살아왔는가 하고 말이다.
며느리	원, 어머님도! 별말씀을 다….
어머니	정말이다! 부부라고 춘하추동 사랑스러운 것 아니다. 진종일 보고 싶은 것도 아니다.
며느리	그럴 리가요?
어머니	오래 살다 보면 그게 아니다. 그저 함께 있는 것, 방구석에 화로가 있고 토방에 신발이 있듯이, 거기 남편이, 여기 아내가 있는 것처럼 느껴질 때가 있단다.
며느리	그럼 어떻게 살아요? 재미없어서….
어머니	그러다가도 어느 순간 저 사람 없이는 못 살겠다! 저 사람을 만나서 참 잘했다고 느낄 때가 있지.
며느리	네에….

어머니	그게 부부라는 거야! 뭐, 칡덩쿨이나 등나무 넝쿨처럼 칭칭 얽혀야 행복한 것은 아니다. 도리어 은행나무나 소나무 같단다.
며느리	네?
어머니	그렇지. 그렇게 서로 떨어져 서서 봄가을 가고 오고 이파리가 떨어지고 돋고…, 마냥 의젓하게 서 있는 것을 서로 볼 수 있다는 것만으로 마음 뿌듯할 때가 있지!
며느리	그런데 왜 어머니는 그러세요? 아버지께서 그렇게 말씀하신 건 농담일 수도 있잖아요?
어머니	아니다! 말 한마디로 원수 빚 갚는다는 말도 있지만, 그 반대로 정이 천 리나 떨어질 때도 있는 게 말이란다. 그 정이 십 리나 떨어지는 소릴 들었으니 내가 몸살 나지!

S#25 안방(밤)

아버지가 안경을 쓰고 뭔가 쓰고 있다. 멀리 개 짖는 소리.

사위와 맏딸의 호들갑 떠는 소리와 둘째의 소리.

둘째	(소리) 어머니! 누나하고 매형 오셔요.
아버지	응, 서울 아이들이?

아버지가 자리에서 일어나 밖으로 나간다.

S#26 마루와 뜰(밤)

어머니가 첫째 방에서 나온다.

사위와 맏딸이 술병과 물건 싼 꾸러미를 들고 있다.

아버지·어머니	(우연히 일치해서) 웬일이야?

다음 순간 두 사람이 아니꼽게 바라본다.

아버지   (퉁명스럽게) 왜 봐?

어머니   당신은요?

아버지   아니!

어머니   별꼴일세!

아버지와 어머니가 각각 안방과 첫째 방으로 들어간다.

사위는 안방으로, 맏딸은 첫째 방으로 들어간다.

S#27 안방(밤)

사위가 들어온다.

사위   빙장어른, 술 한잔 하실까요?

아버지   술?

사위   저… 이번에 승진하게 되었습니다.

아버지   그래?

사위   모두가 빙장어른의 덕인 줄 알고 이렇게….

손에 들고 온 양주 병을 딴다.

사위   (크게) 여보, 뭘 하고 있어?

맏딸   (소리) 예, 지금 가지고 가요.

아버지   그래, 그 일 때문에 온 거야?

사위   겸사겸사죠, 허허.

맏딸이 개다리소반에 술잔과 간단한 안주를 받쳐 들고 들어온다.

맏딸	오늘은 한가하셨나 봐요, 아버지?
아버지	그래, 그렇지!

사위가 술 마개를 따고 술을 따른다.

아버지	출출하던 차에 잘되었다.
사위	예?
아버지	역시 술 상대, 말 상대는 남자라야지.
사위	헤헤… 그럴까요?

아버지가 쭉 들이킨다.

아버지	맛 좋다! 너도 한잔 들어.
사위	예.
맏딸	여보!
아버지	괜찮아, 승진 축하다!
맏딸	네?

맏딸이 어안이 벙벙해지자 사위가 쿡 찌른다. 사위가 술잔을 비우고는 다시 권한다.

아버지	너희들 결혼한 지가….
사위	삼 년 하고 두 달이죠.
맏딸	아버지, 새달이면 그렇게 돼요.
아버지	그래?
사위	그래서 새달에는 우리 2박 3일로 여행이나 갈까 합니다.
아버지	여행?
사위	예, 우리 회사의 어떤 중역이 그러시는데, 부부 생활에 권태기

	가 왔을 때는 그 여행이 특효약이라던데요… 허허.
맏딸	사실예요. 특히 집안에 갇혀 있는 여자 측에서는 그 여행을 떠나난다는 게 그렇게 매력적일 수가 없지요.
사위	당신도 그렇게 느껴?
맏딸	말이라고 하세요? 남자들은 바깥바람 쐴 기회가 많지만 여자는 그게 아니잖아요? 그렇다고 출장을 갈 수 있는 것도 아니고. 여자는 남편이 외식만 하자 해도 가슴이 울렁거리는데… 하물며 2박 3일이 아니라 3박 4일 정도의 여행을 떠나자고 제의하면 아마 감격의 눈물을 흘릴 거야.
사위	걱정 말아. 새달에는 내가 그 감격의 눈물을 체험케 할 테니까!
아버지	응? 허허허. (마음의 소리) 너희 엄마하고 관광 여행 떠나게 하려고 너희들이 총대를 메겠다 이거지? 알아, 인마……

S#28 첫째의 방(밤)

안방에서 흘러나오는 웃음소리.

며느리	어서 건너가보세요.
어머니	미쳤어? 내가 왜 거기 가니? 가긴…
며느리	아마 고모 내외가 아버지한테 그 일 때문에 오셨나 봐요.
어머니	흥… 내가 왜? 관둬… 이젠 아버지가 꽃가마 태워준다 해도 나는 안 갈 테니까!
며느리	어머님… 그러시지 마세요. 어머님께서 그러고 계시면 온 집안 식구가 우울해져요.
어머니	흥, 내가 무슨 힘 있니?
며느리	있죠. 어머니는 구름이에요.
어머니	구름?
며느리	끼면 어둡고 개면 환한… 흠.

방문이 열리자 사위가 들어온다.

사위   장모님 가십시다.
어머니   어디를 가?
사위   글쎄, 따라오세요!
어머니   어딜……?
사위   와보시면 아실 거예요. 자… 어서요.

사위가 억지로 일으켜 끌다시피 해서 나간다.
며느리가 웃는다.

S#29 마루(밤)

어머니   어디로 가려고 그래?
사위   오늘 밤은 저희들 시키는 대루 따르셔야 해요. 헛허. 들어가십
         시다.
어머니   아니, 자네?

어머니가 도망치려 하자 사위가 붙든다. 방문이 열리며 맏딸과 둘째가 나온다.

둘째   어머니, 들어가세요.
맏딸   아버지께서 결재 내렸어요.
어머니   결재? 무슨 결재?
맏딸   여행 가셔도 좋다는…….
어머니   너희들 시쳇말로 웃기는구나…. 아니 내가 지금 결재받고 행동
         하게 되었니, 응?
둘째   어머니, 그렇게 강경하게 나오시기예요…? 헛허.

어머니	못 할 게 뭐니?
아버지	(소리) 여자가 그러면 못써요.
어머니	뭐라구요?

어머니가 방으로 들어간다.

S#30 안방

아버지가 술잔을 들고 있다. 어머니가 쏘아본다. 모두들 킬킬대며 앉는다.

아버지	뭘 봐? 앉아!
어머니	그래요! 앉아서 따집시다.

어머니가 앉는다.

아버지	결론부터 얘기하고 나서 다투건 싸우건 마음대로 해요.
어머니	흥…….
아버지	3박 4일 여행 갑시다.
어머니	뭐요?
아버지	그 대신 이건 누가 잘하고 못하고가 아니야. 내가 사정에 못 이겨 그런 것도 아니고…
어머니	그럼, 당신이 선심 쓰자는 거예요, 예?
사위	이러시다가는 다시 결렬되겠어.
맏딸	어머니…, 아버지께서도 근본적으로 반대하시는 게 아니고요.
어머니	그럼, 부분적으로 반대하셨수?
둘째	아버지는 단체 여행이 싫으셨대요. 어머니하고 단둘이서 오붓하게 가고 싶었지만 그 얘기가 차마 입에 안 떨어져서 한번 그렇게 미운 소릴 하신 것뿐이었어요. 그렇죠, 아버지?

아버지가 멋쩍어지자 술을 쭉 마신다.

사위	그게 어디 장모님 미워선가요? 이를테면 이건 꽃바람 같은 거죠.
어머니	꽃바람?
사위	꽃이 피려면 심술 나서 한바탕 부는 바람 격이죠, 흐흐……
어머니	자네는 꿈보다 해몽이 좋구먼, 그래.
맏딸	아버지께서 고백하셨어요.

어머니, 아버지를 본다.

아버지	그래! 그건 내가 고백했어, 사실이야.
어머니	어머머…. 이이가 언제부터 이렇게 능청스럽고 유들유들하고…….
아버지	이것 봐… 남편이 아내를 사랑하는 방법도 가지가지라는 걸 알아! 하나만 알고 둘은 모르는 멍충이 사랑! 그건 필요 없어!
어머니	내가 멍충이란 말이에요?
아버지	아니지, 내가 멍충이지!

모두들 웃는다. 어머니가 할 수 없이 웃음이 터진다.

어머니	(마음의 소리) 세상에 단체로는 안 되고 단둘이서 여행을 떠나자고? 이 양반이 어느 구석에 이런 풍류가 들어 있었을까?

S#31 신나게 달리는 관광버스.

S#32 차 안

아버지와 어머니가 나란히 앉아 있다. 시원하게 스쳐 가는 바깥 풍경.

아버지   (소리) 사람은 나이 들면 어째서 주책없다는 소릴 듣게 될까? 그
        건 몸은 늙어가면서 마음은 어려지는 탓일 게다. 별것 아닌 일
        에 섭섭해하고 토라지는 일이 많다. 그건 늙어갈수록 독점욕이
        많아지는 탓일 게다. 자식에 대한 사랑도 독차지하고 싶고, 늙
        은 아내도 내 손에서 못 벗어나게 하고 싶다. 그러나 이 주책없
        는 사랑이야말로 얼마나 귀중한 것인가. 그것은 바로 연륜이 갖
        다주는 인생의 맛이기에…….

아버지의 손이 어머니의 손을 꼭 쥐어준다.

(F.O.)

굴비

제24화 굴비

방송용 대본 | 1981년 4월 14일 방송

· 등장 인물 ·

할머니	정애란
아버지	최불암
어머니	김혜자
첫째	김용건
며느리	고두심
둘째	유인촌
막내	홍성애
일용	박은수
일용네	김수미
구멍가게 노인	최선균
하숙집 아낙	홍성희
우체부	정한헌

S#1 과수원

아버지가 과목의 성장을 살피고 있다. 마른 가지를 꺾어내기도 하고 눈을 뜬 봉오리를 만지기도 한다.

인자한 어머니의 눈길 같은 시선.

아버지　　　(마음의 소리) 기지개를 켜는구나. 이제는 긴 잠에서 깨어나는 시간이라 행여 늦추위가 몰아닥칠까 걱정이 되었는데 이제는 안심이다. 됐어! 허허… 자, 올해도 마음껏 뻗어나가야지. 하늘만큼 높게 땅만큼이나 넓게! 봄은 그래서 우리에게 생명감을 충만케 해주는구나. 자아, 쭈욱 가지를 뻗고 맨손체조다! 하나 둘 셋! 허허…….

아버지가 과목 가지를 잡아당겼다가 놓는다. 가지가 부르릉 울리면서 몸을 떤다.

S#2 시골집

둘째가 경운기를 몰고 온다.

저쪽에서 우체부가 자전거를 타고 온다.

두 사람이 서로 손을 흔든다. 자전거가 와서 선다.

편지 한 통을 둘째에게 던지고는 쏜살같이 스쳐 간다.

둘째　　　　수고하십시오!

둘째가 손을 흔들고 나서 봉투를 본다. 긴장과 기쁨의 표정.

둘째　　　　응? 이 자식한테서구나!

그는 한 손으로 봉투를 들고 입으로 봉투를 째려다 안 되니까 경운기를 세운 다음 편지를 뽑아 읽는다.

S#3 시냇가

아낙네들이 빨래를 한다. 어머니와 일용네가 홑이불 빨래를 하고 있다.

철철 흘러내리는 물속에서 하얀 홑이불이 유연한 춤을 춘다.

일용네   그렇게 좋았어요?

어머니   그럼! 진해시가 바라보이기도 전에 벚꽃 향기가 코를 찌르는데
             세상에 어디서 그렇게 벚꽃 나무를 갖다 심었는지…! 벌이 꽃
             송이마다 웽웽거리는데 꼭… 물레 돌아가는 소리지 뭐겠어! 호
             호…….

일용네   그런 구경이면 나도 좀 시켜주지 않구…….

어머니   그래 다음엔 우리끼리 가요.

일용네   이다음? 언제요?

어머니   언제는 언제? 내년 아니면 내후년이지, 호호.

일용네   예?

어머니   벚꽃이야 1년에 한 번밖에 더 피어요? 그러니 올해는 이미 틀렸
             으니 내년이지 뭐…….

일용네   흥…….

어머니   뭐가요?

일용네   내년 일 누가 걱정해요? 우리 일용이보고 데려다 달래지. 호
             호…….

어머니   그래요, 효자 두어서 좋으시겠수! 호호….

두 사람이 다시 빨래를 돌 위에 모아놓고 방망이로 콩콩 두들긴다.

S#4 마루와 뜰

햇볕 바른 마루에서 할머니가 외상을 받고 앉아 점심을 먹고 있다. 입맛이 없는지 밥숟 갈을 입에 대려다가 내려놓는다.

며느리가 부엌에서 숭늉을 떠가지고 나온다.

며느리 　　할머니, 왜 안 드세요?
할머니 　　입맛이 뚝 떨어진다.
며느리 　　숭늉에 말아서 좀 더 잡수세요.

숭늉 그릇을 상 위에 올려놓는다.

할머니 　　나는 젊었을 때부터 이 봄이 오면…… 이 입맛 떨어지는 게 걱
　　　　　정이니라!
며느리 　　그래두 잡수셔야죠…. 이 보 저 보 식보가 제일이라는데… 예?

할머니가 간장을 찍어 쩝쩝 소리 내며 입맛을 다신다.

며느리 　　(웃으며) 웬 간장을 찍어 잡수실까?
할머니 　　이럴 때는 그 건건하고 고소한 굴비가 먹고 싶구나.
며느리 　　굴비요?
할머니 　　응, 그것도 노리끼리한 영광굴비가 제격이지, 호호…….
며느리 　　할머니두! 지금 어디서 영광굴비를…… 요즘에는 본바닥에서
　　　　　도 구경을 못 한대요.

할머니는 잊었던 추억이라도 되찾으려는 듯 허공을 바라본다.

할머니 　　굴비 중에서도 영광 오가재비* 굴비가 최상품이지.

며느리	오가재비 굴비요?
할머니	그래! 이맘때면 조기 떼가 흑산도 근방을 거쳐 칠산 바다 연안에 올라오지. 해마다 철쭉꽃이 만발할 때 그 참조기 떼가 몰려와 알을 낳거든! 위도라는 섬에는 큰 살구나무가 있는데 그 살구꽃이 필 무렵이면 조기가 잡히니까 아이들도 어른들도 그 살구꽃 피기만을 기다린단다.
며느리	어머! 그래서 굴비가 맛있는가 보죠? 꽃향기를 맡아서… 호호…….
할머니	아니지. 알이 잘 배인 조기를 잡아 말린 굴비니까 맛이 있을 수밖에…….
며느리	저는 굴비가 그렇게 맛있는지 모르겠어요. 짜기만 하구…….
할머니	모르는 소리! 그게 다 세상이 바뀌면서 굴비 말리는 방법까지 변한 탓이지.
며느리	굴비 말리는 방법이 따로 있나요?
할머니	암…! 옛날에는 굴비 말리려면 소금을 절인 후 토굴 속에다 한 마리씩 돌로 눌렀단다.
며느리	어머나! 한 마리씩요?
할머니	음…, 그래 하루가 지난 뒤에 그걸 바닷가 건조대에다 걸어서 말리는데, 아침부터 태풍이 불어 안개가 자욱이 끼어 있으면 바람 속의 염분이 그대로 굴비에 배어들어서 그게 굴비의 진미가 되는 게야, 훗흐…….
며느리	정말 멋있네요. 그림 같고 시 같으네요.
할머니	(침을 삼키며) 그 굴비를 꼬리 부분부터 찢으면 마치 북어처럼 슬슬 찢기는데, 그걸 고추장에 찍어 밥에 얹어 먹으면 잃었던 밥맛이 어디 갔었나 싶더니……. (한숨) 에그… 이제는 그 영광

---

* 굴비나 자반 준치 따위를 다섯 마리씩 한 줄에 엮은 것.

굴비 맛 보기는 영영 틀렸지. 영광 오가재비 굴비 맛을 내 생전
에는……

며느리   아이, 할머니도 별말씀 다 하시네. 아버님더러 인천에 나가시는
         길에 사 오시라고 하세요.

할머니   그렇게 해볼까?

며느리   아버님은 효자시니까 꼭 사 오실 거예요, 호호.

할머니   응… 그래, 그래! 헛허….

개가 짖는다. 둘째가 들어선다.

둘째   형수! 어머니 어디 가셨어요?

며느리   냇가로 빨래 가셨어요.

둘째   일용네도 같이요?

며느리   예, 왜요?

둘째   친구한테서 편지가 왔는데….

아버지가 들어선다.

아버지   편지?

둘째   예, 이식이한테서 편지가 왔는데 일용이 형이 인천으로 간 것
         같아요.

아버지   인천?

둘째   인천에 친구가 있거든요.

아버지   음…….

며느리   그렇게 가까이 있었는데 몰랐었군요.

아버지   어디, 그 편지!

둘째가 편지를 꺼낸다. 아버지가 읽는다. 까치가 운다.

할머니	일용이를 찾았다고?
아버지	예, 저…….
둘째	찾은 게 아니라 찾게 되었어요…….
할머니	그런 불효막심한 놈은 더 고생을 시켜야지…… 찾아서 뭘 해!

아버지가 편지를 둘째에게 준다.

아버지	결국은… 그렇게 되는구나.
둘째	어떻게 하죠?
아버지	어떻게 하긴 붙들어 와야지.

S#5 논길

빨래 통을 머리에 이고 겨드랑에 낀 어머니와 일용네가 바삐 오고 있다.

둘째가 뛰어온다.

둘째	(멀리서) 어머니!
어머니	응, 둘째 아니야?
일용네	그런가 봐요.
어머니	(크게) 왜 그래?

둘째가 뛰어와서 두 사람 있는 곳을 본다.

둘째	(일용네에게) 일용 형 있는 곳 알았어요.
일용네	응?
어머니	여지껏 부산에 있다니?

둘째	아뇨. 인천!
일용네	인천?
둘째	부산에 있는 친구가 만났는데 편지를 써 보냈군요.
일용네	그게 사, 사실이야?
둘째	예… 허허….
일용네	그, 그럼 어떻게 해, 응?
둘째	아버지께서 찾아가시겠대요. 내일이라도.
일용네	내일은 왜 내일? 오늘 당장에 가서야지.

일용네가 머리에 이고 있던 빨래 통을 내던지고 뛰어간다.

어머니	아, 아니…… 저 빨래…… 어머! 일껏 빨아 온 빨래를!
둘째	허허…….

저만치 뛰어가는 일용네가 바삐 뛰다가 넘어진다.

S#6 시골길
일용네가 신나게 뛰어간다.

S#7 첫째의 방
첫째가 자고 있다.
며느리가 들어온다. 잠에 곯아떨어진 남편의 얼굴을 내려다보는 며느리.

며느리	여보! 그만 일어나요, 예?
첫째	음… 음….

첫째가 돌아눕는다.

며느리	여보!
첫째	일요일엔… 늦잠 좀 자게 해줘! 아이…….
며느리	아버지께서 나가신대요.
첫째	음….

첫째가 일어난다.

며느리	인천 가신대요. 일용이 찾으러….
첫째	그 녀석은 왜 이렇게 여러 사람을 못 살게 굴지… 내 참!

S#8 마루와 뜰

아버지가 방에서 나온다.

할머니, 일용네, 어머니, 둘째가 따라 나온다.

어머니	쉽게 찾으실지 모르겠군요.
일용네	서울 김 서방 집도 찾는다는데 그것쯤 못 찾으실까? 안 그래요, 김 회장님?
아버지	예! 서울 아니라 대한민국 김 서방도 찾죠.

첫째와 며느리가 방에서 나온다.

첫째	인천 가세요?
아버지	오냐, 일요일이니까 어딘가 틀어박혀 있겠지!
첫째	이번엔 아주 혼을 내줘야지 안 되겠어요!
일용네	혼을 내줘?
첫째	글쎄, 외국 나갈 사람이 따로 있지, 제 놈이 어딜 갑니까? 옆 사람 귀찮게만 하니….

일용네	(뾰로통해서) 살다 보면 그럴 수도 있는 게지… 안 그래요, 김 회
	장님? 남의 일이라고 그렇게 보면 못쓰는 거지요?
아버지	예…… 그렇구말구요. 얘, 남의 일 그렇게 말하면 못쓴다.

일동 까르르 웃는다.

아버지가 신을 신고 일어선다.

어머니	처음부터 너무 호되게 굴지 마세요.
아버지	내가 뭘?
어머니	살살 달래서 데려오세요.
아버지	그래! 어미닭 병아리 품듯 하고 올 테니 염려 마… 젠장!

일동 웃는다.

아버지	어머님… 다녀오겠어요.
할머니	음… 그런데, 아범아…….
아버지	예?
할머니	저… 나 뭣 좀 사다 줘야겠어!
어머니	뭘요…?
할머니	굴비!
아버지	구, 굴비라뇨?
며느리	영광굴비가 잡숫고 싶으시대요.
어머니	아니, 그걸 네가 어떻게….
며느리	할머니께서 가끔 굴비 잡숫고 싶으시대요. 그것도 오가재비 굴
	비라야지 다른 건 안 된대요.
어머니	오가재비 굴비? 너는 별걸 다 아는구나.
할머니	그걸 오사리* 굴비라고도 하는데….

며느리	그게 칠산 바다에서 살구꽃 필 때 잡힌 참조기여서 알도 배고 제맛이 난대요.
어머니	(어이가 없어서) 아니 너는 언제 굴비 연구가 되었니? 혹시 네 친정에 뱃사람이라도 있었어?
며느리	아니에요! 저희 집안은 육지뿐인걸요.
어머니	그런데 어떻게 그리도 잘 아니? 살구꽃 필 때 잡힌 조기라야 제대로 굴비 맛이 나다니….
할머니	내가 가르쳤다! 왜 잘못이냐?
어머니	아, 아니에요.
할머니	요즘 젊은 애들은 신식은 알아도 구식은 너무 몰라……. 아범아…… 그러니 인천 가거든 찾아봐!
아버지	예!
어머니	영광굴비가 어떻게 생겼는지 아세요?
아버지	물어보지!
어머니	비늘이 희끗희끗 벗겨지고…… 노리끼린한 데다가 입이 벌려 있는 걸로……. 열 마리를 양쪽에 다섯 마리씩 묶은 걸로 고르세요.
아버지	아이구… 이건 다이아 반지 사기보다 더 힘들겠군, 허허…….
일용네	우리 일용이 찾은 다음에 굴비 사세요….

모두들 한바탕 웃는다.

S#9

아버지가 자전거를 타고 간다.

---

* 이른 철의 사리 때에 잡은 해산물.

S#10 아스팔트 길

아버지가 더 신나게 자전거를 몰고 간다.

S#11 안방

어머니가 방을 훔치고 있다.

막내가 들어온다. 바지에 잠바를 입었다. 소풍 가는 차림이다.

막내   엄마….

어머니   들어와!

막내가 들어온다.

어머니가 걸레를 방구석에 밀어붙이고 돌아본다. 복장이 마음에 걸린다.

어머니   어디 가니?

막내   친구들하고… 소풍….

어머니   친구라니?

막내   친구가 친구지요… 엄마두….

어머니   그래서?

막내   돈 좀….

어머니   그럼, 아까 아버지한테 말씀드리고 타낼 일이지….

막내   아버지한테는 싫어요.

어머니   어째서?

막내   아무튼, 엄마 돈 좀….

어머니   어디 가는데?

막내   소요산에 가서 밥해 먹고 오재요.

어머니   왜 하필이면 산에 가서 밥해 먹자니?

막내   산 밥이 맛있대요

어머니	오늘은 왜들 맛 얘기만 나오냐?

어머니가 경대에서 돈을 꺼내서 준다. 천 원짜리 석 장이다.

어머니	이거면 되겠니?
막내	예!

막내가 돈을 접어 작은 예쁜 지갑에다 꾸겨 넣는다.

어머니	너 혹시…….
막내	예?
어머니	남학생하고 가는 거 아니지?
막내	(잡아떼듯) 아니에요….
어머니	정말?
막내	고등학교 때 동창끼리 모이는 거예요.
어머니	그럼 됐어, 가봐!
막내	믿으신 거죠?
어머니	안 믿으면?
막내	흠, 다녀오겠어요.
어머니	조심해!

막내가 나간다. 까치가 운다. 개가 짖는다.

막내	(소리) 다녀오겠습니다.

어머니가 가계부를 꺼내서 메모를 한다.

S#12 첫째 방

며느리가 화장을 하고 있다.

첫째가 넥타이를 매고 있다.

첫째   어머니께 뭐라고 말씀드리지?

며느리   애기 봄옷도 사고 이것저것 사러 나간다면 되죠.

첫째   글쎄.

며느리   예?

경대 속에 비친 첫째를 노려보듯 눈을 치켜뜬 며느리.

며느리   싫으면 관두세요. 나 혼자 갔다 올 테니.

첫째   뭐?

며느리   모처럼 일요일에 영화 구경 가는 게 뭐가 어때서······.

첫째   누가 뭐랬어?

며느리   지난주엔 아버지 어머니 동반으로 3박 4일 관광 여행 가셨는데,
                우리가 동반으로 영화 구경 좀 가는 게 뭐가 큰 잘못이에요?

첫째   이 사람··· 그렇게 시비조로 나오기야?

며느리가 휙 돌아앉는다.

며느리   아침 내내 조르고 사정해서 겨우 가겠다고 해놓고선 이제 와선
                뭐가 그리 께름칙해요?

첫째   아니 정말······.

며느리   농촌에서 이렇게 살아가는 걸 가엾다고 생각지 않으세요?

첫째   뭐가 가엾어?

며느리   그러실 테죠. 굶는 것도 아니고 헐벗은 것도 아니고 냉돌에서

자는 것도 아닌데 뭐가 비참한가 이거겠죠? 흥!

첫째   또 시작이다.

며느리   당신 작년 겨울 얘기 기억나시죠?

며느리가 입술 연지를 바르고는 화장품을 챙기면서 일방적으로 얘기를 쏟아낸다.

며느리   아버님께서도 내년 봄에 가서 생각해보자고 하셨어요. 기억나
            죠? 그런데 왜 아무 말씀도 없죠? 아니 왜 당신은 아무 말씀도
            못 드리죠? 우리 분가 문제는 어떻게 되었습니까, 하고 한 번쯤
            말씀드려봤어요? 예?

첫째는 길게 한숨을 내뿜고는 방바닥에 주저앉아 담배를 꺼낸다.
며느리가 손거울을 들어 머리 뒤에 대고 거울 속에다가 비추어 본다.

며느리   그렇다고 나 지금 당장에 어디로 집 얻어 나가자는 뜻은 아니에
            요.

첫째   뭐라고?

며느리   당신의 그 뜨겁지도 차갑지도 않은 생활에, 그리고 아버님의 그
            적당하게 두리뭉술 넘어가시려는 사고, 솔직히 말해서 탐탁지
            않아요.

첫째   (화를 내어) 아니 이 사람이….

며느리가 정면으로 앉는다.

며느리   얘기 틀렸어요? 봄이 왔어요. 그럼 우리가 말씀 드리기 전에 부
            모님께서 먼저 말씀해주셔야죠. 우리가 또 그 얘기 꺼내면 이
            건 마치 보채야 젖 얻어먹는 갓난애기 꼴이지 뭐예요? 나는요

그런 게 싫다고요. 되면 된다, 안 되면 안 된다, 양단간에 한 가지를 택하는 성격이에요.

첫째   아니, 이 사람이 보자보자 하니까.

며느리   나…… 그렇다고 바가지 긁는 것 아니에요. 이 집안에서 맏며느리로서 권위 세우자는 것도 아니고요! 적어도 부모와 자식 사이에도 얘기는 선명했으면 좋겠다는 생각뿐이에요!

첫째   (크게) 시끄러워!

며느리   (지지 않고) 시끄러워도 들어요!

S#13 안방

가계부에 치부를 하던 어머니가 깜짝 놀라 고개를 든다.

첫째   (소리) 당신이 뭐 정치가야? 선명이니 흑백이니 하게!

며느리   (소리) 할 말은 하고 넘어가야죠!

어머니가 가계부를 덮어 문갑 안에 넣고 밖으로 나간다.

S#14 마루와 뜰

어머니가 나가자 첫째가 제 방에서 나오다가 시선이 마주친다.

어머니가 뭐라고 말을 걸려 하자 첫째가 뜰로 내려선다.

어머니   얘!

첫째가 뒤도 안 돌아보고 나가버린다.

어머니가 첫째 방 쪽으로 가서 방문에 손을 댔다가 무슨 생각이 들었는지 살그머니 돌아선다.

까치가 운다. 어머니가 쓸쓸해진다.

S#15 판자촌

인천 부두가 내려다보이는 주택가.

자전거를 끌고 가는 아버지. 이 집 저 집 문패를 본다. 또 다른 길을 간다.

S#16 구멍가게

돋보기를 쓴 할아버지가 연탄 화로를 품고 있다.

아버지가 자전거 끌고 온다.

아버지	저… 실례합니다.
노인	예?
아버지	이 부근이 28통 2반 맞습니까?
노인	예.
아버지	혹시… 수산시장에 다니는 이상술 씨라고 아시나요?
노인	수산시장? 예… 저, 저기 골목 끝 집이 하숙집이에요.
아버지	고맙습니다.

아버지가 구멍가게에서 나와 골목으로 접어든다.

S#17 하숙집

일각문이 반쯤 열려 있다.

아버지가 밀고 들어간다. 인기척이 없다. 몇 개의 방문이 나란히 뚫려 있다.

아버지	저, 계십니까?

아무 대답이 없다. 아버지가 더 깊숙이 들어간다.

집주인인 아낙이 연탄 두 개를 새끼 토막에 매달아 장바구니를 들고 들어선다.

340

여주인	누굴 찾아오셨어요?
아버지	예? 예!
여주인	어디서 오셨나요?
아버지	혹시 여기 일용이라고…… .
여주인	아… 이 씨 말이군요… . (크게) 이 씨, 이 씨! 손님 왔어요… . 저기 끝방이에요.

여주인이 부엌으로 들어간다.

아버지, 끝방 앞으로 간다.

아버지	(망설이다가) 있니? 일용이 있어? 나와! 가자!
일용	…… .
아버지	(목소리를 돋우어) 내 말 안 들려?
일용	안 가겠어요.
아버지	안 가?
일용	어딜 갑니까?
아버지	뭐야?
일용	갈 수 없어요… 저는.
아버지	(화를 내며) 나오라면 나와, 인마!

일용이가 고개를 든다. 눈물이 글썽거리는 눈빛.

아버지	이게 무슨 꼴이야, 응? 네 집을 두고 왜 이런 데 나와 있어?

방문이 열린다. 자다가 일어난 얼굴. 눈을 비비고 쳐다본다.

일용	누구를… 아니?

일용이가 반사적으로 뛰어나와 절하고 선다.

일용   김 회장님… 여길 어떻게?

아버지   그건 내가 묻고 싶은 말이야!

일용   예?

아버지   옷 입고 나와!

아버지   가자. 사내대장부가 한낮에 할 일 없이 이런 데 틀어박혀서 어
           쩌겠다는 거야?

일용   김 회장님! 저, 갈 수 없어요.

아버지   뭐야?

일용   나 같은 쓰레기 인생 이젠 갈 곳두 없구 가고 싶지도 않구……
           살기두 싫구……. 다 끝났어요, 회장님!

아버지   뭐? (따귀를 때린다)

일용의 뺨을 후려친다. 일용이가 방바닥에 팩 쓰러진다.

일용   아이쿠!

아버지   말이면 다야? 네 어머니를 생각해야 할 게 아냐, 인마? 뭐, 살기
           싫어? 어디서 그따위…….

S#18 동구 밖

일용네가 서성거리고 있다. 아들이 오기를 기다리는 모양이다.

둘째가 거름통을 들고 온다.

둘째   들어가 계세요.

일용네   아, 아니야!

둘째   그렇게 서 계시다가 발병 나시겠어요!

일용네	이 자식을 찾았을 테지?
둘째	그럼요…. 일용 형도 집에 오고 싶지만 차마 쑥스러워서 인천에 갔었을 거예요.
일용네	망할 녀석…… 제깐 놈이 가기는 어디로 가, 가긴…….
둘째	일용 형이 오더라두 때리진 마세요, 허허…!
일용네	때리긴 왜 때려?
둘째	에그, 걸핏하면 주먹으로 일용 형 머리통을 때리시던데…. 그러다가 일용 형 장가도 못 가게 머리털 다 빠질 거예요. 허허…….
일용네	빠지면 쓰나?
둘째	자, 들어가서 기다리세요.

둘째가 억지로 민다.

밀려가면서 뒤돌아보며 가는 일용네.

S#19 바닷가

아버지와 일용이가 거닐고 있다. 바닷바람에 머리카락이 흩날린다.

아버지	사람은 다 자기 분수에 알맞은 직업을 가져야 하고 매사엔 때가 있는 법이야. 그걸 운이라고 봐야 돼……. 너한테는 그 때도 운도 안 맞은 것뿐이야. 꽃을 빨리 피게 할 수 있어? 하기야 온실재배를 하면 되지. 그러나 그렇게 피는 꽃은 쉬 져버려! 허지만 들판에 저절로 제멋대로 자라난 꽃은 오래 피고 잘 견디어내지. 너두 그걸 배워, 억지로 되는 게 아니야. 김치도 억지로 익히면 맛이 없듯이 말이야. 그러니 집으로 돌아가! 돌아가서 또 한 번 자연에서 배워…….

파도가 밀려가는 모래톱 위에 발자국이 새겨진다. 물새가 울고 간다.

S#20 마당

일용네가 초조한 듯 마당 가운데를 서성이고 있다.

S#21 안방

어머니가 며느리에게 타이르고 있다.

어머니	그래두 그러는 게 아니야! 남자란 여자가 마음 쓰기에도 매어 있어. 남자는 여자를 고삐 매어 끌고 가듯이 강압적이지만, 끌려가는 척하면서도 끌고 가는 사람을 슬슬 조종할 수 있는 게 또 여자란다.
며느리	(웃으며) 참 어머님두…….
어머니	아무리 호랭이 같은 남자라도 무엇에 제일 약한지 아니?
며느리	글쎄요?
어머니	여자의 여자다운 모습에 제일 약하단다. 여자가 앙칼지게 대들면 남자는 더 호랭이가 돼. 고개를 살포시 숙이고 옷고름짝으로 눈가를 슬쩍 찍어봐라. 그러면 천하에 영웅호걸도 물먹은 솜이 되고 말아.
며느리	호호호….
어머니	정말이다, 너! 요즘 여자들은 남자한테 똑똑하게 맞설 줄은 알아도 여자스런 부덕을 가지고 남자를 감동시키는 덴 관심이 적은 것 같더라.
며느리	다 그러나요, 뭐!
일용네 E	아이고, 회장님 오세요!

두 사람, 일어선다.

아버지가 자전거를 끌고 온다. 뒤에 굴비를 싼 뭉치가 실려 있다.

일용네가 호들갑을 떤다.

일용네	아이고, 회장님! 그래 우리 일용이 찾으셨어요?
아버지	네!
일용네	그런데, 왜 같이 안 왔어요?
아버지	쑥스러워 못 오겠다는군요.
일용네	네? 아니 그럼 또 도망쳤어요?

어머니와 며느리가 나온다. 둘째도 들어온다.

아버지	도망치긴요? 같이 왔죠!
일용네	에구, 답답혀! 아니, 그럼 어디 갔어요?
아버지	흐흐, 동구 앞 동산에서 마음 준비 좀 하고 들어오겠대요.
일용네	에그, 미친놈! 다 와서 못 올 게 뭐여?

쏜살같이 뛰어나가는 일용네. 모두들 웃으며 바라본다.
할머니가 방에서 나온다.

할머니	벌써 다녀왔어?
아버지	예, 다녀왔습니다. 참…… 그거 구해 왔어요, 어머니….
할머니	그거라니?
아버지	둘째야, 그 자전거에 실은 것… 가져와!
둘째	예, 이게 뭐예요?

둘째가 시멘트 포대 종이에 싼 것을 들고 마루로 온다. 둘째가 포장을 푼다. 굴비다.

둘째	굴비구나!
어머니	정말?
할머니	영광 오사리 굴비냐?

아버지	예, 틀림없을 거예요.
어머니	내가 봐야지.

어머니가 굴비 두름을 쳐들어 살핀다.

아버지	어때, 응? 당신 말대로 비늘이 희끗희끗 벗어지고 노리끼하고 입이 벌어지고, 됐어?
어머니	글쎄요.
아버지	뭐라고?

어머니가 냄새를 맡아본다.

어머니	좀, 찌린내가 나는 것 같아요.
아버지	찌린내?
어머니	어머님, 맡아보세요!
할머니	그걸 냄새 맡아서 알 수 있니? 먹어보기 전에는 몰라요. 고기는 씹어야 맛이라잖던?

일동 까르르 웃는다.

아버지	그래, 어서 가서 한 마리 찢어 와….
어머니	그것도 꼬리 있는 부분에서부터 술술 찢어라…….
며느리	예.
둘째	형수님! 아버님 약주 반주 잊지 마세요.

며느리가 굴비를 들고 부엌으로 들어간다.
할머니가 군침을 삼킨다.

| 할머니 | 이제야 입맛이 돌아오는구나! |

모두 웃는다. 어머니가 나간다.

| 아버지 | 어디 가? |
| 어머니 | 일용네 모자가 어쩌는지 가봐야죠. |

아버지도 따라간다.

S#22 기슭

일용이가 앉아 있다. 태양이 비껴가는 들판을 바라보고 있다. 산새가 운다.

| 일용 | (마음의 소리) 아, 좋구나……. 역시 내가 살아야 할 곳은 이곳인가 보다……. 이렇게 차분하게 나를 감싸주는 산, 바람, 흙냄새가 또 어디 있단 말인가? 내 분수에 어딜 간들 뾰족한 수가 있겠어? 에라, 좋건 궂건 여기서 살자…. |
| 일용네 | 일용아, 일용아! |

무섭게 달려오는 일용네의 모습.
일용이가 반사적으로 벌떡 일어난다.
헐떡이면서 달려 나오는 일용네의 무서운 눈길.

일용네	(악) 왜 왔어?
일용	어머니!
일용네	도루 가, 이놈아!
일용	어머니!
일용네	어서 가, 이놈아! 네놈이 사람의 자식이야, 응? 사람의 자식이

면 이럴 수 없지! 이놈아, 이놈아!

비로소 울음이 터지는 일용네가 마구 두 주먹으로 일용의 머리통을 쥐어박는다.
일용이가 피하면서 풀밭에 대굴대굴 구른다. 일용네가 아들을 덥석 끌어안는다.

일용   아이고, 엄마 잘못했어요! 다시는 안 그럴게요. 아이고, 엄니!
          사람 잡네! 안 그런다니까요.
일용네   일용아…, 이 썩어 문드러질 놈아! 흑흑….
일용   <u>으흐흐</u>.

두 모자가 얼싸안고 울고 있는 광경을 저만치서 보고 있는 아버지와 어머니. 그들 눈에
도 눈물이 돈다.

S#23 마루와 뜰(밤)
안방에서 불빛이 흘러나온다. 명랑한 웃음소리.

S#24 안방 안(밤)
할머니, 아버지, 어머니, 둘째, 막내, 그리고 며느리가 식탁에 둘러앉았다.

아버지   어머니, 굴비 맛이 어때요? 틀림없죠?
할머니   음… 틀림없는 영광굴비야! 굴비 맛이 이래야지, 흠….

할머니가 굴비 살을 찢어 깨문다.

어머니   어떻게 아시고 사셨어요?
아버지   건어물 가게에 가서 사정을 했지.
어머니   사정을 해요?

아버지	비싸도 좋으니 진짜 영광 오사리 굴비를 달라고 말이야!
어머니	아니, 그렇다고 비싸도 좋다는 얘기는 또 뭐예요?
아버지	그래야 그 사람들도 양심적으로 나올 테니까 그렇지! 안 그래?
할머니	음…… 아무튼 옛날에는 이 영광굴비가 임금님한테 바치는 진상품이었다는데 요즘은 점점 보기가 힘들어가니…….
둘째	그건 왜 그렇죠?
아버지	나도 그 건어물 장수한테 들은 얘기지만 영광굴비가 자취를 감추고 있다는 건 사실인가 봐.
둘째	왜죠? 조기가 바다에서 안 나오는 것도 아닌데.
아버지	그 지각없는 어로 기업들 때문이지.
둘째	예?
아버지	더구나 유자망이다 기선저인망이다 하는 현대 어구를 갖춘 대형 어선들이 나오면서부터 깡그리 잡아가는 바람에 정작 본바닥의 어선들은 출어조차 못 하게 되었다지 않아?
둘째	저런!
아버지	그러니 요즘은 다른 지방에서 잡은 조기를 사들여서 가공을 하는데. 그나마 채 마르기도 전에 서울서 내려온 대상인들이 몽땅 긁어가다시피 해서 영광굴비는 본바닥에서도 없고, 있다 해도 제맛을 잃고 말았다는 거야.
둘째	그럼, 지방 특산물 정책을 위해 정부에서 어떤 조처를 해줘야 하지 않을까요?
아버지	그게 여러 가지로 어렵다더군.
어머니	세상에, 그럼 어민들은 뭘 먹고 살죠?
아버지	그게 골치지! 우리 농사짓는 농민에게도 어려움이 많지만 어민들에게도 애로가 많다고 장탄식이더군!
어머니	어쩌면 좋죠?
아버지	아…, 조기가 안 잡히는 게 아니라 남획을 말아야 해! 요즘은

누구나 우선 먹기는 곶감이 달다는 식으로 우선 먹고 보고 잡고 보자는 식인데, 그게 틀린 생각이지. 마음은 바쁘더라도 참아야 해! 때가 오기를 기다려서 잡아야지. 그래야 제맛 나는 굴비를 먹을 수 있을 텐데 말이야… 큰일이다!

할머니가 입에 넣었던 굴비를 꺼내 본다.

어머니	왜 그러세요?
할머니	그럼… 이것도 믿을 수 없는 거 아니니?
아버지	아니에요, 그건 틀림없다니까요! 허허….

일동 웃는다.
이때 개 짖는 소리가 난다. 며느리가 문을 열어본다.

일용	(소리) 회장님, 계세요?
며느리	어서 오세요!
어머니	누구냐?
며느리	일용네하고….

일용 모자가 들어온다.
일용은 말쑥하게 옷을 갈아입었고 머리에 빗질도 해서 생기가 돌아 보인다.

일용네	그, 아직도 저녁 드시는구려, 하하…!
어머니	어떻게… 저녁은?
일용	먹었어요!
일용네	우린 벌써 먹고 얘기하다가 왔는걸요, 하하!
어머니	일루 앉아요.

일용네와 일용이가 앉는다. 모두들 일용네를 바라본다.

둘째   일용 형! 아파?

일용   응?

둘째   또 주먹으로 얻어맞았잖아? 허허….

일용   맞아도 싸지! 흐흐….

일용네   처음 생각으로는 그저 너 죽고 나 죽자 할 셈이었는데 그렇게
            안 되고 말았어요.

할머니   그게 다 윤리라는 게야, 부모 자식 간의 천륜이지.

아버지   일용이에게는 내가 잘 타일렀지만, 지금도 그 얘기를 하고 있
            었지.

일용   네?

아버지   이 영광굴비 얘기하다가 중단되었는데….

일용네   이게 영광굴비예요?

어머니   먹어봐요.

어머니, 찢어놓은 것을 하나 집어 든다. 일용네가 넙죽 받아먹는다.

일용네   에그….

할머니   맛있어?

일용네   고소하네요!

할머니   그것 봐…. 나는 이것만 있으면 봄도 안 타고 밥을 잘 먹어!

일동 웃는다.

아버지   요즘 굴비가 제맛이 안 나는 것은 제때 안 잡고 제대로 안 만들
            기 때문이지. 세상일이란 다 그런 거야, 우겨서 되는 일은 없어

	요. 좀 귀찮더라도 순리를 따라 참고 기다리며 해야 해. 일용이 네가 번번이 바다로 나가려다가 그 꼴이 된 것도 따지고 보면 영광굴비가 피해를 입는 거나 다름이 없지.
일용	명심하겠습니다.
둘째	일용 형! 형 덕택에 굴비 철학을 배웠어요.
일용	굴비 철학?
둘째	진상품이라고 그저 생기는 것도 아니려니와, 그 말리는 방법이 그렇게 정성을 들여야 하는 줄도 처음 알았고요.
일용	그래?
아버지	그렇지! 정성 들여서 안 되는 일 없다는 것도 그중의 한 가지지. 조기는 매년 겨울에 제주도 서남방 남해에서 월동을 한 후 곡우를 전후한 3월이 되면 떼 지어 북상을 한다. 그게 흑산, 위도, 칠산, 연평을 거쳐 올라오는 동안에 알을 깔 철이 되는데, 그 기나긴 회로는 결국 우리 인간이 사는 것과 다를 바 없어…! 그 회로를 자기 마음대로 어겨봐. 어떻게 되는가…!
일용네	일용이 꼴이지 뭐겠어요?

일동 웃는다.

아버지	그래요! 그러니 둘째야!
둘째	예.
아버지	그러고, 일용아!
일용	예.
아버지	이건 진부한 얘기라고 웃어넘겨서는 안 된다.
둘째	예!
아버지	인생이란 기다리는 거야. 그것도 막연히 기다리는 게 아니라 준비를 하면서 기다리는 거야, 알겠어? 그, 기다리기가 싫거나 그

것이 손해 되는 것이라고 뛰쳐나가는 사람은 대개는 실패하지. 잘되었다 해도 오래 못 가고, 나는 늘 얘기지만 농사짓는 사람이 배워야 하고 또 자랑해야 할 점은 바로 그 기다리는 힘이야! 진득하게 서둘지 않고 기다릴 줄 알아야 해! 다 때가 되어야 익는 거야. 곡식이 익고 고기가 잡히듯 인생살이가 다 그런 거야, 이걸 알아야 한다.

일용	예!

이때 밖에서 첫째가 노래를 부르고 들어오는 소리.

둘째	응, 형님 소리 아니에요?
어머니	웬일이냐? 첫째가 노래를 다 부르고….

둘째가 방문을 열고 나간다.

S#25 마루와 뜰(밤)

첫째가 술에 취했다.

둘째	형, 술 마셨소?
첫째	응!
둘째	들어오세요. 모두들 계세요.
첫째	그래?

첫째가 방으로 들어간다.

S#26 안방(밤)

첫째가 방으로 들어서자 정신이 번쩍 드는지 눈을 말똥거린다.

첫째	아버님, 늦었습니다.
아버지	어디, 갔다 왔니?
첫째	네.
일용	형! 나 왔어요.
첫째	아이구, 아니 네가? (운다) 흐흐흐… 얼마나 고생했니, 응?
어머니	하이고, 길 닦아노니까 뭐가 지나간다더니 지가 울고 야단이냐?
일용네	'늦게 잡고 되게 친다'*는 말이 있잖아요?

모두 까르르 웃는다.

(F.O.)

---

* 늑장을 부리고 있으면 나중에 급히 서둘러야 하기 때문에 도리어 더 큰 어려움을 겪게 된다는 속담.

제25화

한 줌의 흙

제25화 한 줌의 흙

방송용 대본 | 1981년 4월 21일 방송

· 등장 인물 ·

할머니	정애란
아버지	최불암
어머니	김혜자
첫째	김용건
며느리	고두심
둘째	유인촌
셋째	김영란
막내	홍성애
일용	박은수
일용네	김수미
면장	박규채
영순 아빠	정대홍
영순 엄마	이수나
영순 숙부	홍순창
손님 A, B	최선균, 이창환
마을 사람들	ext.

S#1 진달래 핀 산

연분홍 빛깔이다.

보온못자리에서 아버지, 둘째, 일용이가 일하고 있다.

아버지	(소리) 개나리가 봄소식을 알리고 나면 진달래가 봄을 활짝 펼쳐준다. 예부터 모 기르기는 반농사라는 말이 있다. 모를 튼튼히 잘 키워야 그해에 좋은 수확을 올린다는 뜻이고 보면 자식을 기르는 일과 하나도 다를 바가 없다. 그러나 그것도 머리를 쓰고 안 쓰고에 따라 성과가 다르다. 옛날부터 전해져 내려온 방법을 그저 따라서는 이미 밀려나고 만다. 어떤 토양에 어떤 작물이 적합하며 어떤 지대에 어떤 품종이 알맞은가를 가려내는 안목이 있어야 한다. 나는 못자리에서 문득 내 아들딸 생각을 하게 된다. 좋은 환경에서 잘 보살펴준 자식이 왜 삐뚤어진 길로 가겠는가 하고 스스로를 채찍질한다.
둘째	아버지!
아버지	왜?
둘째	영순이 작은아버지가 일본서 오셨다던데요.
아버지	영순이?
둘째	방앗간 집 옆에 사는… 거, 왜 있잖아요?
일용	말대가리 아줌마 딸?
둘째	예에.
아버지	(돌아보며) 말대가린 또 뭐야? 말조심해!
둘째	접때 어머니랑 관광 여행 가자고 설치던 떠벌이 아주머니죠.
아버지	흐흐… 그래 그 집 딸이 영순이야?
둘째	예… 뭐 40년 만에 온다나요?
일용	(놀란 듯) 40년?
둘째	일제 말기에 징용으로 끌려간 후 소식 없더니 불쑥 편지가 왔

더래.

아버지	음……. 신문에서 읽었지. 재일동포들의 모국 방문단이 온다더니 거기 끼어 오는 모양이구나.
둘째	예! 뭐 굉장한 부자가 되었다나 봐요. 회사가 둘이고, 공장이 세 개고, 자가용 차가 둘이고…….
아버지	잘도 주워 삼켰다! 이놈아… 어서 일이나 끝내!
둘째	저도 들은 풍월이에요. 허허.
일용	아… 어떤 사람 팔자가 좋아 공장이 셋인데 나는 뭐야, 제길….

S#2 마루와 뜰

영순 엄마가 촐랑대며 들어선다. 영순 엄마는 어울리지도 않게 화려한 봄 스웨터를 입었다. 선물로 얻은 옷이다.

영순 엄마	김 회장 사모님 계세요? (사이) 안 계세요?
어머니	(소리) 누구세요?
영순 엄마	저예요. 호호…….

방문을 열고 어머니가 나온다.

어머니	영순 엄마가 웬일이우?
영순 엄마	저, 상 좀 빌리러 왔어요.
어머니	상?
영순 엄마	교자상 있죠?
어머니	무슨 손님을 청하셨어요?
영순 엄마	예. 큰 잔치를 치른대요, 잔치를. 호호…….
어머니	잔치?

일용네가 배추를 캐서 바구니에 들고 들어온다.

영순 엄마   아직 소식 못 들으셨수?

어머니   아뇨?

영순 엄마   우리 영순이 작은아버지께서 일본서 40년 만에 나오셨어요, 글
            쎄! 호호…….

어머니   어머나? 저를 어째…….

영순 엄마   벌써 돌아가셨을 걸로 알고 제사까지 지냈는데, 글쎄… 하루는
            느닷없이 편지가 날라와서는…….

일용네   죽은 사람이 되살아난 셈이군!

영순 엄마   예, 바로 맞았에요! 탄광에서 고생고생했었는데 이 쉐타도 그
            시아주버님께서 사 오신 거예요.

일용네가 만지려 하자 급히 손을 떨어버린다.

영순 엄마   에그, 손에 묻어요. 호호….

어머니   호호…….

일용네   쉐타 한 벌 가지고서 세도 부리긴가? 흥!

영순 엄마   호호…….

일용네가 부엌으로 들어간다.

어머니   40년 만에 돌아오시다니 얼마나 기뻐들 하실까? 정말 잔치 칠
            만도 하군요.

영순 엄마   예, 그래서 영순 아버지가 동리 어른들 모셔다가 한바탕 노시겠
            대요.

어머니   그래서 교자상 빌리러 오셨구려?

영순 엄마	예예! 호호⋯.
어머니	잠깐만⋯. 뒤란 시렁에 있으니까 내가 내올게요.
영순 엄마	제가 내오죠.
어머니	아, 아니에요.

어머니가 뒤란으로 돌아간다.

일용네가 부엌에서 나온다.

일용네	어디에 있었대요?
영순 엄마	예?
일용네	일본서 왔다면서요?
영순 엄마	북해도래요.
일용네	북해도?
영순 엄마	예.
일용네	뭘 했는데요?
영순 엄마	뭘 하긴요? 사장님이시지!
일용네	사장?

아니꼽다는 눈초리로 쳐다본다.

영순 엄마	아니, 왜요?
일용네	탄광인가 어딘가에 끌려갔다면서 무슨 사장은, 사장?
영순 엄마	징용 나갈 때는 탄광이었지만요, 해방이 되자 돈을 벌어서 지금은 그렇게 되었다구요.

어머니가 6인용 교자상을 들고 나온다.

어머니	먼지가 앉아서 훔쳐내야겠어요.
영순 엄마	예예! 미안해서 어쩝니까? 호호.

영순 엄마가 상을 받자 수건으로 먼지를 턴다.

일용네가 질겁을 한다.

일용네	먼지 날리지 말아요.

일용네가 두 손을 허우적대며 먼지를 날려 보낸다.

영순 엄마	호호…….
어머니	가서서 물행주질한 다음 마른행주로 두어 번 훔치세요.
영순 엄마	예… 예….

영순 엄마가 수건으로 또아리를 만들어 머리에 놓는다.

영순 엄마	상 좀 들어주실래요?
어머니	예.

어머니가 교자상을 들어 영순 엄마 머리에 이어준다.

어머니	무거우면 우리 둘째더러 거들어달라고 할까요?
영순 엄마	아, 아니에요. (돌아서다 말고) 참, 김 회장님께 오늘 저녁에 우리 집에 놀러 오시라고 말씀드려주세요.
어머니	글쎄….
영순 엄마	꼭 오셔야 돼요……. 영순 아버지가 모시러 오겠지만 꼭 오세요. 같이 오세요.

어머니	예⋯ 그렇게 말씀을 드릴게요.
영순 엄마	꼭이에요.
어머니	조심해서 가세요.

영순 엄마가 나간다.

일용네	사장이 뭐 그렇게 쉬운가? 무슨 공장이 셋이나 돼⋯. 공연히 지어낸 얘기일 테지⋯⋯.
어머니	예?
일용네	영순네는 허풍장이예요! 무슨 여편네가 그렇게도 말이 많은지. 원, 숨이 넘어가게 수다를 떠니 정신을 차릴 수가 있어야지.
어머니	호호⋯⋯.

어머니가 방으로 들어간다.

S#3 영순네 집 뜰

영순 아빠가 마을 청년들하고 차일을 치고 있다.

뜰 한쪽에서는 아낙네들이 솥을 걸고 국을 끓이고 있다. 온통 잔치 분위기다.

영순 엄마가 상을 이고 들어선다.

영순 엄마	여보! 상 빌려 왔어요.
영순 아빠	응⋯⋯.

영순 엄마가 상을 내려놓는다.

영순 엄마	돼지는 어떻게 되었어요?
영순 아빠	지금 가져온다고 기별이 왔어.

영순 엄마	그럼, 상을 차려야죠?
영순 아빠	응……. 큰 상은 저 마루에 놓고 나머지는 차일 아래에다 멍석을 깔고 자리를 잡지.
영순 엄마	면장 어른께도 기별 보냈죠?
영순 아빠	암……. 그래 회장님께 말씀드렸어?
영순 엄마	예.
영순 아빠	그럼, 어서 서둘러! 시간 없어….
영순 엄마	예… 예….

S#4

일용이가 쟁기질을 하고 있다.

삽이 일구어가는 검은 흙에 둘째가 앉아 있다. 일용이가 다가가 엔진을 끄고 앉는다.

일용	이식이가 편지했더라면서?
둘째	음…….
일용	뭐라고?
둘째	아… 그저 안부 편지였어…….
일용	그래? (사이) 혹시 내 얘기 아니야?
둘째	응?
일용	이식이에게 빚진 거 있거든…….
둘째	빚이라뇨?
일용	2만 원 빌린 게 있지. 부산서 올라올 때.
둘째	아…….
일용	곧 갚겠다 해놓고서 차일피일하다가 그만.
둘째	아버지께 말씀드리지요.
일용	그렇지만 아직 한 달도 채 못 되었는데 어떻게…….
둘째	가불하는 거죠, 뭐….

일용	염치없어.
둘째	원 별소리 다 하네. 어차피 받기로 되어 있는데, 뭣하면 내가 아버지한테 말씀드려서 2만 원 타 올까요?
일용	그렇게 해주겠어?
둘째	어려울 게 뭐 있어요? 흐흐.
일용	생각하면 세상은 이상도 하지……..
둘째	왜 또 그러우?

둘째가 일용의 옆얼굴을 돌아본다.

일용	40년 만에 고향을 찾아온다는 게 나는 어쩐지 실감이 안 나서 그래.
둘째	영순이 작은아버지 얘기? 일용 형이 그때 태어났으면 수월하게 외국 나들이할 수 있었을 텐데 말이우.
일용	바로 그거야, 내 말이.
둘째	예?
일용	나처럼 외국으로 나가고 싶어서 미쳐 돌아가는 놈은 왜 못 나가는지 알다가도 모를 일이구.
둘째	영순네 집 동네잔치 벌인대. 돼지도 백 근짜리로 잡고.
일용	아이구, 일이나 하자.

일용, 일어나서 경운기의 시동을 걸기 시작한다.

S#5 마루와 뜰
아버지가 펌프 가에서 손을 씻고 있다. 어머니가 수건을 들고 있다.

어머니	꼭 오셔야 한대요.

아버지	그래?
어머니	돼지 잡고… 떡 하고… 걸게 장만한다나 봐요. 가보세요.
아버지	글쎄?
어머니	오죽 좋은 일이에요? 죽었던 사람이 되살아난 격이니. 게다가 (은근히) 돈을 굉장히 벌어 왔다나 봐요. 들리는 말로는….

아버지가 일어나며 수건을 낚아채듯 가져간다.

아버지	그, 당신은 말끝마다 돈타령인데 그것 좀 그만둘 수 없어?
어머니	아니, 제가 언제…….

아버지가 마루로 가서 걸터앉아 수건으로 얼굴과 손의 물기를 닦는다.

아버지	객지에서 고생하고 온 사람 반기는 건 좋지만, 그 사람이 돈을 벌었느니 안 벌었느니 하는 따위의 얘기는 빼줘!
어머니	어머머….
아버지	그저 돈 빼고는 할 말 없나? 어린애나 어른이나 그저 돈, 돈이니, 원 세상이 이렇게 돌아가다가는 아닌 말로 저마다 숨넘어가면서도 돈! 하고 죽는 게야.
어머니	아니, 내가 언제 돈! 하고 죽는댔어요? 정말 생사람 잡네!
아버지	당신이 그렇다는 게 아니라, 요즘엔 그…….
어머니	그만둬요.

어머니가 부엌으로 가려다 말고 돌아본다.

어머니	영순이 작은아버지가 돈 많이 벌어 왔다는 얘기 나도 들은 풍월로 그런 게지, 내가 무슨 돈에 걸신이 들렸다구 그래요?

아버지	아니, 내가 언제 걸신들렸다고 했어?
어머니	그저 당신 앞에서는 입 꼭 다물고 벙어리 시늉 해야지. 말 책잡
	히기도 신물나요!

어머니가 아들 방 쪽으로 가는 순간 강아지를 밟는다.

강아지가 질겁을 하고 비명을 올리자 어머니도 순간적으로 놀라 아버지 품에 탄환처럼

안긴다.

| 어머니 | 에그머니! |
| 아버지 | 아니… 쌍놈의 개가…. |

첫째 방에서 나오던 며느리가 얼른 다시 들어간다.

어색하게 서로 손을 놓으면서.

| 아버지 | 강아지에게도 놀라는 주제에 무슨…. |

아버지가 마루로 올라가서 방으로 들어가고 어머니는 부엌으로 간다.

S#6

송아지 두 마리가 무료하게 엎디어 있다.

S#7 영순네 집

영순 숙부가 차일 밑에 앉은 손님들과 인사 나누며 음식을 권한다.

(애드리브 대사들)

| 영순 엄마 | 많이들 드세요! 없는 것 빼고는 뭣이든지 청하세요. 호호. |

인사 마친 숙부가 마루로 올라온다.

면장	그런데, 김 회장은 왜 안 오시나?
영순 아빠	이봐! 나 좀 봐…….
영순 엄마	예? 예!
영순 아빠	김 회장님 꼭 오신다고 했지?
영순 엄마	그럼요! 제가 얘기했고, 또 덕팔이 가는 편에 재차 말씀드렸어요.
면장	그럼, 곧 오겠지.
영순 엄마	면장 어른, 많이 드세요. 음식이 입에 맞으실는지 모르겠어요. 헤헤.
면장	아주 훌륭합니다! 나보다도 (영순 숙부를 가리키며) 영감님께서 더 잡수셔야지.
영순 엄마	에그, 글쎄 우리 시아주버님께서는 통 잡수시질 않으세요.
영순 아빠	뭣 좀 들어봐!
숙부	예예… 많이 먹습니다.

숙부의 언행은 매우 서툴고, 말투는 흡사 일본 사람이 한국말 하듯 어정쩡하다.

면장	자, 제 술 한잔 받으시고….

잔을 전한다.

숙부	아, 예… 감사합니다.

그는 굽실거리며 두 손으로 잔을 받는다. 이 술을 따르는 동안에도 거의 무의식적으로 굽실거린다.

숙부   나, 술을… 잘 못해요.

영순 엄마   우리 시아주버니께서는 젊었을 때부터 술이라고는 입에도 안
            대셨다니까요. 그렇게 얌전하시니 별명이 우렁각시였대요. 호
            호호……

일동 까르르 웃는다.

숙부   우렁각시? 형수님, 그건… 나두… 생각 안 납니다. 헛허허.

영순 엄마   제가 시집왔을 때만 하더라두 형수인 저를 똑바로 바라보지 못
            할 정도로 수줍어하셨죠. 호호호…….

일동 까르르 웃는다.

면장   아무튼 잘 오셨습니다. 그동안 일본 땅에서 겪으신 고생이야 이
            루 다 할 수도 없겠고… 이제 고향에 오셨으니 고향의 맛, 고향
            의 정, 이런 것을 흠뻑 즐기시죠.

숙부   네네, 고맙습니다.

영순 아빠   그러지 말고 아주 여기서 함께 살지.

숙부   그, 글쎄요. 형님! 그, 그게… 어디.

영순 엄마   회사 일이 바쁘시죠? 그렇죠, 아주버님?

숙부   예예, 바쁩니다.

면장   그러실 테죠.

이때 아버지가 뜰에 들어선다.

차일 아래 앉아 있던 사람들이 자리에서 일어나 절을 한다.

마을 사람   김 회장님, 나오세요?

아버지	아, 어서들 앉아서 들어요. 어서….

아버지가 재촉하듯 만류하며 마루 쪽으로 간다.

영순 엄마	어머, 김 회장님 오시네요! 호호….
영순 아빠	어서 오십시오.
면장	먼저 시작했습니다.
아버지	아, 어서들 드십시오.
영순 아빠	김 회장님! 이쪽으로 올라오십시오. 집이 누추해서 원….
아버지	별말씀을…. 이렇게 동기간끼리 만나뵙게 되어 얼마나 기쁘십니까?
영순 아빠	모두가 어른들 덕이죠. 참 동생, 인사드려.
숙부	처음 뵙습니다.

꼭 일본 사람같이 깍듯이 인사하는 모습.

아버지	예…….
영순 아빠	김 회장님은 우리 마을뿐 아니라 경기도, 아니 대한민국에서는 농촌 지도자로서 고명하신 어른이시고…….
숙부	아, 그러십니까?
아버지	과분한 말씀을 다…… 허허…. 영감님, 고생 많으셨죠?
숙부	예, 뭐 고생이야, 어디 나만 했습니까. 다 했죠 뭐….
영순 아빠	징용 가서 북해도 탄광에서 14년이나 고생을 했답니다. 자, 잔 받으세요.
아버지	아, 예. (받아 마시고)
아버지	자, 잔 받으시죠.
숙부	네네. 고맙습니다.

받아 마신다. 잔 받아 마시는 숙부의 손은 거칠다.

아버지	지금 춘추가 어떻게 되시나요?
숙부	예순넷입니다.
아버지	아….
영순 아빠	저보다 두 살 아래죠.
아버지	그럼 스물네 살 때 징용을?
숙부	예.
영순 아빠	그때 우리 마을에서도 일곱 사람… 우리 면에서 아홉 명이 끌려갔는데…… (볼멘소리로) 이 아우가 이렇게…… 40년 만에…윽….

영순 아빠가 말을 잇지 못하고 숙부의 손목을 덥석 쥔다.

숙부가 어색하게 웃는다.

아버지	이해가 갑니다! 우리도 어렸을 때 일이라 어렴풋이 기억도 나지만……. 그러나 잘 견디어나오셨기에 이렇게 고국 땅도 밟게 되고 동기간도 만나게 됐지 뭡니까?
숙부	맞습니다. 나도… 그 보람으로 이렇게….
면장	농촌도 많이 변했죠?
숙부	예예… 물론입니다! 내가 징용 갈 때의 마을…… 지금은 찾아볼 수도 없고… 많이 발전했지요. 예…… 어디가 어딘지…… 도무지 모르겠습니다. 허허…….

S#8 방 안(밤)

저녁 후 어머니와 셋째, 막내는 한쪽에서 밥상 위에 종자 콩을 고르고 있고, 할머니와 첫째는 과일을 먹고 있다.

할머니	왜놈들 세상에서 견디어낸 일은 꿈만 같애. 징용 나가기 싫어서 울고불고 숨어 다니고……. 그때 안 끌려가고 무사히 남긴 사람이 6·25 난리 통에 죽어버리기도 하고. 에그, 이렇게 살아남아서 생각해보면 다 어젯밤 꿈 같지만 그때그때 그 무섭던 고비를 어찌들 넘겼는지…….
어머니	징용 나갈 때 자진해서 나간 사람도 있다던데요?
할머니	그거야 돈 때문이지. 돈이 사람 망치기는 어느 세상이 되어도 다 마찬가지지.
첫째	돈을 줘서 보냈나요?
할머니	탄광에 가면 한 달에 20원인가 벌 수 있다는 바람에들…….
셋째	에게…… 월급 20원에 징용을 갔어요?
어머니	그때 돈 20원이면 굉장히 큰돈이었단다.
할머니	그렇지! 보릿고개만 되면 누렇게 부황증에 걸려서 죽어가던 세상이었으니까.
막내	보릿고개가 뭐예요?
어머니	춘궁기라고 해서 보리가 나올 때까지는 먹을 곡식이 없는 봄철을 말하는 거지.
첫째	자, 출근하려면 일찍 자야지, 할머니.
할머니	그래. 나도 누워야겠다. (부축한다)
셋째	나도 출근.
막내	나는 공부.
셋째	에게, 공부는 무슨? 잠 공부지.

모두 나간다.
둘째가 들어온다. 둘째가 콩을 한 줌 쥐어본다.

둘째	콩 종자가 잘 여물었군!

어머니	내일은 콩을 심어야 한다고 하시더라.
둘째	아직 일러요.
어머니	일러?
둘째	우리 밭은 토질이 산성이라서 파종하기 일주일 전에 석회부터 먼저 뿌려야 해요.
어머니	그래?
둘째	적어도 단보당 2백 킬로그램 뿌려야 한다니까 내일 공판장에 가서 석회부터 사 와야겠어요.
어머니	너희 아버지는 왜 그러시는지 모르겠다!
둘째	아니 왜요?
어머니	낮에 영순 어머니가 나도 함께 놀러 오라고 하기에 가겠다니까 내일 콩 심을 텐데 어딜 마실 돌려고 그러느냐면서 종자 콩 골라놓으라 하시잖겠니?
둘째	흐흐……. 어머니를 꽁꽁 묶어놓고 사시려고요! 허허…….
어머니	늘그막에 내가 바람날까 봐 걱정되는 모양이지?
둘째	아버님은 그래 봬도 애처가시죠… 호호….
어머니	얘야! 애처가 두 번만 되었다가는 내가 멸치처럼 말라 죽지…….

S#9 영순네 집 뜰(밤)

차일 밑에는 석유등이 걸려 있다.

몇몇이 술이 취해서 언성들이 높다. 끌려들 간다. 영순 엄마가 배웅한다.

마루에는 영순의 숙부가 여전히 꼬장꼬장한 채 앉아 있고, 손님 A, B가 합석해 있다.

아버지	그래 무슨 일을 하시려구요?
숙부	그, 글쎄… 내가 돈을 많이…… 벌었다고들 하지만… 사실은….
영순 아빠	(술이 취해서) 동생! 그러지 말고…… 아주 학교를 하나 세워봐! 학교를…….

숙부	학교를요?
손님 A	학교보다 다리를 놓는 게 어때요? 몇 해 전에 가설한 그 다리가 또 망가져서 아주 다니기가 불편합니다요…….
손님 B	그러시지 말고… 한우를 사서… 집집마다 한 마리씩 나누어 키우게 하세요……. 우리 마을에는 소가 모자라요, 아직도…….
영순 엄마	에그, 무엇보다도 평생 먹고살 수 있는 전답이 있어야죠……. 나 살고 남도 있지… 그런 것 다 쓸데없는 것이에요. 시아주버니! 그러지 마시고요, 이번에 오신 김에 논밭 사두세요. 말이야 바른말이지, 시아주버니께서도 말년에는 한국에 나와 사셔야잖아요?
숙부	예… 형수님 말씀대로예요!
영순 엄마	그것 보세요! 호호…. 그러니 전답을 사서 형님께 맡기세요, 예? 그러면 우리가 알뜰살뜰 가꾸어서 농사지어놓을 테니….
숙부	네네, 좋은 일이지요.
아버지	우리나라 살기도 좋아졌으니 가족들 모두 돌아오셔서 사시는 게 좋지요.
숙부	(한숨) 그게 문제입니다.
아버지	예?
영순 엄마	우리 형님 되시는 분이…… 일본 부인이셔요…….
아버지	아… 그러세요?
면장	그럼, 자녀들은 어떻게…….
숙부	부끄러운 얘기지만 딸들을… 40이 넘어서야 얻게 되었으니… 아직 어립니다.
아버지	그래도 스무 살은 되었겠죠?
숙부	맏이가 스물이고, 두 살 터울이지요.
면장	자식 농사는 잘하셨구먼. 허허…….
숙부	(한숨) 그러나 그게 아닙니다.

아버지	예?
영순 아빠	제가 말씀을 드리지요. 형수가 일본 여자인 데다가 조카 녀석들까지 모두 엄마를 따르려고 한다지 뭡니까?
아버지	음….
영순 아빠	말도 일본말만 하구요……. 아버지는 마치….
영순 엄마	여보! 무슨 그런 얘기까지 털어놔요? 당신은…… 그래도 어찌 되었든 시아주버니가 가장이요 호주인데…… 안 그러세요? 시아주버님!
숙부	실은… 이번에는… 함께 오기로 되어 있었는데……. 걔 에미가 반대하는 바람에… 이렇게 나 혼자서… 허허.
면장	그럼, 앞으로 한국에 나와 살기도 힘드시겠는데요? 그렇게 가족들의 의견이 들쑥날쑥이라면…….
손님 A	가장의 의견이 제일이지 무슨 소립니까?
손님 B	암요! 아버지가 한국 사람이라면… 자식도 한국 사람인데…….
숙부	모두 옳은 말씀입니다! 그런데 그 자식들이… 하나같이… 일본 사람이기를 바라고 있으니… (한숨) 귀화를 하자는 겁니다.
아버지	귀화라니? 일본 국적으로 말입니까?
숙부	예…….
영순 아빠	(벌컥 화를 내며) 말도 아니다! 그런 법이 어디 있어?
숙부	형님… 그게 현실입니다…. 어떻게 합니까?
영순 엄마	그래, 귀화하시겠어요?
숙부	나는 못 하지요! 절대 못 한다고 우겼지…….
아버지	그럼, 되었지 뭡니까?
숙부	그런데… 내 처나 자식놈들은…… 또 끝까지 반대 아닙니까?
아버지	아니 그럼, 영감님 혼자만 한국 사람이고 남은 식구는 일본 사람이라 이건가요?

숙부가 길게 한숨을 몰아쉰다. 그는 술잔을 한숨에 기울인다.

숙부   재일동포 가운데… 나 같은 사정 많습니다. 어려서 배우지도 못
         한 터에… 노무자로 끌려가 죽을 고생 끝에… 일본 여자와 결
         혼한 것 그것까지는 좋았죠…. 하지만, 자식이 생기고 이것들이
         자라나면… 사정이 달라요.
면장   사정이 다르다뇨?
숙부   자식 앞에서 네 애비는… 한국 사람이니… 너도 한국 사람이
         다라는… 이 말을 하기가 그렇게 힘들었습니다. 진작 말을 해야
         할 것을…. 어려서는 못 알아들을까 봐… 좀더 기다리다가…
         이제는 그 말이 아이들에게 상처를 줄까 봐…… 이렇게 미루고
         미루다가는 마침내…….

눈물이 핑 돈다.

숙부   일본 사회 속에서… 그런 생각을 혼자서 마음속에 품고서… 일
         본 사람도 한국 사람도… 아닌… 그야말로 반쪽바리로 살아나
         온…… 이 기막힌… 아픔을… 고국에 계시는…… 여러분은 잘
         모릅니다…. 고향에 왔으니까 그게 성공이라 하겠지만… 그게
         아니에요. (흥분하며) 그게 아니란 말입니다!

숙부는 빈 잔을 들어 힘껏 상 바닥을 내리친다. 술잔이 깨지고 음식 접시가 쏟아진다.
모두들 놀란다.

S#10
까치가 한 마리. 진달래 핀 산.

S#11 영순네 집 뜰

영순 엄마가 국 냄비 앉힌 풍로를 뜰 가운데 놓고 부채질을 하고 있다. 어젯밤의 잔치 자리가 아직도 어지럽게 늘어져 있다.

영순 아빠가 땔감을 지고 들어온다.

영순 아빠 　 동생 일어났어?

영순 엄마 　 아직 안 일어나셨나 봐요.

지게 짐을 부리고 나자 영순 엄마가 끌어당긴다.

영순 엄마 　 여봐요!

영순 아빠 　 왜?

영순 엄마 　 오늘은 시아주버님한테 뚝 부러지게 얘기하세요……

영순 아빠 　 뭘?

영순 엄마 　 우리 집안 사정 얘기하고…… 돈 좀 보태달라고 말이요!

영순 아빠 　 글쎄… 그 얘기 꺼내기가 어렵지 뭐야….

영순 엄마 　 (눈을 흘기며) 동기간에 그 얘기도 못 하세요? 여보! 저 저수지
　　　　　　 아래 있는 덕삼 씨네 논 서 마지기, 그것 사달라고 하세요, 예?

영순 아빠 　 (한숨)

영순 엄마 　 고향에서 이 나이 되도록 고생하고 있는 형인데… 그 형도 둘이
　　　　　　 면 또 모르겠어요! 단 하나뿐인 형님인데 부자 동생이 논 세 마
　　　　　　 지기 못 사주겠수? 안 그래요? 호호….

영순 아빠 　 두고 봐야지! 적당한 기회에 넌지시 말을 꺼내야지.

영순 엄마 　 떠나시기 전에 얘기하세요.

영순 아빠 　 알았어! 어서 아침상이나 차려.

영순 엄마 　 예… 예.

영순 엄마는 부엌으로 들어간다. 영순 아빠가 앞으로 간다.

방문 앞 툇마루에 구두가 놓여 있다. 영순 아빠가 조심스럽게 다가간다.

영순 아빠　　　일어났어? (사이) 동생⋯ 세수하고 조반 들어야지.

아무 대답이 없다. 영순 아빠의 표정이 약간 흐려진다.

영순 아빠　　　아직 자고 있나?

응답이 없다. 영순 아빠가 방문을 연다.

S#12 건넌방

영순 아빠　　　아니⋯?

잠자리가 비어 있다. 이불과 옷은 단정하게 챙겨 있다.

영순 아빠　　　(당황해서) 여봐, 여봐!
영순 엄마　　　(소리) 예?

S#13 동 뜰
부엌에서 나온다.

영순 엄마　　　왜 그러세요?
영순 아빠　　　못 봤어?
영순 엄마　　　뭘 못 봐요?
영순 아빠　　　동생이 안 보여.

영순 엄마   안 보여요?

영순 엄마가 방 안을 기웃거린다.

영순 엄마   어머! 아니 이 아침에 어딜 가셨을까?
영순 아빠   서울 간 건 아닐 테고….
영순 엄마   이러고 있을 게 아니라 찾아봐요. 어서요!
영순 아빠   어디 가서 찾아? 찾긴!
영순 엄마   마을 어디에 계실 테죠! 어서 갑시다.

영순 엄마가 뛰어나간다. 영순 아빠도 뒤를 따른다.

S#14
영순네 부부가 사방을 두리번거리며 급히 지나간다. 사람이라고는 안 보인다.
또 다른 길을 달린다.

S#15
영순네 부부가 목련 앞으로 나온다.

영순 엄마   어디 가셨을까요?
영순 아빠   멀리는 안 갔어!
영순 엄마   그걸 어떻게 아시우?
영순 아빠   구두가 있었거든!
영순 엄마   그럼 혹시? 틀림없어요! 자살하려!
영순 아빠   무슨 소릴 하는 거야, 미쳤어?
영순 엄마   간밤에 그토록 신세타령하시는 게 어쩐지 이상타 했더니만.
영순 아빠   재수 없는 소리 그만하고 찾아봐!

두 사람이 급히 뛰어간다.

S#16 우사 앞

아버지가 소에게 여물을 주고 있다. 일용이가 다가온다.

일용	안녕히 주무셨어요?

일용   안녕히 주무셨어요?

아버지   응.

일용   회장님, 얘기 들으셨어요?

아버지   무슨?

일용   영순이 작은아버지가 행방불명이 되었다고 하던데요.

아버지   뭐라고?

일용   아까 동구 밖에서 영순이 아버지, 어머니가 정신없이 찾아다니던데요.

아버지   그럴 리가…?

아버지가 먼 산을 바라보다가 무슨 생각이 들었는지 나간다.

S#17 야산

양복에 고무신을 신은 영순이 숙부가 오르고 있다.

S#18 논길

저쪽에서 오는 영순네 부부와 반대편에서 오는 아버지와 마주친다.

아버지   어떻게 된 일입니까?

영순 아빠   김 회장님! 큰일 났습니다. 글쎄, 아우가 안 보여요.

아버지   아무 얘기도 없이 나갔어요?

영순 엄마   (울먹이며) 예. 밤새 아무 소리도 없으시고 잘 주무시는 것 같았

아버지	아, 그래, 가지고 온 짐은 그대로 있어요?
영순 엄마	예. 구두도 그대로 있고요. 김 회장님! 방정맞은 생각일지는 모르지만 혹시 자살을…….
영순 아빠	아니, 이 여편네가 아까부터 왜 그런 소리만 하는 거야!
영순 엄마	답답하니까 그렇죠.
영순 아빠	답답하면 다 죽는 거야?
아버지	아, 저 잠깐요. 어제 선산에 성묘 가셨던가요?
영순 엄마	예! 선산이라야 그저 야산 중턱에 조그만 무덤 하나 있죠. 돌아가신 부모님을 합장한….
아버지	그러면 가봅시다.
영순 엄마	예?

아버지, 앞장을 선다. 두 사람이 뒤를 따라온다.

S#19 무덤
숙부가 무덤 앞에 절하고 있다. 꿇어앉는다.

숙부 E	아버님, 어머님! 임종도 못 한 불효자식이 이렇게 늙어서 돌아왔습니다. 형님 내외는 마치 제가 돈 벌어 성공한 줄 알고 있습니다만 전 가진 게 아무것도 없습니다. 제가 죽기 전에 성묘라도 하고 싶어서 이렇게 온 것뿐입니다.

숙부가 일어나서 무덤 밑의 흙을 비닐 주머니에 담는다.

영순 아빠	(소리) 동생!
영순 엄마	(소리) 시아주버님!

숙부가 흙을 긁어내다 말고 돌아본다.

아버지와 영순네 내외가 급히 뛰어오고 있다.

영순네 내외는 반가움과 슬픔이 뒤범벅이 되어 숙부의 손목을 잡고 느껴 운다.

영순 엄마   이렇게…, 이렇게 사람 애간장을 태우시기예요?

숙부   왜요…? 형수씨… 난 부모님 생각이 나서….

영순 엄마   그럼 그렇다고 얘기라도 하시고 오실 일이지…. 에그… 나는
            꼭……

영순 아빠   동생! 우린 동생이 큰일이라도 저지른 게 아닌가 하고 뛰어다니
            다가 김 회장님께서 여기 있을 거라고 말씀하시기에….

숙부   떠나기 전에… 조용히… 부모님 앞에서… 인사나 좀 드리려고….

영순 아빠   동생… 자, 내려가세.

숙부   예, 형님.

영순 아빠   김 회장님, 뭣하시면 저희 집에서 같이 조반 드시죠.

영순 엄마   그렇게 하세요. 찬은 없지만 쑥국을 끓였어요. 해장도 하시고요.

아버지   쑥국! 좋지요.

내려가는 세 사람.

S#20 마루와 뜰

첫째와 셋째가 출근한다. 할머니와 막내는 펌프 가에서 세수한다.

어머니가 부엌에서 나오는데 둘째가 들어온다.

어머니   아침도 안 드시고 어딜 가셨을까? 둘째야, 아버지 어디 가신지
            몰라?

둘째   일용 형 얘기 들으니까 영순이 작은아버지 찾으러 가셨다던데!

어머니   영순이 작은아버지를?

며느리가 나온다.

며느리   어머니, 상 드릴까요?
어머니   그래. 할머니 먼저 드시라고 해!
며느리   예.

S#21 영순네 집 마루
아버지, 영순네 내외, 그리고 숙부가 앉아 있다.

영순 아빠   동생! 그럼 그게 모두가 헛소문이었단 말인가?
숙부   (쓰게 웃는다) 나… 빈털털입니다.
영순 엄마   아니 공장이 셋이나 되고 자가용이 두 대 되고…….
숙부   나… 무로랑이라는 곳에서 조그마한 불고기집 하고… 있어요.
          사람도 안 쓰고 마누라와 딸… 이렇게 셋이서 그럭저럭 꾸려나
          가니 밥은 안 굶지요.

모두들 의외라는 듯 입을 딱 벌린다.

숙부   어젯밤에도… 나더러 고향을 위해서 뭔가 일을 해야 하지 않겠
          는가 하셨을 때, 나 정말이지 바늘방석 위에 앉아 있는 기분이
          었죠. 내 자신도 근근이 생활해가는 처지에 고향을 위해서 일
          을 하다니… 제가 이번에 40년 만에 고향을 찾은 건 다른 이유
          가 있었지요.

숙부가 비닐 주머니를 내놓는다.

영순 엄마   이게 뭡니까?

382

숙부	흙입니다.
영순 엄마	흙이라뇨?
숙부	한 줌의 흙… 고향의 흙이죠…. 그리고 우리 부모님이 묻혀 있는 흙이에요.

아버지 얼굴에 어떤 감동이 떠오른다.

숙부	나, 이번에 이 한 줌의 흙을 가지러 나왔습니다. 형님! 어제도… 잠깐 말씀드렸지만… 나는 이제 두 번 다시는… 고국에 나올 수 없을 거예요…. 내 처와 자식들이 일본 사람이기를 주장하는 한… 나 혼자 어떻게 버틸 수도 없고…. 그리고 머지않아… 나도 병들어 죽게 되면… 땅에 묻혀야겠는데…. 그렇다고 나 혼자 고향에 와서 묻힐 수도 없고…. 그래서 이 고향의 흙을 가지고 가서 내 무덤에 뿌려달라고 유언으로 남기기 위해서죠.
영순 엄마	흑… 흑.
숙부	형수씨, 죄송해요. 나는 이렇게 못난 놈이에요. 재일교포라면 돈 많은 사람만 있는 줄 아시겠지만 나처럼 이렇게 살아나온 교포가 더 많아요.
영순 엄마	윽…….
숙부	형님…, 저 재산이라고는 이 손… 이 두 손뿐입니다.

손을 펴 보인다. 나무토막 같은 손이다.

숙부	젊어서는 남의 나라 석탄 캐주기 위해서 손톱이 빠지도록 부려 먹었고, 지금은 처자를 먹여살리기 위해 쉴 사이 없이 일하는 이 손.

숙부의 눈에는 어느덧 눈물이 고이며 흘러내린다. 각자 글썽이면서 바라보는 표정에서 슬픔이 느껴진다.*

(F.O.)

---

* 대본에는 "바라보는 표정에서"로 끝나고 다음 페이지가 없어서, 내용상 "슬픔이 느껴진다."를 유추하여 넣었음.

제26화

딸자식

제26화 딸자식

방송용 대본 | 1981년 4월 28일 방송

· 등장 인물 ·

할머니	정애란
아버지	최불암
어머니	김혜자
첫째	김용건
며느리	고두심
둘째	유인촌
셋째	김영란
막내	홍성애
일용	박은수
일용네	김수미
신부	김영임
신랑	임영규
신부 부	홍중기
신부 모	김우영
사회	김철화
청년(임가)	박희우
이해성	
신부 친구들	12기
손님들 다수	ext.

S#1 우사

둘째와 일용이가 우사에서 젖소를 돌보고 있다.

S#2 뜰과 마루

아버지와 둘째가 양지바른 쪽에서 책을 읽고 있다. 아버지는 돋보기를 썼다.

아버지	(읽는다) 콩의 파종 적기는 5월 초순부터 6월 초… 늦게 심을수록 수확은 감수라…… 종자 파종량은 단보당 5 내지 6킬로그램…… 이랑 너비는 60센티…… 포기 사이는 15 내지 20센티 간격으로 포기당 둘 내지 세 알씩 정뿌림한다… 받아 적어라!
둘째	네.
아버지	(방을 향해) 여보… 여보….
어머니	(소리) 예….
아버지	나 볼펜하고 종이 좀 줘요.

어머니가 방에서 나온다. 손에 볼펜과 종이를 들었다. 화장을 하다가 나왔는지 얼굴에 분가루가 뽀얗게 입혀 있다.

어머니	여기 있어요.
아버지	응….

종이와 볼펜을 받다 말고 무심코 어머니를 쳐다본다.

아버지	어디 가는 거요?
어머니	예.
아버지	어딜?
어머니	글쎄요.

어머니가 방으로 들어가버린다. 아버지가 어리둥절한다.

아버지   아니… 저 사람이….

S#3 안방
어머니가 경대 앞에 앉아 머리를 쓸어올려 핀을 찌른다.

아버지   (소리만) 옥수수 파종을 하겠다는데 어딜 간다고 그래?

어머니   나 없으면 옥수수 심을 사람 없으세요? 당신은 내가 어디 좀 나
          간다 하면 도망칠까 봐서 겁부터 나세요?

아버지가 방문을 열고 들어선다. 궁금해서 못 견디겠다는 표정이다.

아버지   어딜 간다고 그래?

어머니   나도 바쁜 일로 가요. 점심은 새아기보고 차리라고 했으니까 그
          렇게 아시고요… 나는 밖에서 점심 먹을 거예요.

어머니는 화장 도구를 챙겨 경대 서랍에다 넣는다. 자못 밝은 표정이다.

그럴수록 아버지는 궁금하다.

어머니   뭘 보시우? 당신 마누라 미인이구나, 이거유? 호호….

아버지   아유! 어디 가든지 마음대로 하라구!

어머니   곗날에다가 계원 딸 결혼식 날이에요.

아버지   곗날에다가 결혼식?

어머니   과수원 집 둘째 딸 결혼식이 인천에서 있어요. 그래 여느 곗날
          은 곗돈만 보내면 되는데 그 과수원 집에서 탈 날이라 겸사겸
          사로 점심 한턱을 내겠다구요. 그러니 안 갈 수 있어요?

| 아버지 | 농사가 바쁜 시절이라구! |
| 어머니 | 알고도 남아요! |

일어나 농문을 열고 화사한 분홍 치마저고리를 꺼낸다.

아버지	정말 가는 거야?
어머니	남의 집 딸 결혼식도 가봐야 해요. 앞으로 우리 셋째, 막내 시
	집보낼 때도 실수가 없죠! 내가 뭐 공연히 일하기 싫어서 가는
	줄 아세요? 나도 다 장래 일을 생각해서 가는 거예요!

어머니는 그사이에 분홍 치마저고리를 갈아입는다.
며느리가 들어선다.

며느리	어머니, 신 닦아놨어요.
어머니	오냐, 점심엔 할머니 머우잎쌈* 잡수시게 해드려라.
며느리	예, 머우잎 데쳐서 물에 우려놨어요.
어머니	양념간장에 참기름 치는 것 잊지 말고….
며느리	예.

아버지가 어이없이 멍하니 쳐다보고 있다.

| 어머니 | 여보, 그럼 나 다녀올게요. 혹시 심부름시킬 것 있으면 말씀하 |
| | 세요. 인천에 나가는 길에 사 올 테니까요. |

아버지의 찌푸린 시선.

---

* 머윗잎쌈.

어머니	없으시면 되었어요. 그럼 다녀오겠어요.
아버지	오지 말어!
어머니	예?

아버지가 털렁 주저앉는다.

며느리가 웃음을 참으며 급히 밖으로 나간다.

| 어머니 | 누가 어디 나가서 자고 온대요? 남자들은 왜 저렇게 여자가 나들이 좀 간다 하면 오만상을 찌푸리고 익모초 씹는 상을 하시는지 모르겠더라. 모처럼의 나들이인데…… 그것도 봄나들인데! 흥…. |

어머니가 나간다.

S#4 마루와 뜰

할머니가 장독대에서 나온다. 일용네가 마당에서 일하고 있다.

며느리는 부엌에서 나온다.

일용네	에고…… 예쁘기도 해라. 그렇게 차리고 나서니까 꼭 새댁 같으시네, 새댁! 흐흐…….
어머니	흠…….
할머니	어디 가니?
어머니	예, 저 과수원 집 딸 결혼식에 가보려구요.
할머니	과수원 집 딸이 몇인데?
어머니	셋인데, 이번이 둘째래요.
할머니	음….
며느리	신랑이 뭘 한대요?

어머니	대학을 나왔는데 영농 기사라더라.
며느리	영농 기사요?
어머니	농과대학을 나와서 과수원마다 찾아다니면서 과목 재배하는 일을 가르치곤 하는데 과수원 집 주인한테 눈에 들었다잖니? 똑똑한가 봐.
일용네	그러니까 처녀 총각끼리 눈에 맞은 게 아니라 장인 사위가 눈에 들었구랴!
어머니	농과대학을 나왔다는데 신랑이 그렇게 겸손하고 부지런하고 또 아는 게 많다지 뭐유……. 작년에 그 집 사과나무가 다 죽어가는 걸 그 신랑이 손을 써서 살려놨다는군요.
며느리	어머!
일용네	그러니 장인이 사과나무 대신에 딸을 주는구먼! 훗훗….
어머니	과수원에 농과대학 나온 사위를 맞게 되었으니 제격이지요. 그럼 다녀올게요, 어머님.
할머니	오냐…….
며느리	다녀오세요.
어머니	오냐….

어머니가 나간다.

일용네	김 회장님은 저렇게 곱게 차려입고 나가시는 마마님 뒤태도 좀 보시잖구서… 뭘 하실까.
며느리	호호….
일용네	이 도령이 춘향이보고 사랑가 부르듯 이리 오너라, 저리 가거라 하시겠네!

S#5 예식장 안

손님이 붐비고 있다.

S#6 신부 대기실

웨딩드레스를 입은 신부가 앉아 있다. 친구 A, B가 신부의 머리며 옷을 여미며 만지고 있다.

신부 모와 어머니가 들어온다.

신부 모   얘, 김 회장님 사모님께서 오셨다.

어머니   어머… 예쁘기도 해라! 세상에.

신부   안녕하세요?

신부는 어색하게 웃으며 인사를 한다.

어머니   축하해!

신부는 고개만 숙인다.

어머니   우리 셋째도 어서 좋은 신랑 만나서 맺어줘야겠는데 야단이군
            요! 예, 그것도 시골 학교라 고생이에요. 버스를 두 번이나 갈아
            타야 하니 오죽하겠어요.

신부 모   딸자식은 임자 나왔을 때 그저 어서어서 치워버려야 해요. 언
            제 무슨 일이 터질지 모르니 이건 꼭 폭탄을 안고 있는 꼴이라
            한시도 마음이 안 놓이는 애물이죠 애물….

어머니   어머나 저렇게 예쁘고 얌전한 딸이면야… 호호…….

사회가 고개를 내민다.

사회	신부, 준비 다 되셨죠?
신부 모	예….
사회	그럼 식 시작할 테니까 그리 아시고요.
신부 모	예…. 염려 말아요.
어머니	그럼 나는 자리에 가봐야겠어요.
신부 모	예…. 그리고 식 끝나면 아까 얘기한 길 건너 식당으로 꼭 오세요, 예?
어머니	예…. (신부에게) 축하해요.

신부가 말없이 응답한다. 어머니가 나간다.

신부가 울먹인다.

친구 A	얜 왜 그래?
친구 B	화장 지워져…. 울지 마!
신부 모	망할 것! 울긴…, 이렇게 기쁜 날 울긴.

S#7 식장

신랑이 입장하고 있다. 주례 앞에 선다.

주례가 출구 쪽으로 향하라고 지시한다. 신랑이 돌아선다.

| 사회 | 다음은 오늘의 여왕이신 신부 입장이 있겠습니다. (크게) 신부 입장. |

웨딩마치가 울리기 시작한다.

신부 부가 신부를 데리고 식장으로 들어선다. 하객들이 돌아다본다. 신부에 대한 찬사가 여기저기서 쏟아진다.

어머니도 그 가운데 섞여 있다. 황홀한 신부의 모습에 일종의 선망과 가벼운 질투 같은 걸 느끼며 생각에 잠긴다.

어머니   (마음의 소리) 우리 셋째도 신부 차림으로 나서면 저보다야 더
               예쁘겠지? 인물이야 우리 셋째 못 따르지 암….

웨딩드레스로 성장한 셋째의 화사한 얼굴.

어머니   (마음의 소리) 그래, 아까 과수원 집 부인 말이 옳아. 딸자식은
               임자가 나섰을 때 해치우는 거야. 언제 무슨 일이 날지 모를 폭
               탄이고말고…….

갑자기 식장이 술렁인다. 어머니가 꿈에서 깨어나듯 두리번거린다.
하객석 맨 끝에서 한 청년이 불쑥 일어나며 소리를 지른다.

청년   이 결혼식은 무효야! 무효라구!

다음 순간 식장이 수라장이 된다.

신부 부   누구야? 저놈이!
신부 모   아니… 임씨 아니에요? 전에 우리 과수원에서 일했던…….
신부 부   응? 저 자식이 왜 그런다지, 응?

임가가 앞으로 뛰어나오려 하자 손님 갑, 을이 붙들어 막는다.

임가   놔! 놔! 정순아! 너 이러기니? 나를 두고, 나를 네가… 정순아.
남자 갑   무슨 짓이야?
남자 을   대낮부터 술 취해가지구서…….

임가	정순아! 네가 나를 버려? 나를 버려? 윽… 윽….

어머니의 눈이 접시만큼이나 휘둥그레진다.

난장판이 되어가는 식장.

S#8 마루와 뜰

치마를 벗은 채 냉수를 마시고 있는 어머니. 어머니를 둘러싸고 있는 할머니, 일용네, 며느리, 둘째.

며느리	그러니까 그 과수원에서 일하던 총각하고 그 색시하고 전부터 무슨 관계가 있었던 모양이죠?
어머니	아… 그 속을 누가 알아야지. 총각 녀석은 술을 처먹고 와서 고래고래 소리 지르지… 신부는 신부 대기실에서 울고불고 난리지. 아유, 세상에… 그런 난장판이 없었지…….
둘째	신랑은 어떻게 하고요?
어머니	그런데 그 신랑이 되었더라, 사람이….
둘째	사람이 되다뇨?
어머니	그 미친 듯이 날뛰는 총각을 손수 밖으로 끌어낸 다음, 처음부터 결혼식을 다시 올리자는 거야…….
둘째	처음부터라고요?
어머니	이미 신부를 자기 아내로 작정했으니 마음에 변함이 없다는 거야……! 그러니 신부보다, 다른 생각일랑 말고 식을 올리자고 차분하게 타이르는데 그런 신랑 처음 봤어.
일용네	우리 일용이만큼 침착하나 보군요?
할머니	일용이가 그렇게 잘났으면 왜 여태 장가 못 드나?
일용네	누가 못 들었나요? 안 드는 거지.
할머니	어째서!

일용네	돈 벌어서 장가든다는데 어쩌겠어요?
할머니	무슨 장산가, 돈 벌어야 장가들게……
일용네	글쎄 그놈이 배를 타겠다고 하는 것도 목돈 벌어 장가가고 이 에미 잘 살리자는 효성에서인걸요.
할머니	에그… 그래도 제 자식이라고 역성은 드는구먼… 호호….
일용네	호호…….
어머니	어머니… 걱정이에요.
할머니	뭐가?
어머니	글쎄, 오늘 그 난장판을 만든 총각 놈도 그렇지! 제가 마음속으로 정순이를 좋아했으면 했지, 남의 혼인식장에서까지 나와서 그 수라장을 만들 건 뭐예요? 에그… 생각만 해도 치가 떨려요.
일용네	그래… 그, 그 못 먹은 떡 찍어나 보자는 심술이죠, 심술!
둘째	모르면 몰라도 보복일 거예요.
어머니	보복?
둘째	언젠가 그 친구가 과수원에 있을 때 돈 계산이 부실해서 해고 당한 데 앙심을 품고 있다고 들었어요.
어머니	너는 알고 있었니?
둘째	그 정도의 얘기는…….
며느리	그렇지만 그게 어디 될 말이에요? 여자로서는 치명적이죠. 어쩌면 남자가 어떻게 소견이 좁죠?
둘째	그야 남자로서는 오기밖에 안 남았으니 무슨 일인들 못 하겠어요? 허허….
어머니	그럼, 너는 그게 잘한 짓이란 말이냐?
둘째	그, 그게 아니라요. 남자의 심리라는 게….
어머니	(크게) 듣기 싫어.
둘째	예?
어머니	설령 저희들끼리 좋아지내는 사이였다면 또 모르지! 이건 그게

아니잖니?

둘째   뭐가요?

어머니   자기의 어딘가에 모자란 점이 있어서 그렇게 되었으면 깨끗이 물러앉았거나, 아니면 마음속으로라도 여자의 행복을 비는 게 순리이지. 어디 그렇게 나올 수가 있니?

둘째   원, 어머니두… 음….

어머니   뭐라구?

둘째   요즘 세상에 도리를 지켜가면서 살아가는 사람이 몇이나 되기에요. 다 그런 거예요, 헛허…….

둘째가 자리에서 일어나 나간다.
어머니가 허점을 찔린 사람마냥 멍하니 바라본다. 까치가 운다.

S#9
아버지, 둘째, 일용이가 콩을 파종하고 있다.

아버지   포기 사이는 15 내지 20센티 간격이다.

둘째   예.

아버지   그리고 둘 내지 세 개씩 겹뿌림으로 해. 알았지?

둘째   예.

아버지   그리고 콩은 습한 것을 싫어하니까 나중에 배수구 만들어줄 것들 잊어서는 안 된다.

일용   회장님, 호박 심으신다더니 안 하시겠어요?

아버지   이것 끝나면 해야. 지금 호박 구덩이를 파고 파종을 하면 빠르면 6월 중순부터 서리 내릴 때까지 계속 수확을 할 수가 있을 테니까…….

둘째   저, 과수원 집 얘기 들으셨어요?

아버지	과수원 집?
둘째	오늘 결혼식장에서 난장판이 벌어졌다는군요.
아버지	아, 응?
둘째	어머니가 다녀오셨는데 하마터면 신랑이 둘 나설 뻔했나 봐요. 헛.
일용	야, 신부 복도 많구나! 헛허….
아버지	무슨 얘기냐?
둘째	과수원 집에서 일하다 쫓겨난 녀석이 자기가 신랑입네 하고 식장에 뛰어들어 소란을 피웠다니 말이에요.
아버지	미친 녀석! 그렇게 할 일 없는 녀석이면 데려다가 호박 구덩이 파라고 일 좀 시킬걸 그랬다!

계속 파종하는 세 사람.

S#10 멀리서 바라보이는 학교 전경

S#11 교무실

한산한 교무실. 시계가 여섯 시를 가리킨다.

셋째가 한구석에 앉아서 잡무를 처리하고 있다.

저만치 앉아 있는 이해성. 하고 싶은 얘기가 있는데도 말 못 하는 듯 눈치를 살피는 얼굴. 어떤 순간 셋째와 시선이 마주친다.

셋째가 무심코 미소를 짓는다. 이해성도 반사적으로 웃는다.

이해성	김 선생, 퇴근 안 하세요?
셋째	예, 저 오늘 일직이에요.
이해성	아… 그러세요?

셋째가 벽시계를 바라본다.

셋째   숙직 당직 선생님과는 교대 시간이 일곱 시니까 그때까지는….

이해성   고단하시죠?

셋째   긴장을 해선지 그런 건 모르겠어요.

이해성   학생들 잘 따라요?

셋째   네… 역시 남학생들은 거친 것 같아요.

이해성   이곳은 서울과 인접한 곳이라 아이들이 도시 취향을 많이 띠고 있지요.

이 선생, 셋째 앞으로 다가온다.

셋째   이 선생님은 이 학교에 오신 지 얼마나 되세요?

이해성   2년 3개월째죠.

셋째   예, 그러세요?

이해성   참, 김 선생님 농장 경영하신다죠?

셋째   아니, 그걸 어떻게…?

이해성   얘기 다 들었습니다.

셋째   누구한테요?

이해성   아버님이 독농가로서 고명하시다는 얘기도….

셋째   예?

이해성   김 선생님에 관해서는 비교적 많은 예비지식을 가지고 있죠. 흠….

셋째   예?

이해성이 가방에 책과 서류를 챙겨 넣는다. 시종 입가에 미소를 띠고 있다.

셋째	(마음의 소리) 아니… 내게 대한 예비지식은 비교적 많이 가지고 있다니… 자기가 뭔데…? 혹시 내가 교감한테 낸 신상 카드를 읽었다는 뜻일까?

이해성이 자리에서 불쑥 일어난다.

이해성	저, 먼저 가겠습니다.
셋째	예?
이해성	혼자서 교무실 지키기에 적적하실 것 같아서 있었는데… 이곳 아이들은 남녀 선생이 함께 있는 걸 봐도 이러쿵저러쿵 헛소문을 내거든요. 허허…….
셋째	그래요? 호호….
이해성	그래가지고 침소봉대식의 낙서를 하고요! 흠… 아마 김 선생님도 머지않아 한 번쯤 그 낙서 세례를 받게 될 거예요. 허허…, 그럼 수고하세요.
셋째	예… 안녕히 가세요.

이해성이 교무실을 나간다.

셋째가 턱을 받쳐 들고 생각에 잠긴다.

창밖에서 교무실을 들여다보고 있는 두 소년의 눈과 이마. 얼굴을 알아볼 수가 없다.

S#12 안방(밤)

식구들이 저녁을 먹고 있다. 셋째만 안 보이고 다 모였다.

며느리가 국그릇을 들고 들어온다.

아버지	오늘도 셋째는 늦는가 보구나.
첫째	아버지, 도 학무과나 서울시 교육위원회에 아시는 분 안 계세

요?

아버지   무슨 얘기냐?

첫째   셋째를 서울 학교나 아니면 더 가까운 학교로 전근시켜야지 되겠어요. 날마다 이렇게 늦어서야…

어머니   에그… 너 그걸 말이라고 하니?

첫째   예?

어머니   네 아버지가 언제 관을 찾아다니면서 사적인 일 부탁하시는 걸 보기나 했어? 에그… 네 아버지 같으신 분은 앉은 자리에서 풀두 안 돋아날 게다.

모두들 웃는다.

아버지   아니 이 사람이 난데없이 나를 도마 위에 올려놓구서 어쩌겠다는 거야?

둘째   그 학교는 남학생두 있다면서요?

아버지   응, 남녀공학이지.

둘째   그러니 얼마나 불편하겠어요.

아버지   뭐가 불편해? 제놈이 좋아서 택한 일인데.

어머니   셋째는 사내가 아니란 말이에요.

아버지   누가 사내놈이라고 했어?

첫째   그러니까 좀 사정이 다르잖아요.

아버지   뭐가 다르냐?

첫째   그걸 일일이 설명드릴 수는 없어요. 아무튼 셋째가 밤늦도록 다니는 거… 건강상두 그렇구요… 또….

아버지   너희들은 마치 내가 셋째를 억지로 못 있을 곳에다 처박아뒀다는 식의 말투구나.

첫째   허허… 그게 아니죠. 아버지께서 식사 때마다 셋째 왔는가 하고 걱정하시니까 그렇죠.

둘째   맞았어요. 근본적으로 문제를 해결해야죠.

아버지   근본적?

어머니   근본적으로는 셋째를 집에 들어앉게 해야 해….

아버지   뭐라구?

어머니가 비로소 숟갈을 내려놓는다.

어머니   여보, 과수원 집 딸 결혼식에 갔다가 느낀 게 바로 그거라구요.

아버지   그게 무슨 얘기야?

어머니   언제 어디서 무슨 일이 날지 모르니까 가까이 있게 하자는 게 지요.

첫째   그러니까 어디 고위층에다 부탁드려서 편하게 해주세요.

며느리   여보, 당신 요즘 신문도 못 읽었수?

첫째   신문이라니?

며느리   청탁 없애기 운동 한창 아니에요?

아버지   옳거니…, 네 얘기가 맞았다. 허허.

모두들 까르르 웃는다.

어머니   너는 셋째가 집에 있으면 귀찮아질까 봐 은근히 겁나지?

며느리   아니에요. 어머님… 저는요….

막내   그렇지… 때리는 시어머니보다 말리는 시누이가 밉다던가? 호 호.

일동 까르르 웃는다.

S#13 일용의 방(밤)

멀리 개가 짖는다. 일용이가 책을 읽고 있다.

냄비 긁는 소리며 기름이 지글거리는 소리.

일용	(밖을 향해) 어머니.
일용네	(소리) 네.
일용	이 밤중에 뭘 하세요? 밖에서.
일용네	(소리) 글쎄, 조금만 기다려.

일용이가 문득 생각이 난 듯 방문을 연다.

S#14 뜰(밤)

풍로 위에다 전철 냄비를 놓고 전을 부치고 있다. 밀가루에 파, 부추, 풋마늘을 섞어 밀전을 만들고 있다. 신나게 지글거리는 소리.

일용이가 나와 풍로 앞에 쭈그리고 앉는다.

일용	뭐 하세요?
일용네	네가 공부하는데 에민들 가만있을 수 있어?
일용	예?
일용네	파, 푸추, 풋마늘 넣고 밀전을 부치는 게야. 출출하지?

일용네가 전을 잽싸게 뒤적인다. 기름 타는 소리가 요란하다.

일용	누가 이 냄새 맡으면 무슨 잔치 치는 줄 알겠어요.
일용네	잔치가 따로 있니? 내 맘은 날마다 잔치지. 다 익었다. 옜다! 맛 좀 봐….

일용네가 뜨거운 전을 손으로 한 점 떼어서 일용에게 내민다. 일용이 뜨거워 호물거리며 받아먹는다.

일용네   어때, 맛있어?

일용   너무 뜨거워서 무슨 맛인지 알 수가 있어야죠. 흐흐….

일용네   왜 몰라. 옜다….

일용네가 또 한 점을 떼어서 내민다.

일용   (깨물며) 좋네요.

일용네   안 싱거워?

일용   간이 맞아요.

일용네   정말?

일용   우리 어머니 솜씨가 최고야, 흐흐.

이번에는 일용이가 한 점 찢어 일용네 입에다 넣는다.

일용   어머니도 잡숴요.

일용네   앗, 뜨거.

일용   거 봐요.

일용네   호호.

누가 부르는 소리가 난다.

둘째   (소리) 일용 형.

일용   응? 누, 누구야?

둘째   나….

둘째가 어둠 속에서 나온다.

일용	어서 와.
둘째	아이구, 이 댁에서는 모자가 정답게 앉아서. 허허.
일용네	잘 왔다. 방으로 들어가거라.
일용	그래, 들어와.

일용과 둘째가 방으로 들어간다.

S#15 일용의 방(밤)

일용	앉아.
둘째	응.

두 사람, 앉는다.

둘째	이거.

주머니에서 봉투를 꺼내 준다.

일용	뭐야? 이게.
둘째	2만 원.
일용	2만 원?
둘째	이식이한테 갚아줘요. 접때 부탁했잖아요, 형!
일용	아! 회장님께 말씀드렸어?
둘째	내가 모아뒀던 돈이야.
일용	고맙다! 그 대신 내 이자 낼 테니까.

둘째	에이! 우리 사이에 무슨 이자예요, 이자가!
일용	아니다…. 어머니, 기왕이면 술도 좀 주세요.
일용네	알았다, 알았어!

S#16 안방

아버지가 셔츠 바람으로 앉아서 책상 앞에서 막 쓰고 있다.

어머니가 뒤에 앉아서 바느질하고 있다. 멀리서 뻐꾹새가 운다.

어머니	얘가 왜 이렇게 늦을까?
아버지	(…)
어머니	뻐꾹새 아니에요?
아버지	뭐?

아버지가 펜을 놓고 귀를 기울인다.

어머니도 눈망울이 초롱거린다. 더 분명히 들리는 뻐꾹새 소리.

어머니	어쩜!
아버지	아니 밤뻐꾹 우는 소리 처음 들어보는 사람 같군! 젠장.

아버지가 다시 글을 쓰기 시작한다.

그러나 어머니의 얼굴에는 야릇한 정감이 흐른다.

어머니	나는 저 소리 들으면 생각나는 일이 있어요.
아버지	첫사랑이라도?
어머니	미쳤수?
아버지	그럼.
어머니	그때가 큰애를 뱄을 때였어요. 당신은 지방 출장 가셨고 어머니

	는 이모님 댁에 가시고 안 계셨어요. 나 혼자 집을 지키는데… 글쎄 배가 살살 아파오질 않겠어요…. 분명히 산달까지는 한 달이 더 남았는데 아랫배가 아파오는 게 꼭 애기가 나올 것만 같았어요.
아버지	애기 가진 사람이 그것도 몰라?
어머니	처음 애를 가졌는데 어떻게 알아요? 그것도 낮 같으면 이웃에게 물어보기라도 하겠는데 깊은 밤중이니……. 그때는 6·25 직후라 세상이 뒤숭숭한 때 아니우?
아버지	지금 무슨 얘길 하려는 거야?
어머니	배가 어찌나 아픈지 이제는 겁이 덜컥 나더라니까요. 만약에 이렇게 혼자서 애기를 낳게 되면 어쩌나 하고요. 그래서 빌었어요. 제발 날이 밝을 때까지만, 날이 밝을 때까지만 하고 말이에요.
아버지	그랬어?
어머니	그런데, 어디선가 무슨 소리가 들리는데 저 뻐꾸기 우는 소리가 들려오지 않겠어요? 나는 그 소리를 듣고 있는 동안 뻐꾸기하고 얘기를 하는 거예요.
아버지	뻐꾹새하고 얘기를 해?
어머니	뻐꾹새가 "뻐-꾹" 하면 나는 "아이고 배야" 했죠. 그러면 뻐꾸기가 또 "뻐-꾹" 하는 게 나보고 "기다려" 그러는 것 같았어요. 그럼 나는 "아파 죽겠어" 대답하는 거예요.
아버지	(흉내 내며) 뻐-꾹!
어머니	홋호… 그렇게 뻐꾸기 소리와 얘기를 하다가 그만 잠이 들어버렸지 뭐예요. 흐흐….
아버지	그랬어?
어머니	그렇게 해서 낳은 자식들인데…… 이제는 다 저절로 커서… 저절로 어른이 되었다고들…. 여보… 부모가 뭔지 모르겠어요.

아버지   부모는 자식 좋이지…….

개가 짖는다. 두 사람이 섬찟 놀란다.

셋째   (소리) 다녀왔습니다.
어머니   셋째예요.

어머니가 자리에서 벌떡 일어나 나간다.

S#17 뜰과 마루(밤)
셋째가 마루 끝에 앉는다. 밝은 표정이다.

어머니   왜 이렇게 늦게 다니니?
셋째   저녁 초대받았어요.
어머니   누가?
셋째   같은 학교에 있는 선생님인데 국어과 담당이시거든요.
어머니   뭐?
셋째   갈비에다가, 냉면에다가… 아이, 배불러. 흠….
어머니   (차갑게) 조심해!
셋째   예?
어머니   누가 저녁 사준다고 함부로 아부하거나 싸다니지 말라는 게야.
셋째   누가 아무하고나 싸다녀요?
어머니   그렇지 뭐야? 남자 선생하고…….
셋째   엄마! 이 선생님 그런 분 아니에요. 그래 봬도 시인이에요.
어머니   시인? 시인은 남자가 아니라더냐?
셋째   (기분 나빠) 엄만 저녁 같이 먹은 게 뭐가 나쁘다고 그러세요?
           참 내…….

셋째가 자기 방으로 들어간다.

어머니가 멍하니 앉아 있다.

S#18 안방(밤)

아버지, 계속 쓰고 있다.

어머니, 속상해서 들어온다.

어머니   에그 에그, 난 못 살아!

아버지   내버려둬.

어머니   당신은 걱정도 안 되세요?

아버지   자식이란 다 그런 거야.

어머니   그런 거라뇨?

아버지   아까도 얘기했잖았소? 겨드랑이에 털 나면 저마다 푸드득 날라 가버리는 게 자식이야.

어머니   날아가다가 떨어질까 봐 그렇죠.

아버지   지금 애들은 안 떨어져. 그리구 우리 애들은 절대로야!

어머니   뭘 보고 믿어요?

아버지   당신과 내가 낳은 자식인데 왜 안 믿겠어? 흐흐….

어머니   에그, 저렇게 장담하다가 무슨 일이 나면 그때 가서 뭐라구 하실려구?

아버지   일은 무슨 일?

어머니   과수원 집 딸 얘기 못 들으셨어요?

아버지   그거야 그 총각 놈이 미친놈이지. 그 처녀가 어때서…. 시집 잘 갔지.

어머니   우리 셋째는 그렇게 하고 싶지는 않아요.

아버지   뭐라고?

어머니   학교도 기회를 봐서 그만두게 하고요, 집에서 살림 배우다가

시집가게 합시다. 나는 도무지 그 애 밖으로 내보내놓고는 마음
이 조여서 못 견디겠어요. 더구나 늦게까지 안 돌아오면은 밖에
서 무슨 일이나 있었는가 하고… 에그…, 정말 자식은 애물이라
더니.

아버지　　걱정 없다니까!

어머니　　예?

뻐꾸기가 다시 운다.

아버지　　쉬. 저 소리 들어봐. 올해는 풍년이 들려나 보다. 그렇게 일찍 뻐
　　　　　꾸기가 우는 걸 보니.

어머니　　(한심해하며) 딴소리만, 에그! 그냥 두면 안 되겠어. 혼구녕을 내
　　　　　줘야지.

어머니가 홱 일어서는 걸 아버지가 얼른 불러 앉힌다.

아버지　　(크게) 가지 말라니까!

어머니　　예?

아버지　　앉어봐.

어머니　　(앉는다)

아버지　　묘목은 옮겨 심어야 잘 자라. 항상 묘판에만 둘 수 있겠어? 우
　　　　　리 셋째는 갓 옮겨 심은 묘목이야. 저 나름대로 풍상을 겪게 돼
　　　　　있다구. 크게 벗어나지 않는 한 지긋이 지켜보며 관리하는 거
　　　　　야. 그렇지 않소?

내레이션　자라 보고 놀란 가슴 솥뚜껑 보고 놀란다고 딸자식을 두고 있
　　　　　으면 조바심이 유난한 것도 부모 심정이다. 그러나 지나친 관심

만 가지고 딸자식의 순결과 행복이 보장되는 것은 아니다. 운명이 있고 길이 있다. 어디까지나 자주적으로, 그리고 적극적으로 자신의 인생을 책임질 수 있도록 도와야 하는 게 부모의 할 일일 게다.

(F.O.)

효도 잔치

제27화 효도 잔치*

방송용 대본 | 1981년 5월 5일 방송

· 등장 인물 ·

할머니	정애란
아버지	최불암
어머니	김혜자
첫째	김용건
며느리	고두심
둘째	유인촌
셋째	김영란
막내	홍성애
일용	박은수
일용네	김수미
면장	박규채
이장	김상순
축산조합장	홍성민
농부	정대홍
친구 A	박경순
친구 B	이종환
친구 C	김순용
친구 D	

1981년 9월 3일 제8회 방송의 날, 한국방송대상 우수작품상 수상작으로, 연기자 최불암이 TV연기상을 수상했다.

S#1 밭길

아버지가 자전거를 타고 온다.

농부가 인사를 한다.

아버지	수고하십니다.
농부	김 회장님, 나들이 가십니까?
아버지	축산조합에 나가는 길이요.
농부	예, 그러세요?

자전거를 세운다.

아버지	작년에 노랑병* 때문에 그렇게 혼이 나고도 또 고추를 심으시 우?
농부	그렇다고 안 심을 수 있나요?
아버지	손해를 많이 봤을 텐데, 작년에 하나두 못 건졌지요?
농부	예. 그렇다고 노랑병 겁나서 너나 할 것 없이 고추를 안 심으면 어떻게 되게요. 또 수입을 해야 될 게 아녜요?
아버지	그렇게야 되겠어요?
농부	가시거든 제발 그 쇠고기 수입 좀 못 하게 할 수 없는가 말씀해 주세요.
아버지	실은 나두 그 얘기하려고 가는 거야. 신문을 봤더니 쇠고깃값을 안정시키기 위해서 쇠고기를 수입해서 방출한다지만, 그게 안 되는 일이라구.
농부	바로 그 점이에요. 작년에 그 돼지고기 수입했다가 축산업자들이 망한 꼴을 보고도 왜 그런답니까?

---

* 고추에 번지는 퀼러병.

아버지	글쎄 말이요. 좌우간 조합장 만나서 단단히 얘기하리다. 일 보시우.
농부 E	살펴 가세요.
아버지	예.

S#2 축협 사무실

아버지, 면장, 축산조합장이 앉아 있다. 아버지가 열변을 토한다.

아버지	독사에게 한 번 물렸으면 되었지, 두 번 물려도 좋다는 바보가 세상에 어디 있습니까?
조합장	반드시 그렇게만 생각할 일이 아니죠.
아버지	뭐가 아닙니까? 돼지고기 수입했을 때 일 생각 못 하십니까?
조합장	그, 그건 그렇지만 수요자의 처지를 생각하면 쇠고기를 싼값으로 마음대로 구입할 수 있도록 조처해야 할 고충도 생각을 해야죠.
아버지	(소리를 버럭 지르며) 축산업자들이 다 망해가도 좋다는 말씀입니까?
조합장	예?
면장	김 회장, 제발 고정하세요.
아버지	축산조합이 누구보다도 현지 실정을 잘 아신다면 그 실정을 상부에다가 솔직히 보고하고 개진해서 축산업자에게 피해가 없도록 해야지, 그렇게 방관적인 태도로 나오시면 됩니까?
조합장	아니, 내가 언제 방관적이었단 말이오?
면장	(말리듯) 이렇게 흥분하실 게 아니라 타협적으로 얘기합시다, 예? 이게 흥분한다고 되는 일이에요?
아버지	축협이 왜 있습니까? 축산 농가를 위해서 있는 것 아니오?
조합장	물론이죠.

아버지	그렇다면 축산 농가의 실정에 안 맞는 시책을 철회하도록 해달
	라고 상부에다가 왜 건의도 못 합니까?
조합장	그게 어디 나 혼자 힘으로 되는 일인가 말이오?
아버지	그러니까 못 본 척하시겠다 이거요?
조합장	아니… 김 회장은 나한테 무슨 감정이 있으시오? 아까부터 말
	투가 마치 나를 방관자나 배신자 같은 취급을 하시는데….
아버지	축산조합장으로 뽑혔으면 적어도 축산 농가의 권익을 위하는
	편에 서서 일을 하셔야죠…….
조합장	내가 축산 농가 편에 안 선 건 또 뭐요?
아버지	아까부터 내가 설명했지 않소, 예? 여기 이렇게 통계까지 다 뽑
	아 왔어요. 자, 보세요.

서류를 펴 보인다. 면장이 들여다본다.

| 아버지 | 이건 전라남도의 실례인데……. 79년 말까지만 해도 소의 사육 |
| | 숫자가 20만 546마리였어요. |

아버지가 통계 숫자를 가리킨다.

면장	음…….
아버지	그런데 1년 후인 80년 말에는 17만 9,341마리로……. 2만
	1,205마리가 줄어들었어요.

면장의 놀라운 표정. 조합장의 난처한 표정.

| 아버지 | 이게 어디 전라남도에 한한 문제입니까? 경기도, 충청도 다 마 |
| | 찬가지예요. 이런 식으로 소가 줄어든다면 어떻게 되겠어요? |

아니지, 소의 출하량이 감소되니까 쇠고깃값이 들먹이고, 그것을 안정시키기 위해서 수입 고기를 방출한다는 방법은 결국 축산 농가보고 피해를 보라는 얘기밖에 안 된다구요.

면장　　　그럼 어떻게 하면 됩니까?

아버지　　방법이야 있죠.

조합장　　그게 뭐요?

아버지　　나보고 말하라 한다면 쇠고기를 수입할 게 아니라 송아지를 들여오자 이거예요.

면장　　　송아지를요?

아버지　　신문에서 읽었는데, 올해도 255억 원을 들여서 쇠고기 1만 톤을 수입키로 했다는데, 그 돈으로 차라리 송아지를 들여다가 몇 해 동안 소의 증식을 하도록 건의하자 이겁니다.

면장　　　음…….

아버지　　쇠고깃값이 비싸면 돈 있는 사람들이 먹게 될 것이고, 그렇지 못한 사람은 닭고기나 돼지고기를 먹는 거죠. 그사이에 소를 키워 늘려나감으로써 어느 땐가는 국내에서 기른 소만으로 국내 쇠고기 수요를 충당시킬 수 있는 날을 기대해야죠. 지금 같은 방식으로는 축산 농가만 피를 봅니다. 아니, 그 아까운 돈으로 쇠고기를 외국에서 사다 먹어야 되겠어요, 예?

조합장과 면장은 말이 없다.

아버지　　그러니 이와 같은 실정을… 축산 농가의 고충을 축산조합에서 당국에다 솔직하게 진정을 하고 보고를 하자는데, 왜 망설이십니까?

조합장　　내가 언제 망설였습니까? 나는 다만…….

아버지　　높은 어른들이 하는 일이니까 우리는 굿이나 보고 떡이나 먹이겠다는 얘기신가요?

조합장 아니… 이거 사람을 어떻게….

아버지 지금은 세상이 달라졌어요. 제5공화국이란 말이에요. 그런 구
태의연한 생각으로 회장입네 하고 회전의자에 앉아서 이쑤시
개로 이빨 쑤시는 시대는 벌써 지나갔어요.

조합장 말조심하시오.

면장 제발 조용히 좀 하세요.

아버지 만약에 축산조합 회장이 안 하시겠다면 내가 직접 축산 농가
를 찾아다니면서 서명날인을 받아 진정하겠소이다.

아버지가 자리에서 일어난다.

면장 김 회장님!

아버지 농민을 위해 농협이 있고, 축산 농가를 위해 축산조합이 있는
거예요. 그걸 모른 척하고 자기 직위만 걱정하는 사람은 낡은
시대의 낡은 유산이란 것을 알아야 해요.

조합장 아, 아니…… 저, 저런…….

S#3 길

아버지, 자전거 타고 오고 있다.

아버지 (마음의 소리) 나는 공연히 흥분한 건 아니다. 한번 해서 잘못된
일이라면 과감히 고쳐나가야 하는데도 그것을 질질 끌고 나가
려는 타성이 불쾌하기 때문이다. 그 타성이 우리 농촌을 가난
속에서 못 벗어나게 했었다. 그런 정책이 청년들을 농촌에서 떠
나게 했다는 걸 왜 모르는가 말이다. 농민이 바라고 농민이 환
영하는 농사 정책을 어째서 못 하는지 도무지 모를 일이다.

S#4 산비탈

둘째와 일용이가 호박 구덩이를 파고 있다.

어머니와 일용네는 거기에다 호박씨를 심고 있다.

일용네   올해는 그 왜호박* 좀 심어서 가을에 호박떡을 해 먹었으면 좋
         겠어요.
어머니   염려 말아요. 왜호박씨 가져왔어요, 이렇게.

어머니가 호박씨가 든 종이 봉지를 꺼내 보인다.

일용네   나는 그 호박떡이 그렇게 맛있데요.
어머니   일용이도 가나 봐요.
일용네   무슨 일일까요? 어제도 소장 옆에서 둘이서 수근덕거리는데.
어머니   설마 또 배 타러 간다는 얘기는 아닐 텐데, 호호….
일용네   에그… 그 배 소리 꺼내지도 말아요.
어머니   호호.
일용네   나는 그 배 소리만 들으면 배 속의 것이 뒤틀어오르는 것 같
         아요.
어머니   그럼 이제 자동차를 타겠다고 하면 되겠네요. 호호.
일용네   허허.

일용이가 다가온다.

일용   엄니.
일용네   응?

---

* 단호박 종류의 재래종인 큰 것.

일용	나 좋…….
일용네	무슨 일인데 그래?
일용	좋은 일이에요. 흠….
어머니	좋은 일? 일용이가 장가가려나?
일용	장가는요…? 아직 멀었어요. 허허…
일용네	이놈아! 너 나이 30이면 손자 둘은 놓쳤어.
일용	그럼 다 틀렸군요.
일용네	뭐라고?
일용	아이는 둘 낳기 운동 한창인데, 둘 놓쳤으니 나는 이제 무자식 팔자가 되었죠. 허허….
일용네	떼끼놈! 손이 끊기면 내가 눈 못 감아!
어머니	눈 감는 것도 인력으로는 안 되는 일이에요.
일용	그럼요.
일용네	잔소리 말고 어서 장가가.
어머니	올봄엔 장가들어야지?
일용	봄에는 틀렸고… 가을에나 가면 모를까.
어머니	봐둔 색시라도 있어?
일용	아뇨.
일용네	저 녀석은 여태 그것 하나 못 구하고 뭘 했는지 모르겠다니까…. 배만 타려고 했지, 진짜 배는 어디다 두고서….
어머니	(놀란 듯) 어머머…, 일용네도 아들 앞에서 못 할 소리가 없어. 호호…
일용	하하… 우리 엄니는요, 아주 민주적이라 무슨 얘기든 다 해요. 허허.
일용네	암! 내 입 가지고 내 마음대로 말도 못 할 바엔 모래밭에나 거꾸로 머리 콱 처박고 죽지.
어머니	호호.

일용네	이놈의 세상…, 하고 싶은 말이나 실컷 하고 죽어야지! 그런 낙 도 없이 어떻게 살아요?
일용	그래요 그건! 자본이 안 드니까요. 허허….
일용네	그 대신 너 장가갈 때는 자본 들어, 이놈아! 허허….

일용이 돌아보며 간다.

S#5 회관 안(밤).

단 앞에 나무 의자를 몇 개 내려놨다. 둘째를 중심으로 동네 청년 A, B, C, D가 둘러앉아 있다.

일용이가 들어온다.

청년 A	아, 일용이가 오는군.
청년 B	어서 오게.
일용	늦었지?
둘째	지금 막 얘기 시작하던 참이에요.

일용이가 자리에 앉는다.

청년 C	계속해. 그 얘기….
둘째	그래서… 개별적으로 부모님께 선물을 하는 것도 좋겠지만… 우리 몇몇이 힘을 모아서 공동으로 효도를 해보자 이건데.
청년 A	효도? 어떻게?
둘째	이 마을회관에서 합동으로 잔치를 하는 거야.
청년 B	잔치? 여기서?
둘째	응. 서울 같으면야 부모님들 모시고 극장에도 가고 식당에도 가고 하겠지만, 우리 농촌은 그게 어려우니까 여기 한자리에 모

422

	시고서 젊은 우리들이 노래도 하고 춤도 추고 즉흥극도 하면서 하룻밤을 즐겁게 해드리자 이거지.
일용	우린 한집에 있으니까 며칠 전부터 의논을 했었지.
청년 A	그거 좋은 생각인데, 그렇잖아도 우리 어머니께서도 어디서 들으셨는지, (흉내 내며) 5월 8일은 어버이날이라는데 너는 나한테 뭘 해주겠어 하시더라고….
일동	허허.
청년 A	돈만 있으면야 온천 같은 데 하루쯤 모시고 싶은데. (한숨) 생각은 무겁고 호주머니는 가볍고.
일동	허허….
일용	그래서 생각해낸 게 합동 잔치지.

모두들 찬동의 뜻을 나타낸다.

청년 B	그렇지만 경비를 어떻게 하지?
청년 A	그래… 생각이 아무리 좋아도 돈 없으면 줄 끊어진 셈이지.
둘째	그걸 의논해야지! 그래서 오늘 모이자는 거 아니야?

S#6 안방(밤)

아버지가 돋보기를 쓰고 신문을 읽고 있다. 뭔가 감동을 받은 듯 고개를 끄덕거리며 혼잣소리를 하고 있다.

어머니가 들어온다.

아버지	옳은 말씀이야! 암 그렇지.
어머니	아니, 무슨 얘기가 나왔길래 혼자서….
아버지	어쩜 이렇게 옛날 어른들의 말씀은 하나부터 열까지 꼭 맞는 얘기들인지 원….

어머니	무슨 얘긴데요?
아버지	옛날에도 이렇게 농사 행정이나 농업기술에 대한 비판의 소리를 들었는데, 왜 우리는 이렇게 살고 있는지 원….
어머니	그거야 옛날과 지금은 세상이 다르잖아요?
아버지	다르지 않아요!
어머니	?
아버지	내 읽어줄 테니 들어봐요. 이건 이조 중엽에 싹튼 실학풍의 실용후생의 사상인데 말씀이야… (신문을 읽는다) "혹자는 오늘날 사람은 많고 땅은 적다고 하는데 이는 잘못된 소견으로서 천지가 사물을 낳음에 항상 균형을 맞추는 법일진대 어찌 인다지소*할 리가 있으랴." 이랬거든.
어머니	누구 얘기예요?
아버지	정자라는 옛날 중국의 학자의 말이고… 정다산이라는 분은 (읽는다) "소위 과거라는 것은 입발림하는 망령된 헛소리로써 사람을 등용시키는 것인즉 오히려 덕망 있는 사람을 가리지 못한다. 옛날 중국 하우라는 이는 농사에 힘써서 왕후가 되었고, 진비자는 말을 기르는 기술로 인하여 제후가 되지 않았던가?" 어때, 얼마나 옳은 말씀이야?
어머니	그러니까 농군을 데려다가 나라를 다스리게 하자 이거예요?
아버지	못 할 것도 없지….
어머니	어이구 참,
아버지	뭐가?
어머니	알고 보니 당신도 정치 욕심이 대단하십니다그려!
아버지	무슨 소리야?
어머니	그래 당신이 국회의원 되겠다는 얘기예요?

---

* 人多地少 '사람은 많고 땅은 적다'는 뜻.

424

아버지	에그, 그저 여자란 이래서 틀렸다니까! 하나만 알았지 둘은 모르고.
어머니	남자는 둘만 알았지 다섯은 모르고… 흠.
아버지	이것 봐…. 이 얘기가 모두 농사는 백성을 다스리는 본보기라는 뜻이라 이거야.
어머니	그런데요?
아버지	그런데 왜들 농사를 꺼리고 업신여기고 피하는가 이거야.
어머니	누가요?
아버지	누군 누구. 젊은 놈들이지!
어머니	사람 나름이죠. 젊은 애들이라고 다 그런가요?
아버지	글쎄, 지난 9년 동안 농촌이 싫다고 떠나간 사람이 무려 360만이나 된다니, 에이…!

신문을 내던진다.

S#7 첫째 방(밤)

첫째와 며느리가 마주 앉아 있다.

며느리	어버이날이니 아버님, 어머님 두 분께 선물을 사드려야 하잖아요?
첫째	할머니는 어떻게 하고…?
며느리	그건 아버님께서 하실 테죠. 할머니는 아버님 어머님이신데.
첫째	깍쟁이, 허허….

이마를 쿡 찌른다.

| 며느리 | 그럴 수밖에 없죠. |

첫째	2만 원은 있어야지?
며느리	그걸로 뭘 사죠? 어머님 옷 한 벌만 해도… 울 실크가 한 벌에 2만 원인데 택도 없어요.
첫째	그럼 3만 원?
며느리	아버님 와이셔츠 넥타이만 하더라도.
첫째	아버님께서는 그런 것 사치스럽다고 도리어 역정 내실걸.

이때 둘째가 들어온다.

둘째	왜 부르셨어요?
첫째	응. 1년에 한 번 있는 어버이날인데 그대로 넘길 순 없잖니?
둘째	그럼요!
첫째	너도 찬성이지?
둘째	예, 그럼요.
첫째	그런데 돈이 문제거든.
둘째	형은 얼마 생각하세요?
첫째	한… 2만 원 정도….

첫째가 둘째의 눈치를 본다.

둘째, 눈이 휘둥그레진다.

둘째	됐네요. 그거면 충분해요?
첫째	그럼 너도 2만 원 내겠어? 그렇게 되면 4만 원이니까, 그걸로….
둘째	그 2만 원에다가 제가 얼마나 더 보태건 아버지, 어머니를 즐겁게 해드리면 되잖겠어요?
첫째	그렇지.
둘째	그럼 그 돈 저에게 주세요.

426

첫째   뭐?

S#8 동네

둘째가 바쁘게 뛰어간다.

S#9 이장 집 마당

둘째, 들어온다. 아무도 없다.

둘째   이장 어른, 계세요?

밖에서 이장이 자전거를 끌고 들어간다. 사람이 좋으나 경망해 보인다. 새마을 모자에
점퍼를 걸쳤다.

이장   아니, 자네가 웬일인가?
둘째   안녕하세요? 이장 어른.
이장   응 그래. 무슨 일로…?
둘째   의논 말씀 붙일 일이 있어서요.
이장   그래? 앉게.

평상에 앉는다.

이장   모두들 못자리에 방충제 뿌리러 나갔어.
둘째   모 도열병이 돈다면서요?
이장   그래서 미리 손을 쓰는 게 좋겠다 싶어서. 자네 집 못자리는 괜
             찮지?
둘째   예. 아버지께서 여간 신경을 쓰시는 게 아니라서….
이장   그래. 할 얘기가 있다면서…?

둘째가 공책을 꺼내놓는다.

이장   이게 뭔가?

둘째   이장님께서 첫 번째로 협력을 해주셔야겠어요.

이장   협력?

둘째   예.

공책을 펴 보인다.

둘째   실은 이번 어버이날에 마을회관에서 마을 잔치를 하기로 합의
        를 봤거든요.

이장   마을 잔치?

둘째   저마다 부모님께 선물을 한다…… 여행을 한다 하면 시간도 경
        비도 낭비니까… 아예 그것을 한데 모아서 하루를 즐겁게 보내
        자는….

이장   자네 생각인가, 아니면….

둘째   며칠 전에 몇 사람이 모여서 합의를 보았어요.

이장   음….

둘째   그렇게 되면 층하도 있을 수 없을 테고 또 마을 사람이 다 함께
        즐길 수 있고.

이장   잘하는 짓일세, 잘하는 짓이여. 허허…

둘째   그럼 찬성하시는군요?

이장   찬성하다마다. 쌍수에 두 발을 이렇게 (두 발 들고 양손을 펴 보이
        며) 전폭적으로 찬성이지. 허허….

둘째   고맙습니다.

이장   암… 부모 공경할 줄 모르면 그건 사람이 아니지. 효가 바로 인
        간 도의의 근본이라는 걸 알려줘야 해.

둘째	예. 그리고 마을 전체가 화목해야 한다는 것도요.
이장	그렇지, 그렇지.

문득 공책을 본다.

둘째	그래서 우선 이장님께서 협찬하시는 뜻에서 여기다 한 자 적어 주십시오.
이장	뭐라고?
둘째	성의 표시죠. 형편 닿는 대로 돈도 좋고 현물도 좋고….
이장	현물?
둘째	술, 과일, 떡, 부식, 쌀… 무엇이든.
이장	그래? 뭐가 좋은데?
둘째	이장님께서 앞장서주셔야만이 다른 집 어른들께서도….
이장	그러니까, 뭐가 좋은가 말이지.
둘째	좋으신 대로.
이장	닭 한 마리 어떤가?
둘째	이왕이면 두 마리로 하시죠.
이장	(놀라) 두 마리?

S#10 밭
둘째가 돌아다니며 공책에 기증받고 다니는 여러 모습.

S#11 안방(밤)
식탁에 둘러앉은 식구들. 둘째만 안 보인다. 저녁밥 맛있게 먹는 중.

아버지	둘째는 어디 갔어?
어머니	요즘 웬 사무가 그리도 바쁜지 밖으로만 나도는데요.

막내	호호.
어머니	뭐가 우습니?
막내	나는 안다!
어머니	알기는 뭘 알아?
막내	그렇지만 비밀! 흠?
셋째	앤!
막내	작은오빠가 아직은 얘기하지 말랬다. 흠!
셋째	무슨 꿍꿍이속이 있구나?
막내	아마 작은언니한테도 얘기가 갈 거야.
셋째	나한테?
할머니	밥 먹을 때는 그 입 좀 오므리고 먹어라.
막내	원, 할머니도! 입을 오므리고 어떻게 밥을 먹어요? (일동 웃는다)
할머니	밥상 받고서 히히닥거리고 말이 많으면 복 못 받느니라.
막내	염려 놓으셔요… 나는 이 이상 복 받기 싫으니까요!
할머니	저 녀석, 말대꾸하는 것 좀 보게.
아버지	어서 밥이나 먹어.
첫째	둘째가 무슨 얘기 안 하던가요?
어머니	무슨 얘기? 요 며칠 동안 얼굴 보기가 힘들더라니까.
첫째	어버이날 선물을 사 드리기로 했거든요.
어머니	선물?
첫째	예, 그래 무엇을 좋아하실지 모르겠다니까 제가 여쭈어보겠다고 하던데.
며느리	어머님! 아주 비싼 걸로 사달라고 하세요. 흠.
어머니	애! 그 애가 무슨 돈이 있어서… 제 녀석 장가 밑천 장만하기도 급급한데.
며느리	아니에요. 둘이서 합작하기로 했다나 봐요. (첫째에게) 그렇죠?
첫째	저하고 돈을 함께 모아서 선물 사 드리자고.

430

아버지	고맙다… 허허.
어머니	아들 잘 둬서 마음 든든허시겠구려!
첫째	어머니 선물도 있을 거예요.
아버지	아들 잘 둬서 마음 든든허시겠구려!

일동 까르르 웃는다.

밖에서 개가 극성스럽게 짖어댄다.

어머니	누가 왔나? 막내야, 나가봐.
첫째	어서 나가봐.
며느리	제가 나가보겠어요.
막내	큰오빠는 나만 보면 일 시켜먹으려 들더라.
첫째	얜!
며느리	어서 식사해요. 내가 나갈 테니.

며느리가 일어나 나간다.

S#12 마루와 뜰(밤)

개가 짖고 있다. 이장이 뜰에 서 있다.

이장	김 회장님 계세요?

며느리가 나온다.

며느리	누구세요?
이장	나… 헤헤. 이장이오….
며느리	어머… 이장님.

이장	계셔?
며느리	예….

아버지가 나온다.
며느리가 방으로 들어간다.

아버지	이장이 이 시간에 웬일이오?
이장	예, 헤헤. 저녁 진지 드시는 모양인데?
아버지	아, 아니에요. 이제 막 먹고 나오는 길이에요.
이장	예… 그러세요.
아버지	자, 앉으세요.
이장	네.

두 사람, 마루에 걸터앉는다.

이장	축산조합장한테 한 방 쏘아대셨다죠?
아버지	쏘긴 뭘….
이장	잘하셨습니다. 그런 사람들은 그렇게 해야 정신 차린다고요.
아버지	예?
이장	지난번 조합장 선거 때는 자기를 밀어주면 우리 마을을 위해서, 아니지 축산 농가를 위해서 뭐 뼈가 가루가 되도록 일하겠다더니. 제기럴…, 그 입에서 침도 마르기 전에 태도가 다르더라구요, 그 사람.
아버지	그래요? 담배 태우세요. (담배를 권한다)
이장	예.

담배 한 가치 뽑는다.

432

이장	아주 선거가 끝나고부터는 우리 같은 사람을 거들떠보지도 않더라구요! 언제 봤냐는 식이죠. 그리고 도에서 중앙에서 손님이 왔다 하면 그저 그 사람 꽁무니만 졸졸 따라다니면서….

아버지가 담뱃불을 붙여준다.

이장	그러니 옛말에 고기는 씹어봐야 알고 사람은 겪어봐야 안다고 했죠. 이건 출마할 때는 발바닥이라도 핥아주고, 간, 쓸개라도 다 내줄 듯하더니만 되어놓고부터는 목에 힘주고 다니는 게 원….
아버지	이번 일은 그런 식으로는 안 되겠죠…. 우리가 합심해서 당국에다 실정을 알려야 해요.
이장	그럼요. 조합장이 못 하면 우리가 나서야죠! 그건 그렇고… 얘기 들으셨나요?
아버지	무슨 얘기죠?
이장	이번 어버이날 잔치 말씀이에요.
아버지	어버이날 잔치? 아니 그런 게 있습니까?
이장	둘째 자제께서 아무 말씀 안 드리던가요?
아버지	무슨 얘긴가요?
이버지	이거야말로 등잔 밑이 어두우시군! 헛허….

S#13 일용의 방(밤)

일용이가 혼자서 밥을 먹고 있다. 옆에서 일용네가 손으로 김치 가닥을 찢어서 밥숟갈에 얹어주고 있다.

일용네	천천히 먹어! 체할라…….
일용	참, 엄니!

일용네	응?

밥을 꿀꺽 삼키고서 물을 마신다.

일용	엄니! 노래 잘하세요?
일용네	노래? 무슨 노래?
일용	잘하신다면서요?
일용네	누가 그래?
일용	나는 한 번도 들어본 적 없는데 다들 그러던데요. 그래서 말이에요. 이번에 어머니보고 노래 한 곡 부르시게 한대요.
일용네	아니, 그게 무슨 소리여?
일용	이번 어버이날 마을회관에서 잔치를 하거든요.
일용네	그래서…?
일용	우리 젊은이들이 부모님을 모시고 한판 노는데 젊은이들만 할게 아니라 부모님들 가운데서요 몇 분 나오시게 해서 노래도 부르고 춤도 추시게 하자고 오늘 합의를 봤어요.
일용네	(대뜸) 하라면 하지! 그걸 못 할까 봐서.
일용	예?
일용네	이래 봬도 노래하고 춤추는 데야 뭐가 있단다!
일용	정말?
일용네	응! 호호… 헷헷….
일용	왜 그러세요?
일용네	말이 나왔으니 얘긴데… 호호.
일용	예?
일용네	네 아버지하고 혼인하게 된 것도… 사실은 그 내… 노래 때문이지! 호호….
일용	정말이세요?

일용네	암… 그러니까 그게 피난 나올 때 일이었을까? (회상하며) 그렇지, 옹진에서 백령도를 거쳐 인천 쪽으로 나오던 길이었지! 배 안에서 사람은 가득 찼고 달은 밝고 뱃전에 파도 부서지는 소리만 들리니까 누군가가 (흉내 내며) 이거 적적해서 살갔어? 누구 노래라도 불르려마! 이러더라!
일용	또 6·25 때 고생하던 얘기?
일용네	이놈아, 안 겪은 놈은 몰라 이놈아! 그런 난리 또 겪어봐라. 에미 버리고 혼자 도망갈 놈여, 이놈아!
일용	에이, 안 그런다니까요. 이 아들 하나 있는 걸 그렇게 못 믿으실까? 헤헤.
일용네	그런데 그 배에 탄 피난민 가운데서 내가 가장 나이가 어렸지 뭐야.
일용	예?
일용네	그래, 누가 (흉내 내며) 저기 저… 처잔가 총각인가? 한 곡 부르라우… 이러더구나. 모두들 그저 나를 보면서 노래를 부르라고 재촉을 하기에….
일용	부르셨어요?
일용네	못 부를 게 뭐니?
일용	어떤 노래인데요?
일용네	오늘도!
일용	오늘도? 그런 노래가 있어요?
일용네	이런 노래 있지 않아. (청승맞게 노래하며) "오늘도 걷는다마는… 정처 없는… 이 발길"

어느덧 일용네는 감상적이 되고 일용은 어머니의 노래 솜씨에 감탄을 한다.

S#14 셋째의 방(밤)

셋째와 막내가 공부를 하고 있다. 셋째는 교재 연구를 한다.

시계가 아홉 시를 좀 지난 자리를 가리키고 있다.

창지*를 노크한다.

막내   누구세요?

미닫이가 빵긋 열리며 둘째가 들여다본다.

둘째   공부들 하니?

셋째   오빠! 들어오세요.

둘째   좀 나와봐.

셋째   저 말이에요?

둘째   둘 다 나와… 어서.

막내   무슨 일인데요?

둘째   글쎄, 나와봐. 좀 쉬었다 공부해.

두 사람, 나간다.

S#15 마당(밤)

둘째가 셋째와 막내를 끌고 자기 방 앞으로 간다.

마루에 놓인 기타를 든다.

셋째   이 밤중에 무슨 일이죠?

---

* '창호지'의 북한어.

436

S#16 부엌(아침)

며느리와 어머니가 아침 준비를 하고 있다.

어머니, 나간다.

할머니가 방에서 나온다. 작은 옷 보따리를 들었다.

어머니   어머님… 어디 가시게요?

할머니가 대꾸도 안 하며 신을 신는다.

어머니	어머님, 어디 가시려고 그러세요?
할머니	(퉁명스럽게) 남의 잔칫날 내가 왜 있어 있긴…. 서울이나 가야지.
어머니	서울요?
할머니	다들 나가면 늙은이보고 집 지키라고 할 테지. 내가 뭐 집 지키기 위해서 살아 있니?
어머니	그, 그게 아니에요. 저… 오늘은…….
할머니	관둬! 내가 뭐 너희들 변명 듣겠다고 했니?
어머니	서울 가시는 건 좋지만요, 오늘 잔치는…….
할머니	왜 나한테 알리면 뭐가 잘못되어질까 봐서 겁나니? 음… 망할 것들… 집안의 어른이면 어른으로 대접할 줄 알아야지! 저희들끼리만 쉬쉬하니…….
어머니	어머니! 오늘 잔치는 마을 젊은 사람들이 꾸민 일이고요…….
할머니	젊은 사람들이 꾸민 일을 늙은이가 알아서는 안 된다는 까닭이 있어?
어머니	그, 그건 아니고요… 아범이 어머님께 이따가 얘기 드릴 걸로…….
할머니	필요 없어! 나 같은 늙은이 논두렁이건 밭두렁이에 꼬꾸라지면 쥐도 새도 모르게 죽어질 목숨… 너희들이 알아주기를 하니 거

들떠보기를 하겠니? 이런 때는 딸자식 찾아가는 게 제일이니까, 같은 자식이라도 늙어가면 아들보다 딸이 더 붙임성 좋고 편하니까 나는 가는 거야.

할머니가 휑하니 나가버린다.
어머니, 어처구니없어서 바라만 보고 서 있다.
며느리가 나와 본다.

며느리   어머님! 왜 그러세요?
어머니   이를 어쩌니? 네 아버지 어디 계시니?
며느리   할머니가 또 삐치신 모양이군요.

S#17

할머니가 가고 있다.
아버지와 어머니가 뛰어오고 있다.
할머니가 개울을 건넌다.

아버지   어머니!
어머니   어머님!

할머니가 돌아본다.
논두렁길을 뛰어오는 아버지와 어머니.

아버지   어머니! 어디 가신다고 그러세요?
어머니   어머님! 얘기 들어보시고 가세요, 가시더라도……

아버지가 할머니 곁으로 가 등에 업히라고 등을 돌려 보인다.

아버지	어머니… 제가 업고 가겠어요. 자, 업히세요.
할머니	업어다가 어디 깊은 산속에다 고려장 시키려고?
아버지	원, 어머니도! 제가 어머니를 어떻게 버릴까요. 자, 업히세요.
어머니	그렇게 하세요. 오늘은 아범이 어머니께 보여드릴 선물도 다 마련했어요.
할머니	(금세 풀어지며) 선물?
어머니	예. 마을 잔치는 젊은 애들이 하고, 어머님 모시는 일은 또 우리가 해야죠. 그렇죠? 여보!
아버지	그럼! 우리가 어머님께 미리 말씀 안 드린 건 더 기쁘게 해드리려는 거지 어디 따돌리기 위해서인가요? 좌우간 업히세요. 자요.

할머니가 못 이기는 척하며 업힌다.
아버지, 대뜸 할머니를 업고 물을 건넌다.

아버지	어머니…….
할머니	왜?
아버지	어렸을 적에 절 이렇게 업어주셨죠?
할머니	호호. 그래그래.

S#18 회관 안(밤)

빽빽이 들어찬 사람들. 모든 등장 인물 얼굴이 보인다.

바닥에는 상이 두 줄로 차려 있고 무대에는 '마을 효도 잔치'라고 써 있다.

사회자가 한 귀퉁이에서 진행을 본다.

이하 여백 애드리브.

(F.O.)

제30화

풋사과

제30화 풋사과*

방송용 대본 | 1981년 5월 26일 방송

· 등장 인물 ·

할머니	정애란
아버지	최불암
어머니	김혜자
첫째	김용건
며느리	고두심
둘째	유인촌
셋째	김영란
막내	홍성애
일용	박은수
일용네	김수미
이장	김상순
농부 A	김두삼
농부 B	이종환
농부 C	
임순택(28)	현석
마을 청년들	박경순, 김순용

---

* 제29화로 기록되어 있는 대본의 제목은 '철새'인데, 표지에는 '연습'이라고 쓰여 있다. 당시 일간지 방송편성표에도 5월 19일 방송으로 '제29화 철새'가 기록되어 있다. 그러나 「철새」(연습용)와 「풋사과」(방송용)를 비교해보니 동일한 내용의 대본이었다.

S#1 시골길

이장이 신나게 자전거를 몰고 간다.

S#2 동네 안

이장이 자전거로 온다.

일하고 있는 농부 A.

이장	성복이…….
농부 A	이장님 오셨어요?

이장이 자전거를 세운다.

이장	얘기 들었지? 오늘 밤에 마을회관에 나오라는 얘기.
농부 A	예…. 그런데 무슨 일이에요…?
이장	좋은 일이지, 이 사람아! 헛허…….
농부 A	비료라도 공짜로 준답니까?
이장	이 사람! 공짜 좋아하게 안 생겼는데 무슨 소리야? 헛허…….
농부 A	헛허…….
이장	그럼 시간 어기지 말게! 저녁때 보세!
농부 A	예, 살펴 가십시오.

이장이 바쁘게 페달을 밟는다.

S#3 다른 길

밭에서 오이 모종을 옮겨 심고 있는 농부 B.

이장이 저만치서 자전거 타고 온다.

이장	복만이! 오이 육묘 중인가?
농부 B	이장님 나오세요?

자전거를 세운다.

이장	그 오이… 종자가 뭔가?
농부 B	신흑진주입죠.
이장	신흑진주?
농부 A	예, 재배해보니까 이 신흑진주가 마디성이 높더군요.
이장	그래?
농부 B	작년에 심어봤더니 5월 중순에 다른 오이는 마디성이 66퍼센트였는데 신흑진주는 87퍼센트나 되던데요.
이장	아이고, 86퍼센트나?
농부 B	말하자면 오이 줄기 밑에서부터 너댓 마디만 남기고는 모두 암꽃이 달린다는 얘기죠….
이장	그래? 그럼 우리도 내년에는 그 신흑진주 종자를 써야겠군!
농부 B	그렇게 하세요. 게다가 병에도 강하고요…, 여름 장마철에도 생육이 잘되고요….
이장	음… 오늘 좋은 얘기 들었구먼…. 그러니 살림에는 눈이 보배요, 농사에는 귀가 보배지. 헛허….
농부 B	헛허….
이장	참! 얘기 들었지?
농부 B	예?
이장	오늘 밤 마을회관에 모이라는 얘기 못 들었어?
농부 B	아… (시들하게) 무슨 강연인가 뭔가 있다면서요?
이장	강연이 아니라 (강조하여) 영농기술자가 와서 좋은 얘기를 한다는군!

농부 B	영농기술자요?

농부 A, B, 관심이 없다는 듯 일을 계속한다.

이장	대학 공부까지 마친 사람인데 전국 농가를 순회하면서⋯.
농부 A	농사가 이론 학식대로 되는가요?
이장	응?
농부 B	일자무식이라도 농사만 잘 짓는 사람 쎄고 쎘는걸요⋯.
이장	이 사람! 한 가지라도 배워야 해! 농민도 알아야 한다구. 배워서 남 주나?
농부 B	죽 쑤어서 개 주는 일이 어디 한두 번이던가요?
이장	뭐?
농부 B	농사가 말과 같이 되고 이론으로 된다면야 벌써 다 했죠. 그런 시간이 있으면 차라리 책이나 읽겠습니다.

뾰로통해지는 이장의 표정.

S#4 펌프 가

둘째와 아버지가 대문 밖에서 들어와 펌프 가로 와서 물을 떠서 세수와 손을 씻는다.

둘째	아까 이장님 왜 오셨어요?
아버지	응, 마을회관에 영농기술자가 와서 원예 과수 재배에 관한 지도를 한다더라. 너도 가봐.
둘째	서울서 왔대요?
아버지	아니⋯ 전국 방방곡곡 안 다닌 곳이 없다더구나.
둘째	예?
아버지	수원 농대까지 나온 농학사라는데 전국을 돌아다니면서 남의

	농사를 지어주고 기술을 가르쳐주면서 살아왔다지 뭐냐….
둘째	그런 기술 있으면 차라리 한 곳에 자리 잡고 농사를 지으면 부자가 될 텐데 왜… 그럴까요?
아버지	인마! 농사지어서 부자 되는 사람 봤어?
둘째	그렇지만 대학까지 나온 농학사가 뭐가 안타까워서 남의 농사를 지어주며 머슴살이하죠?
아버지	그러니까 가서 얘기 들어봐!
둘째	……
아버지	그런 지식 청년이 무슨 생각에서 그런 생활을 하고 있는지…. 나는 아직 그 청년 만나보지 못했지만 요즘 같은 세상에도 그런 사람이 있는가 싶어서… 대견하기만 하다.
둘째	아버지도 가실래요?
아버지	암! 가봐야지! 사람은 평생을 배워야 해. 늙은이도 젊은이도 배움한테는 차등이 없지. 자, 저녁 일찌감치 먹고 새마을회관에 가보자.

두 사람, 수건으로 닦으며 방으로 간다.

S#5

농부가 쟁기를 지고 소를 몰며 간다. 뎅그렁거리는 방울 소리.

S#6 마을회관(밤)

전등불이 밝게 켜 있다. 임순택이 교단 위에 서서 열심히 얘기를 하고 있다. 부녀자도 몇 사람 끼어 있는 청중들.

칠판에는 "복숭아 정지와 전정에 관하여"라고 백묵으로 씌어 있다. 그 옆에 몇 장의 도표가 그림으로 그려져 있다.

임순택　　따라서 복숭아는 지면에 가까운 곳에서 발생한 가지의 세력이 왕성해지기 쉬운 반면 위쪽 가지는 세력이 약해지는 특성이 있으므로… 수형 구성을 쉽게 하려면 우향 묘목을 심은 후 충분한 퇴비를 주고 심어 관리를 잘해주어 가지가 밑에서 위쪽까지 고르

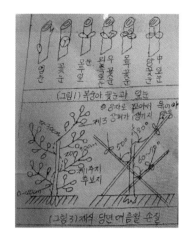

게 발생되도록 해야 합니다…. 에… 그리고 묘목을 심은 후 3본 주지로 하려면 지상 60 내지 80센티로… 2본주지로 하려면 40 내지 60센티 높이에서 묘목을 잘라주어야 합니다…. 그리고 재식 당년의 수형 구성은 신소가… 신소란 새로 움터 나온 싹이죠… 그 신소가 20센치 내외로 자라는 초여름부터 시작하는 것이 이상적입니다. 그러니까 이달 말이나 새달 초순부터가 되겠습니다.

몇 사람은 열심히 필기를 한다.
맨 뒷줄에 앉아서 필기하고 있는 아버지, 흐믓하고도 근엄한 표정.

임순택　　(손을 털며) 그러므로 더 많이 심자는 생각보다는 이미 심어놓은 것에 대한 관리 책임을 져야 합니다. 그리고 여기에는 반드시 실패가 따르게 마련입니다. 나의 과거 체험으로 비추어볼 때 그 실패의 원인으로는 대강 세 가지를 들 수 있는데, 첫째는… 종묘업자들의 농간으로 인한 품종 선택의 잘못이고, 다음은… 재배 농가들의 적당주의에 의한 관리 소홀…, 끝으로 기관이나

지도자들의 기술 지도 부족이라 하겠습니다.

여기저기서 고개를 끄덕인다.

둘째 좀 더 구체적인 예를 든다면 어떤 점입니까? 관리 소홀이란….

임순택 예 말씀드리죠. 관리 중에서도 가장 중요한 게 전정, 토양 개량 시비 그리고 병충해 방제에 대한 지식이 너무도 없다는 점이죠. 그저 비료도 많이만 주면 되고 농약도 많이만 뿌리면 된다는 식으로는 안 됩니다. 눈앞에 다수확만을 쫓다가는 농약 공해로 인하여 인명과 자연이 한꺼번에 몰살당한다는 사실을 알아야 합니다. 우리 농민들은 농약의 위험성을 인식하면서도 농약으로 인해 목숨까지 잃는 사태를 스스로 불러들이고 있지요?

일용 스스로 불러들이다뇨? 그게 뭔 소린가요?

임순택 예…. 구체적인 통계를 대죠. 언젠가 농촌경제연구원에서 전국의 1037호 농가와 전라북도 김제군 축산면 12개 리의 농가 50호를 대상으로 정밀 조사를 했었는데….

모두들 긴장의 표정으로 변한다.

임순택 이 보고서에 의할 것 같으면 농민들의 64퍼센트가 농약 약병에 표시된 양보다 훨씬 더 많이 쓰고 있다는 사실이 밝혀졌어요.

농부 A 그거야 그 지시대로 뿌려도 효과가 없으니까 그렇죠…. 그걸 누가 믿을 수 있어야죠, 허허….

여기저기서 웃음이 터져나온다.

임순택 그리고 그 조사에서 최근 3년간 농약 중독을 경험한 일이 있느냐? 하는 질문에 30퍼센트가 "있다"로 대답을 했다는 이 엄연한 사실이 문제지요.

임순택의 심각해진 표정에 모두들 당혹감마저 느낀다.

임순택	중독될 줄 알면서도 마구 쓰는 이 사실! 이걸 어떻게 하겠다는 건지 모르겠어요. 예를 들어… 농약은 물을 1천 배 섞도록 규정하고 있는데도 실제로는 7백 배나 6백 배밖에 안 섞은, 농도가 짙은 농약을 마구 쓰고 있다는 겁니다.
농부 B	그건 농민 잘못이 아닙니다. 관계 기관이나 장사들의 잘못이죠. 설명서대로는 믿을 수가 없는 걸 어쩝니까?
농부 C	약하게 여러 차례 뿌리는 것보다 독한 걸 한 번에 뿌리는 게 비용이 덜 드니까 그렇죠.
임순택	(빙그레 웃으며) 말하자면 젖은 손으로 깨알을 한꺼번에 쥐겠다는 생각인가요?
농부 C	예?
임순택	농약병 설명서에 쓰인 내용을 불신하게 만든 건 일부 비양심적인 장사꾼들의 농간이기도 하죠. (흥분) 그러나 농약을 과용하면 그만큼 농약에 대한 내성이 정비례해서 강해진다는 사실을 아셔야 합니다. 독성이 없는 농약이 개발되지 않는 한, 이건 농민 자신뿐이 아니라 국민 전체를 좀먹는 무지요 무식입니다. 그게 어디 농약뿐입니까? 비료도 마찬가지죠. 금비를 많이 준다고 되는 게 아니죠. 퇴비를 써야 한다는 걸 알면서도 눈앞의 다수확만 쫓다 보니까 이 꼴이 되고 만 셈이죠! 여러분! 우리 농민들도 세상을 길게 내다보는 안목이 있어야 해요. 우선 먹기는 곶감이 달다는 식이 아닌, 먼 미래를 내다볼 줄 알아야 삽니다! 볍씨도 마찬가지죠. 새 품종에 새로운 병충해가 생기자 그

걸 퇴치할 약이 없어서 손을 못 썼던 재작년, 작년 일을 잊으셨습니까? 그걸 누구한테 책임을 돌리겠다는 겁니까?

임순택의 눈에 광채가 돈다.

아버지, 둘째, 일용, 농민들의 심각한 표정들.

S#7 안방(밤)

어머니와 며느리가 마주 앉아서 풀 먹인 빨래를 손질하고 있다.

벽시계가 아홉 시를 친다.

어머니   네 아버지 왜 늦으시냐?

며느리   데런님도 안 오시는 게, 회의가 아직 안 끝났나 봐요.

어머니   회의는 무슨…, 뭐 대학교 나온 영농기술자가 와서 기술 지도 한다던데….

며느리   얘기가 오가면 자연 길어지겠죠.

어머니   너희 아버지께서 또 뭐 아는 척하고 콩이야 팥이야 안 하시는지 모르겠다.

며느리   흠….

어머니   너희 아버지도 나이가 들어가면서 느는 게 잔소리더라.

며느리   아이 어머님도….

어머니   늙어지면 기력이 쇠약해지니 말도 줄어야 옳을 텐데, 왜 사람은 나이 먹을수록 말이 많아지는지 알다가도 모르겠더라.

며느리   흠….

어머니   뭐가 우습냐?

며느리   그런 말 있잖아요

어머니   응?

며느리   사람과 고추는 늙어야 독 오른다고요.

어머니	그래…. 네 아버지가 독이 올라서 잔소리가 심하신 게야! 홋 호….
며느리	홋호…. 아버님껜 말씀하시지 마세요, 어머니….
어머니	(농으로) 큰일 났다…. 영락없이 내쫓기게 되었으니, 헛허….

방문을 열고 막내가 들어온다. 공부에 지친 표정. 기지개를 켠다.

막내	엄마… 없어?
어머니	뭐가…?
막내	입이 한가해서 못 살겠대요.
어머니	에그… 저녁 먹은 지가 언제라고….
막내	나는 입이 놀고 있으면 공부가 안 되는걸!
며느리	참, 딸기가 있는데….
어머니	그건 네 아버지 몫이라고 했지!
막내	아버지 잡수시고 오실 텐데….
어머니	뭐라고?
막내	보나 마나 오늘 일 끝나시면 (술 마시는 흉내 내며) 한잔하시고 오실 텐데요 뭘…. 그렇죠, 언니? 홋호….

막내가 씽긋 웃는다.

어머니	어머나? 이… 이… 이 애 말하는 것 좀 봐? 다 자란 처녀가 세상에… 말세가 따로 없다니까? (술 마시는 시늉 하며) 이게 뭐냐?
막내	여자가 남자 닮고 남자가 여자 닮으면 말세죠! 홋호…….
어머니	입 좀 닥쳐!

막내가 두 손으로 입을 막아 눈만 크게 떠 보인다.

어머니	네 나이 열여덟이다! 열여덟이면 옛날에는….
막내	(잽싸게) 시집가서 애기 낳고 한 살림 차릴 때다! 이거죠?
며느리	그럼요. 요즘은 아이 어른이 따로 없다던데요.
어머니	그러니 말세 아니니?
막내	아… 나도 시집이나 가버릴까?
어머니	뭐여?
막내	시집가면 남편한테 귀여움 받고… 어리광 부릴 수 있고… 얼마나 편할까?
며느리	좋아하는 남자 친구 있어요? 고모?
어머니	(눈을 흘기며) 너도 한통속이냐? 그런 소리… 쯧쯧…….
막내	남자 쪽이야 찾아 나서면 얼마든지 있죠! 세상에는 여자가 많다지만 재수 학원가에 나가봐요. 소쿠리로 긁어 담을 정도로 많은 게 남자인걸…….
어머니	이것아! 그 입 좀 못 닥쳐!

막내의 표정. 어느덧 여자의 냄새가 난다.

S#8 마을회관 앞(밤)

이장	(임에게) 수고가 많으셨어요!
임순택	부끄럽습니다! 암….
이장	참, 인사 나누시지…. 우리 마을 독농가이시고 지도자이신 김회장님이셔….
임순택	예… 처음 뵙겠습니다.

임순택이 부동자세로 서서 허리를 굽힌다. 군대식이다.
아버지가 양손을 내밀며 임순택의 손을 잡는다.

아버지	감명 깊은 강의였어요…. 나도 여러 가지로 배웠죠…….
임순택	부끄럽습니다. 되지도 못하게 잘난척하는 꼴이 되어서…….
아버지	아니에요! 그렇게 꼬집어 뜯고 매질해야 돼죠. 낡은 껍데기에서 벗어나려면 그 껍데기를 갈퀴나 송곳으로 깨야지. 정말 오늘 밤 얘기는 천만금을 주고도 살 수 없는 내용이었어요.
이장	우리 김 회장께서는 여간해서는 칭찬을 안 하시는데 임 선생은 아주 특별대우십니다. 이거 막걸리 한잔 사셔야겠어?

일동 웃는다. 둘째와 젊은이들이 나온다.

둘째	아버지!
아버지	응?
둘째	저 좀 보세요.

아버지와 둘째가 저만치 가서 수군덕거린다.
이사이에 농부들이 임순택에게 질문을 한다.

아버지	그렇게 해!
둘째	네… 그럼 그렇게 알고……. 임 선생님….
임순택	선생님은 무슨…….
둘째	아니죠, 분명히 선생이죠! 우리 몇몇 사람들이 좀 더 얘기를 나누고 싶어하는데 어떠실까요? 사정이…….
임순택	사정요? 무슨…. 나는 상관없어요.
아버지	숙소는 어디로 정했나요?
임순택	아, 아뇨…. 저는… 아무 데나…….
아버지	그럼 우리 집으로 가시지!
임순택	예?

아버지	젊은이들하고 얘기하신 다음 우리 애하고 함께 유하시도록 하
	시오. 누추하지만⋯⋯. 이 부근에는 변변한 여관도 없어서요⋯.
이장	참⋯ 그거 좋은 생각이십니다? 역시 우리 김 회장님 머리는 제
	갈량에다 조조를 합하셨거든! 헛허⋯⋯.

모두들 웃는다.

임순택	그럼 염치 불구하고 하룻밤 신세 지게 해주십시오.
아버지	신세는 무슨⋯⋯. 이 젊은 놈들 머리에다가 시원한 생각 좀 풀
	어 넣어주시오! 이놈들 좁은 곳에서만 살아와서 우물 안의 개
	구리가 아닌 송사리가 되어버렸어요! 헛허⋯⋯.
일용	김 회장님! 너무 괄세 마십시오.

모두들 다시 웃는다.

S#9 부엌(밤)
어머니와 며느리가 술안주를 만드느라 부산하게 도마 소리를 낸다.

어머니	아닌 밤중에 홍두깨지⋯ 원. 야밤중에 손님은 데리고 와서⋯⋯.
	그 파 일루 줘⋯⋯.
며느리	예.

며느리가 파를 건네주자 드문드문 썰어 냄비 속에 집어넣는다. 일용네가 반찬 그릇을
품에 품고 들어온다.

일용네	무슨 잔치라요? 이 밤중에⋯.
며느리	어떻게 나오셨어요?

일용네	우리 일용이가 뭣이든 색다른 반찬 있으면 한 가지만이라도 빨리 가지고 오라지 뭐예요?
어머니	그게 뭐예요?
일용네	접때 쑥 캐러 갔다가 산에서 내려온 영범이한테 얻어놓은 더덕 구웠어요. 잡숴보실래요?

일용네가 펴 보인다. 빨갛게 고추장 양념해서 구운 더덕이다.

어머니	잘 먹겠어요. 그렇잖아도 안주가 마땅치 않아서 걱정인데…….
며느리	술은 어떻게 하죠?
어머니	저희들이 가져온다더라.
일용네	그런데 무슨 손님이 그렇게 밤중에 불쑥 나타나요? 밤손님도 아니고서는…….

일동 웃는다.

S#10 둘째의 방(밤)
술상이 놓여 있고 임순택을 중심으로 둘째, 일용, 농부 A, 농부 B, 농부 C 등 젊은이들이 얘기들 나누고 있다.
막내가 반찬 접시 들고 들어온다. 담배 연기가 자욱하다. 진지한 표정들이다.

S#11 주막집(밤)
아버지, 이장 그리고 두어 명의 중노인들이 막걸리를 마시고 있다.

아버지	농민도 깨우쳐야 해요.
이장	그럼요, 그럼요! 뭘 알아야 면장이죠
아버지	나는 아까 그 임 씨 같은 청년이 늘어난다면 우리 농촌두 되살

아날 자신이 있다고 봅니다.

이장　흔한 일이 아니죠. 나이 28세에 대학까지 나왔는데도 그저 흙
　　　이 좋아서 1년 열두 달 방방곡곡을 찾아다니면서….

아버지　그래요. 누가 와달라고 청한 것두 아닌 불청객인데도 흙을 사랑
　　　하는 마음 하나만으로 철새처럼 날아 왔다 가는 인생! 이거 보
　　　통 사람이 해낼 일 아닙니다.

이장　음…….

아버지　우리 마을에 그런 청년이 한 사람 더 있었으면 얼마나 마음 든
　　　든하겠소?

이장　그러게 말이에요.

아버지　내일이면 또 다른 곳으로 떠나간다니 음.

아버지가 깊은 생각에 잠기며 막걸리 잔을 기울인다.

S#12 부엌(밤)

어머니가 끓은 냄비를 내려놓는다. 막내가 들어온다.

막내　엄마, 찌개 가져오래요.

어머니　오냐, 다 끓었다.

막내가 쟁반을 내민다.

어머니　잘들 먹던?

막내　응…. 근데 엄마….

어머니　응?

막내　그분 말두 그렇게 잘할 수가 없어요…. 후후…….

어머니가 돌아본다.

막내 　　　(탄복하며) 말하는 동안 눈이 이글거리는데 그렇게 정열적일 수
　　　　　　 가 없어요.
어머니 　　그래?
막내 　　　그리고 얘기가 그렇게 재미있어요. 나두 가서 들어야지.

막내가 찌개 냄비를 쟁반에 받쳐 들고 신바람 나서 나간다.
어머니의 표정이 의아해진다.

S#13 둘째 방(밤)
막내가 찌개 냄비를 들고 들어선다. 임순택이 얘기하다 말고 쳐다본다.

임순택 　　　그러니까….

막내의 얼굴이 반사적으로 붉어진다.

막내 　　　오빠, 찌개….
둘째 　　　응, 여기 놔.
임순택 　　 아가씨, 미안해요.
막내 　　　아, 아니에요.
둘째 　　　아가씨는요…, 아직 젖비린내 나는 소년데, 허허허….
막내 　　　아이 오빠두….
일용 　　　(임순택에게) 아까 그 얘기 계속하시죠.
임순택 　　 예.

막내도 둘째 옆에 앉는다.

임순택이 술잔을 기울이고 나서 얘기 계속한다.

임순택   난 농대를 졸업한 뒤 원예시험장에서 2년 동안 과수 시험 연구
           를 하다가 그만두고서 경기도, 경상도, 충청도, 전라도로 옮겨
           다니면서 그 지역의 특성과 토질에 맞는 과수를 시험 재배하면
           서 공부를 했지요.
농부 A   각 지역마다 특성이 다르나요?
임순택   다르고말고요. 내가 그동안 했던 일 가운데 성공한 얘기는 전
           남 서해안 지방에다 왜성사과 단지를 조성한 일이죠.
농부 B   왜성사과라구요?
임순택   예. 총 면적 30헥타르에다 만 5천 주의 왜성사과를 심었죠. 사과
           로 이름난 대구 지방하고는 토질 기후가 달라서 왜성사과가 적
           합하다는 것을 알고 감행했어요. 내가 처음에 왜성사과를 심자
           니까 모두들 반대했지만 열매가 주렁주렁 열리는 걸 보고서야
           마을 사람들은 너도나도 왜성사과 재배를 하게 되었죠. 허허.

좌중은 또 한 번 감탄을 한다.

임순택   나는 그렇게 기뻐들 하는 농부들의 얼굴을 보고 있노라면 나도
           모르게 긴장이 풀리고는 다음 또 어디로 갈 것인가를 생각하
           게 됩니다. 아마 역마살이 끼었나 보죠? 나라는 인간은? 허허
           허…….

모두들 따라 웃는다.
막내의 표정이 어떤 간절한 소망과 선망의 빛으로 변해간다.
임순택이 다시 열성적으로 얘기를 하는 모습. 경청하고 있다.

S#14 우거진 숲속

천사처럼 흰 사*를 몸에 걸치고 막내가 뛰어오고 있다. 그 뒤를 쫓는 임순택의 모습.

S#15 언덕

막내가 뛰어 내려오고 임순택이 쫓는다. 미끄러져 구르는 막내.

막내 E   으악! (Echo)

S#16 셋째의 방(밤)

어둡다. 막내가 잠자리에서 벌떡 일어나 앉는다.

셋째가 깜짝 놀라 일어난다.

셋째   얘…, 왜 그래? 자다가.

막내   아…. (숨을 몰아쉰다) 꿈이었구나.

셋째   얜…, 겁주지 마! 어린애도 아니면서 꿈은 무슨….

셋째가 다시 눕는다. 막내가 멍하니 앉아 있다.

시계 초침 소리. 막내가 머리맡에 있는 사발시계를 본다. 세 시 조금 지났다.

셋째   무슨 꿈 꾸었니?

막내   …….

셋째   무서운 꿈이었니?

막내   …….

셋째   그럼… 슬픈 꿈?

---

* 紗. 생사로 짠 얇고 가벼운 비단.

막내가 갑자기 이불을 뒤집어쓰며 눕는다.

셋째   아니, 앤….

멀리서 새벽닭 우는 소리.

S#17 안방(새벽)

새벽닭이 홰치는 소리. 어머니가 잠을 깬다.

아버지 자리는 벌써 비어 있다.

어머니   벌써 나가셨네.

자리에서 일어난다.

S#18 과수원 길(이른 아침)

아버지와 임순택이 천천히 거닐고 있다.

임순택   식량 부족과 성급한 다수확 추구와 농약 공해에 얽힌 우리 농
                촌의 숙명적인 악순환은 쉽게 풀리지는 않을 겁니다.
아버지   그렇지…. 그러니 다수확보다는 보다 안전한 영농법을 보급시켜
                야겠죠.
임순택   예. 그러기 위해서도 좀 더디더라두 금비보다는 퇴비를 늘려야
                하고 토양 개량을 우선적으로 서둘러야 해요.
아버지   동감이요…. 그게 우리 농촌이 살아나는 길인데…….
아버지   쉬어 갑시다.
임순택   예.

두 사람이 나란히 앉는다. 아버지가 담배를 권한다.

아버지   태우시지.

임순택   아, 전 안 피웁니다. 아…… 좋군요.

아버지   (사이) 이 고장이 마음에 드나요?

임순택   예.

아버지   그럼 며칠 더 묵어 가시지.

임순택   예?

임이 돌아본다. 아버지가 웃는다.

아버지   그렇다 할 사정이 없으시다면 여기 더 있으면서 좋은 얘기도 해
          주시고….

임이 빙그레 웃는다.

아버지   어때요?

임순택   글쎄요……. 저야 어차피 떠돌이꾼이니까 상관없지만…….

아버지   아닙니다. 전도사죠.

임순택   예?

아버지   종교가 따로 있나요? 우리 농민에게 있어서 종교는 농사일이니
          까요. 그러니까 임 형은 그 농사를 퍼뜨리는 농군 전도사가 아
          니겠소? 허허….

임순택   허허…. 김 회장님도 재미난 말씀 하시는군요.

아버지   어때요? 바쁜 일정이 아니시라면…… 좀 더 묵으시면서 우리
          마을 젊은이들에게…….

이장   김 회장님 뜻이 그러하시다면 저는 괜찮습니다. 저는 불청객인

걸요, 허허….

아버지　　　고맙소, 허허.

멀리서 막내가 부르는 소리.

막내(의 소리) 아버지, 아버지!

아버지가 돌아본다. 막내가 뛰어와 서서 몸을 꼰다.

아버지　　　왜….
막내　　　　아침 진지 다 됐어요.
아버지　　　오냐, 가서 아침식사 합시다.
임순택　　　예.

아버지가 자리에서 일어난다.

막내　　　　아침에 떠나신다고 일찍 서둘렀대요.
아버지　　　떠나? 누가?
막내　　　　손님…….

막내가 임순택을 본다.

아버지　　　손님은 안 떠나시기로 했어. 가자…….

아버지가 앞장을 선다.
막내의 표정이 변한다. 즐겁게 뒤쫓아 간다.

S#19 둘째 방(밤)

둘째와 임순택이 아침밥을 겸상으로 해서 맛있게 먹는다.

S#20 안방

아버지, 할머니, 며느리, 첫째와 셋째가 숭늉 마시고 일어선다.

첫째	전 출근하겠습니다.
아버지	오냐.
셋째	다녀오겠습니다.
어머니	여보! 손님이 있고 싶대요?
아버지	내가 있어달라고 했지……. 과수원 일도 가르쳐달라고 하고…… 마을 청년들한테 기술 지도도 해달라고…….
막내	잘되었군요?
어머니	너는 뭘 안다고 잘되었다는 거니?
막내	잘됐잖구요. 이편에서 사람을 찾아 나서야 할 판국에 그렇게…….
어머니	시끄러워!
아버지	그만한 일꾼도 없어요.
어머니	월급도 줘야잖아요?
막내	그야 당연하죠. 노동의 댓가야 의당 치러줘야, 세상에 공짜가 어디 있어요?
할머니	넌 웬 말이 그렇게 많니? 어서 밥 먹고 학원에 가질 않고…….
막내	오늘은 쉴래요.
어머니	뭐라고?
막내	하루쯤 쉰다고 어떻게 되는 건 아니잖아요. 시험 공부도 농사 같아서요, 무턱대고 서둔다고 되는 건 아니에요. 기다릴 줄 알고 인내할 줄 알아야지요, 흠.

막내가 밥숟갈을 놓고 자리에서 일어서 나간다.

어머니　　어디 가니?
막내　　　산책!

막내가 미닫이로 닫는다.

어머니　　아니, 저 애가?

S#21 과수원
임순택이 둘째와 일용 그리고 마을 청년들에게 전정하는 법을 가르치고 있다.
저만치 숨어서 지켜보고 있는 막내.

S#22 마루와 뜰
펌프 가에서 빨래를 하고 있는 어머니와 일용네.

일용네　　입이 하나 늘었으니 밥그릇도 늘려야겠어요.
어머니　　공연한 사람 붙잡아 매둘 건 또 뭐람.
일용네　　집도 없나 봐요
어머니　　떠돌이 신세지 뭐!
일용네　　호호….
어머니　　뭐가 우습수…?.
일용네　　우리 일용이 얘길 들으니깐두루 김 회장님이 아주 홀딱 반하셨
　　　　　나 봐요.
어머니　　반해요?
일용네　　그 젊은이가 하는 얘기는 그저 무조건이라고 하시더래요, 호
　　　　　호….

어머니	언제는 그걸 몰라서 농사 못 지었는가 원…. 그저 그 양반은 사람을 너무 좋아하는 것도 병이셔. 젊었을 때부터 그저 날아가는 까마귀도 붙잡고 얘기하고 술대접하고 그러니, 이번만 하더라도!
일용네	(힐끗 눈치를 보며) 킬… 킬.
어머니	아니, 무슨 웃음소리가 그래요?
일용네	이건 보통 일이 아니에요.
어머니	예?
일용네	김 회장님께서는 다 그럴 만한 까닭이 있어서 그러시는 거겠죠.
어머니	그게 무슨 소리예요? 예?
일용네	대학 나왔겠다… 인물 반듯하겠다, 젊겠다, 그것만으로도 사윗감으로는 안성맞춤이죠, 헤헤….
어머니	아니, 이 노인네가 못 할 소리가 없네. 대관절 누구 사위란 말이에요?
일용네	그렇게 말씀하시더래요.
어머니	누가요?
일용네	누군 누가? 김 회장님이 이장한테 저런 사위 하나 있었으면 좋겠군! 하더래요.
어머니	예?

S#23 부엌

막내가 꿀물을 타서 몇 개의 컵에다가 나누어 따르고 있다.

어머니가 들어선다.

어머니	뭘 하니? 너?
막내	흡!
어머니	아니? 그거 꿀이 아니야?

막내	모두들 땀을 뻘뻘 흘리면서 일하고 있는데 그대로 보고만 있을 수가 있어야죠.

쟁반에다가 옮겨놓는다.
어머니는 어이가 없다는 듯 멍하니 서 있다.

막내	아마 내가 이렇게 신경 쓰고 있다는 걸 아버지께서도 인정해주실 테니까 걱정 없어요, 흠.

막내가 쟁반을 들고 나간다.
어머니는 꿀 먹은 벙어리다. 꿀단지를 들여다본다. 입이 딱 벌어진다.

어머니	어머나! 꿀단지 반이나 줄었네.

S#24 과수원

일을 마치고서 꿀물을 마시는 임순택, 둘째, 일용, 농부들. 막내가 흐뭇하게 바라보고 있다.

일용	아… 시원하다…. 달고… 입에 쩍쩍 붙는 게 꼭….
막내	무슨 맛이죠?
일용	첫사랑의 맛!
막내	어머!

일동 까르르 웃는다.

둘째	어머니가 꿀물 타 가라고 하셨어?
막내	응? 응!

임순택	잘 마셨어요, 학생!
막내	어머! 그런 말투가 어디 있어요?
임순택	예?
막내	나 학생 아니에요.
임순택	아니, 그럼.
막내	엄밀히 말해서 올봄에 고등학교 나왔으니까 예비 숙녀죠.
일용	야… 요즘 아이들한테 못 당해낸다니까! 허허허….
막내	제가 아이란 말이에요?
둘째	그럼 네가 아줌마니?

일동 까르르 웃는다.

임순택	아무튼 목이 마르고 컬컬하던 차에 꿀물을 마셨더니 힘이 용솟음치는데요, 허허…. 고마워요.
막내	아, 아니에요.
임순택	자, 그럼 계속할까요?
둘째	예, 영길이네 복숭아밭에 가시죠.
임순택	예.

모두들 빈 컵을 막내가 들고 있는 쟁반 위에 놓는다.

| 일용 | 고마워. |
| 농부 | 잘 마셨어! |

모두들 임순택과 함께 간다.
막내가 그의 뒷모습이 사라질 때까지 바라보고 있다.

막내	(마음의 소리) 왜 이리 두근거릴까? 왜 이렇게 막 설레일까? 아,
	몰라…. 모르는 일이야. 아무도 모르는 일이야. 왜 이렇게 가슴
	한구석이 벅차오를까? 아, 난 어디가 아픈가 봐. 그분도 아실까?

S#25
흘러내리는 물에 두 다리를 담그고 있는 막내.

S#26
아버지가 자전거를 타고 간다.
반대편에서 이장이 오고 있다.

이장	김 회장님, 어디 나가시는 길이세요?
아버지	예?
이장	나 지금 댁에 가는 길인데요.
아버지	아니 왜?
이장	그 임 기사 말씀이에요.
아버지	임 기사요?
이장	이웃 마을에서도 와서 강습을 해달란다고 면사무소로 연락이
	왔었다지 뭡니까?
아버지	그래요?
이장	그 동네는 작년에야 복숭아 단지를 만들어서 기술 지도가 시급
	한 모양인데요.
아버지	(섭섭해서) 그렇게 되었군요. 난 좀 더 눌러앉을 수 있으려니 했
	는데.
이장	지금 가면 만날 수 있겠죠?
아버지	아마 있을 거예요. 가보세요.
이장	예, 그럼 살펴 가세요

이장이 자전거에 오른다. 아버지가 돌아보고 자전거 타고 간다.

S#27 둘째 방(밤)

아버지, 둘째, 임순택 그리고 일용이와 동네 청년이 둘러앉아 있다.

아버지	내 욕심 같아서는 한 달이고 두 달이고 있어주었으면 했는데…, 섭섭하게 되었어….
임순택	저 같은 사람이 뭐 쓸모가 있나요? 떠돌이 신세의 철새인걸요, 허허….
아버지	아니야. 어찌 보면 그렇게 팔도강산을 다닐 수 있다는 그 무한한 자유! 그게 이 세상에서 가장 소중한 것일지도 모르지!
임순택	저는 가진 거라고는 이 심장 하나뿐입니다. 이 심장이 뛰고 있는 동안은 누구에게도 빚지지 않고 떳떳하게 그리고 자유스럽게 살아갈 자신 있습니다. 이 마을에도 우연히 들렀지만 아마 이것도 무슨 인연이라고 여기면 되겠죠.
아버지	암…. 이 세상에 인연이 안 닿는 게 있을라구…….

S#28 방 앞(밤)

막내가 방문 앞에서 초조하게 서성거리고 있다.

S#29 안방 앞(밤)

어머니가 방에서 나와 섬돌 위에 내려서려다가 막내를 본다.

어머니	막내 아니냐?

막내가 당황하며 돈사 쪽, 어머니가 의아해서 그쪽으로 간다.

방 안에서 웃음소리가 흘러나온다.

방문이 열리며 아버지가 나온다. 모두들 밖으로 나오려고 한다.

아버지   나오지 말어. 임 기사도 오늘이 마지막 밤인데 재미있는 얘기나
                 해주고 가도 가. 앉아들 있어.
임순택   네…….

방문 닫고 아버지가 돌아선다.
어머니가 앞으로 다가선다. 표정 착잡하다.

아버지   왜 또 그런 얼굴이야?
어머니   일 났어요, 일….
아버지   일?
어머니   공연한 사람 집에 불러들이더니……. 생사람 마음만 상하게 하
                 고서….
아버지   뭐라고?
어머니   막내 좀 달래든지 매 때리든지 하셔야지 안 되겠어요.
아버지   응? (이리저리 보고 느낀다)

막내가 사라진 쪽으로 시선을 돌린다.

S#30
아버지와 막내가 나란히 걸어와서 풀밭에 앉는다. 뻐꾸기 소리.

아버지   아버지는 네가 그런 생각을 가지게 되는 걸 구태여 막지는 않겠
                 다. 허지만 말이다….
막내   …….
아버지   네가 나이를 조금 더 먹게 되고 세상에 조금 더 눈을 뜨게 되면

후회하게 된다.

막내가 아버지를 쳐다본다.

아버지   임 기사는 흙이 좋아 흙에 사는 사람이지. 너처럼 그런…….

막내   저도 흙에 살면 되잖아요! 아빠!

아버지   네가? 글쎄다….

막내   요즘 대학에 가는 것만이 인생의 전부가 아니라는 생각이 들어요.

아버지   그럼 뭐가 인생의 전부라고 생각했지?

막내   …?

아버지   인생에 전부라는 건 없어! 모두가 조각조각이 모아서 전부가 되는 거야. 한 인간의 성격도 마찬가지야. 아무리 낙천적인 사람도 외로울 때가 있듯이 내향적인 사람도 분수처럼 솟구치고 싶을 때가 있는 법이란다. 1년 열두 달이 다 봄철이거나 가을일 순 없어…. 서로 대조되고 반대되는 것들이 함께 사는 세상이 살맛 나는 게야. 너는 너대로의 길이 있고 임 기사는 임 기사대로의 길이 있지…. 나도 그런 믿음직스런 청년이 내 곁에 있었으면 하고 탐을 내면서도 그렇게 안 되는 게 인생이라는 게야. 막내야, 너는 아직 네가 풋사과라는 걸 잊지 말아야 한다. 열매가 완전히 익기 전에 성급하게 따서야 쓰겠니?

막내가 조용히 아버지 어깨에 머리를 떨군다. 뻐꾹새가 더 가까이서 운다.

S#31 정류장
임순택이 작별 인사를 하고 있다.

아버지	섭섭하게 되었군.
임순택	다음에 기회 있으면 또 들르겠습니다.
일용	그때는 좀 더 새로운 영농 기술도 가르쳐주시고요.
임순택	약속하죠! 꼭 올 테니까요!
이장	며칠 동안이지만 우리 마을 청년들에게 많은 걸 남겨줘서 고마워요.
임순택	아닙니다.

버스가 오는 소리. 서로 악수도 하고 허리 굽혀 인사를 한다.

멀리서 막내가 뛰어온다. 손에 보자기에 싼 물건을 들었다. 도시락이다.

막내	선생님…, 임 선생님….
아버지	막내가 아니냐?

막내가 헐떡이면서 온다.

막내	이거.
임순택	뭔데?
막내	차 안에서 잡수세요. 도시락이에요.
임순택	아니, 이런 걸….
아버지	받아둬요. 우리 막내는 여간해서 이런 결심 안 하는 아인데.
임순택	예, 그럼 안녕히들….

임순택이 버스에 오른다. 버스 떠난다. 멀어지는 버스 차량.

모두 돌아간다. 아버지가 막내를 데리고 간다. 막내도 손을 힘껏 흔든다.

(F.O.)

472

〈전원일기〉 제1~49화 방영 기록

회차	방영 날짜	작가/연출	제목	비고
1	1980. 10. 21.	차범석/이연헌	박수 칠 때 떠나라	흑백으로 방영.*
2	1980. 10. 28.	차범석/이연헌	주례	영상 필름이 남아 있음.
3	1980. 11. 4.	차범석/이연헌	작은 게 아름답다	
4	1980. 11. 11.	차범석/이연헌	가을 나그네	
5	1980. 11. 18.	차범석/이연헌	자존심으로	
6	1980. 11. 25.	차범석/이연헌	지하 농사꾼	이전 회차들의 러닝 타임 45분에서 60분으로 조정. 편성표에는 「어둠 속의 나그네」로 기록.
7	1980. 12. 2.	차범석/이연헌	혼담	
8	1980. 12. 9.	차범석/이연헌	첫눈	
9	1980. 12. 16.	차범석/이연헌	흙 소리	러닝 타임 50분으로 조정.
10	1981. 1. 6.	차범석/이연헌	천생연분	1981년 1월 1일 본격 컬러 방송 시작. 〈전원일기〉 컬러 방영.
11	1981. 1. 13.	차범석/이연헌	양딸	
12	1981. 1. 20.	차범석/이연헌	분가	
13	1981. 1. 27.	차범석/이연헌	개꿈	연습용 대본 제목: 「가족회의」
14	1981. 2. 3.	차범석/이연헌	말 못 하는 소	연습용 대본 제목: 「말하는 동물」
15	1981. 2. 10.	차범석/이연헌	맷돌	
16	1981. 2. 17.	차범석/이연헌	메주	
17	1981. 2. 24.	차범석/이연헌	들불	
18	1981. 3. 3.	차범석/이연헌	회갑 잔치	
19	1981. 3. 10.	차범석/이연헌	출발	
20	1981. 3. 17.	차범석/이연헌	내 아들아	

---

* 현재 남아 있는 〈전원일기〉 제2화 영상 자료를 보면 흑백과 컬러가 혼용되어 있다. 아마도 본격적인 컬러 방송을 앞두고 스튜디오 신은 컬러로, 야외 신은 흑백으로 촬영한 것 같다.

21	1981.3.24.	차범석/이연헌	돼지꿈	
22	1981.3.31.	차범석/이연헌	콩밥	
23	1981. 4. 7.	차범석/이연헌	꽃바람	
24	1981. 4. 14.	차범석/이연헌	굴비	
25	1981. 4. 21.	차범석/이연헌	한 줌의 흙	
26	1981. 4. 28.	차범석/이연헌	딸자식	
27	1981. 5. 5.	차범석/이연헌	효도 잔치	영상 필름이 남아 있음. 제8회 방송의 날(1981. 9. 3.) 한국방송대상 우수작품상 수상. 연기자 최불암, TV연기상 수상.
28	1981. 5. 12.	차범석/이연헌	늙기도 서러워라*	목포문학관에 대본이 보관되어 있지 않음.
29	1981. 5. 19.	차범석/이연헌	철새**	
30	1981. 5. 26.	차범석/이연헌	풋사과	
31	1981. 6. 2.	차범석/이연헌	농심	
32	1981. 6. 9.	차범석/이연헌	새벽길	
33	1981. 6. 16.	차범석/김한영	버려진 아이	연출자 교체.
34	1981. 6. 23.	김정수/김한영	떠도는 사람들	김정수가 작가로 처음 참여.
35	1981. 6. 30.	차범석/김한영	보리야 보리야	
36	1981. 7. 7.	차범석/김한영	원두막 우화	
37	1981. 7. 14.	김정수/김한영	촌여자	
38	1981. 7. 28.	차범석/김한영	혼담	

---

* 1981년 5월 12일 자 『경향신문』의 편성표에 "부모 없는 손자 하나만 믿고 살던 성삼이 할머니는 그 손자마저 장성하여 서울로 떠나버리자 외롭고 비참한 심정을 가눌 길 없는데 성삼이……"라고 기록되어 있음.

** 〈철새〉와 〈풋사과〉는 동일 작품으로, 〈철새〉는 연습용 대본이고 〈풋사과〉는 방송용 대본으로 추정됨. 당시 일간지의 방송편성표에 〈철새〉와 〈풋사과〉가 각기 5월 19일과 5월 26일에 방송된 것으로 기록되어 있지만 두 대본을 대조 확인한 결과 동일한 대본임을 확인함.

39	1981. 8. 4.	차범석/김한영	고향유정*	목포문학관에 대본이 보관되어 있지 않음.
40	1981. 8. 11.	차범석/김한영	흙냄새	목포문학관에 있는 「흙냄새」 대본 표지에는 제39화로 되어 있음.
41	1981. 8. 18.	차범석/김한영	몇 묶음의 수수께끼	
42	1981. 9. 1.	차범석/김한영	엄마, 우리 엄마	연습용 대본 제목: 「어머니」
43	1981. 9. 8.	노경식/김한영	가위 소리	
44	1981. 9. 15.	차범석/김한영	잃어버린 세월	연습용 대본 제목: 「성묘길」
45	1981. 9. 22.	차범석/김한영	권주가	
46	1981. 9. 29.	차범석/김한영	처녀 농군	
47	1981. 10. 6.	차범석/김한영	형제	
48	1981. 10. 13.	김정수/김한영	못된 송아지	목포문학관에 대본이 보관되어 있지 않음.
49	1981. 10. 20.	차범석/김한영	시인의 눈물	

---

* 1981년 8월 4일 자 『조선일보』의 편성표에 "농한기를 맞은 마을에서는 노래자랑을 하느라고 들뜨게 된다. 그러던 중 집에서 도망 나간 순종이가 방송국의 쇼 프로그램에 나온다는 이야기가 나돌아 마을 사람들은 순종이를 보겠다며 기대가 크다. 그러나 순종이는 TV에 모습이 보이지 않고 엉뚱하게 노래자랑에 나와 〈고향무정〉을 울먹이며 부르는데……"라고 기록되어 있음.